U0024707

馬踏天下
卷3
傾城計畫
槍手一號 著

目錄

CONTENTS

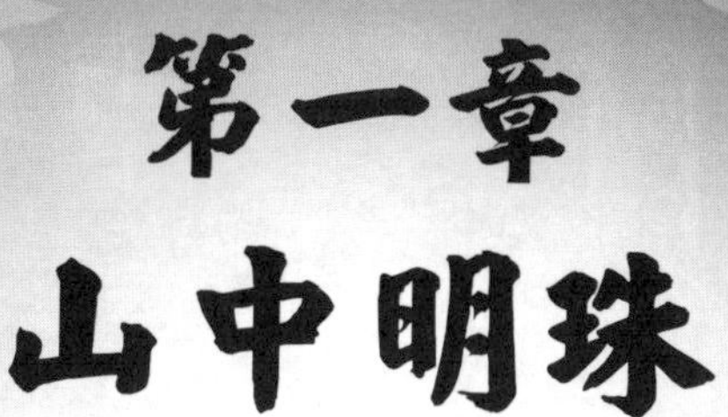

第一章 山中明珠

湖的兩側，崇山峻嶺倒映湖中，更讓湖泊像是一顆深藏於山中的明珠，讓人見之心喜。岸邊數十米處，整齊的巨木房屋羅列於旁，更遠一點的地方，則是綠油油的良田，隨著山勢越高，直沒入高處不可見之地。

「陛下，李清年不過二十，尚未婚配，陛下何不將傾城公主許配於他？」陳西言小心翼翼地道，頭上已是冒出些微冷汗。

「什麼？你瘋了麼？」天啟皇帝果然怒了，「傾城公主才藝雙絕，皇室明珠，也是我最鍾愛的小妹，你居然要我把她嫁給一個丫頭生的小子，即便這小子是威遠侯的兒子也不行！」

陳西言噗通一聲跪倒在地，道：「陛下，正因為傾城公主聰慧有才，深得陛下寵愛，我才有此建議，只有傾城公主殿下才能令李清看到陛下對其的看重啊！」

天啟皇帝閉上眼睛，他知道陳西言是忠心為國，對自己更是忠心耿耿，但他感到屈辱，**皇室已墮落到要靠女子來拯救了麼？**

「此事再議吧，李清是虎是貓，是龍是蛇尚且不知，等見了以後再說吧！」天啟皇帝冷冷地說完，拂袖而去。

一邊的袁方臉上大汗狂冒，看到皇帝離去，趕緊上前攙扶陳西言，「首輔，您真是太大膽了，明知陛下如此寵愛傾城公主殿下，您還敢上此言。」

陳西言臉上露出一絲微笑，皇帝並沒有一口回絕，那就是動了心了。

「袁指揮，從今天起，你一定要打起十二萬分的精神搜集有關李清的所有情報，還有，不妨在他和李家之間製造一些小小的摩擦，你能辦到麼？」

袁方呵呵地笑了起來：「首輔，想不到您這麼方正的人，如今也玩起這些小伎倆來了，放心吧，我們職方司不就是幹這個的嗎！」

「你跟清風都說了些什麼？」

砰的一聲，李清掀翻了桌子，滿屋子都飄飛著文卷，茶盞硯臺摔到地上，打得粉碎，李清戟指尚海波，怒喝道。

屋子裡發出的巨大聲響讓屋外的楊一刀和唐虎都嚇了一大跳，兩人不約而同地推開門，跨了進來，李清大喝一聲：「出去！」兩人哧溜一聲縮了回去。

尚海波神色自若地道：「也沒什麼，只是說了一些關於將軍的現狀和將來的發展而已。」

李清喘著粗氣，冷笑道：「好啊，尚先生，你真是好算計，我欣賞你的智謀無雙，但不是讓你用它來對付我的；你是認為我心慈手軟，或是以為現在常勝軍缺你不得，非你不可？我告訴你，這個世界缺了誰都不會改變，沒有了你，常勝軍照樣前進，所以，不要以為我不會動你。」

霍的一聲，李清抽出刀來，猛的將身旁的桌案劈成兩段。

屋外，唐虎伸手便想去推門，楊一刀一把拉住他，「你想幹什麼？」

唐虎瞪著一隻獨眼，「沒聽到嗎？將軍要殺尚先生呢！」

「將軍不過是在氣頭上說氣話而已，你可別進去招火，你一進去，搞不好將軍那刀就衝你來了。」楊一刀阻止道。

唐虎吐吐舌頭，「那我還是不進去了。」

房中，尚海波卻笑了，連連點頭：「很好，很好，將軍，今天我終於看到你這種不可一世的霸氣，就是這樣，要想成為一世英雄，您必須這樣，除了您自己，沒有什麼人是不可或缺的。以前的您，太聽取別人的意見，太關注別人的感受，這對一般人而言，是優點，但在您的身上，如果太過便是優柔寡斷了，更多的時候，您需要**乾綱獨斷，捨我其誰**！」

看到尚海波笑容可掬，甚至有些興奮的表情，李清一下子洩了氣，啪的一聲扔掉手中的刀，像一頭受傷的孤狼般，在房裡轉了幾圈，然後走到尚海波面前，「尚先生，這是我的私事，我不想將私事與公事攪在一起。」

「**帝王之家無私事**！」尚海波悠悠地道。

「我他媽的不是什麼帝王。」李清怒道。

「將軍，在定州，您就是帝王，對於跟隨你的我們這些人來說，您就是帝王，您就是我們的希望所在，一榮俱榮，一損俱損，將軍，你難道不明白嗎？」

尚海波正色道。

「我喜歡清風，我想要娶她。如果連自己喜歡的女人都得不到，我算什麼英雄，算什麼男人？」李清又是一陣怒氣上湧。

「我從來都沒有反對您喜歡她。」尚海波道：「你可以喜歡她，您當然也能得到她，我想在定州，現在沒有一個人敢喜歡清風司長了，但您不能娶她，她也不能成為你的正妻。」

「你當清風是什麼，是個玩物嗎？」李清反問道，說完，也不等尚海波答話便摔門而去，對守在門口的楊一刀和唐虎道：「我們走。」

摸不著頭腦的二人也不知李清想到哪裡去，看到李清越走越快，只得快步跟上。

剩下尚海波在屋中愕然而立。將軍這是怎麼啦？不能娶為正妻，又不是不能做側室，在大楚，男子三妻四妾再常見不過，別說是李清這種身分地位的人，即便是普通人，只要你養得起就可以。

殊不知李清卻不是這個時代之人，雖然來了很久，但在某些方面，仍然沒有習慣這個時代的思維。

「將軍，我們去哪裡？」看到李清徑直出了府，跨上馬，楊一刀趕緊追上去問道。

「去崇縣！」李清怒氣衝衝地道。

啊！楊一刀吃了一驚，從撫遠這裡到崇縣可不是說到就到的，這一來一去，非得要個兩天不可，看到李清完全不容反駁的意思，便低聲對唐虎說了幾句。

唐虎轉身飛奔而去，一是要告訴尚海波，另一個則是去調集親衛隊護衛李清出門，現在李清的身分比之從前大有不同，誰知這定州有沒有草原的探子，或是蕭遠山的心腹還有漏網之魚？

李清心中煩悶，想出去走一走，崇縣是他的發家之地，便想起了崇縣。

一路急馳，在傍晚時分終於趕到了崇縣。此時的崇縣比之去年時變化更大，李清放緩馬蹄，任由馬兒自由地慢慢地行進，路邊有不少百姓看到李清，頓時歡呼起來，向李清行禮。這個承諾讓他們頓頓都能吃乾的將軍做到了，李清微笑著在馬上微微欠身，老百姓們更加激動。

李清有些心酸，這些百姓要求是何等的低啊，為了自己一句安居樂業的承諾，便毫不猶豫地將自己的兒子，丈夫送進部隊，他們本應該在家貽養天年啊！

得到消息的崇縣新任縣令揭偉，領著縣裡的幾名官員急匆匆地趕了過來。

許雲峰走後，為了讓崇縣的新政順利進行，縣令並不是從外面調來，而是將許雲峰的副手直接提拔上來，如此新政的施行便不至於停滯。

「現在情況怎麼樣？」李清問：「崇縣大部分的青壯都被征召，農活能忙得過來嗎？」

揭偉道：「是有些緊張，但我們崇縣以前便組織了互助小組，由鄉老村老統一調配，勉強能應付。」

李清點點頭：「嗯，農事是為政之本，不要出了什麼差錯。崇縣是定州改革的實驗縣，升官快，嘿嘿，但丟官說不定也很快。」

揭偉不由冒起一層冷汗，道：「是，屬下一定會小心的。」

「崇縣人力不足，你是怎麼解決的？」李清隨口問道。

「我們主要是招募流民，將軍您知道，現在南方幾州鬧叛亂，有不少的流民遷徙到定州，我們正努力招募他們，力爭讓更多的人到崇縣來。」

「這法子不錯，不過你也不要在家裡坐等這些流民上門，可以走出去宣傳，告訴外頭的人，我們崇縣現在授田，只要肯來，我們便給你分田，起房子，發農具、牲畜，我敢肯定，人群一定蜂擁而至。」

「將軍，如果這樣做，只怕鄰州的百姓都要往我們這邊跑，各州對人丁的控制一直很嚴，這樣不會造成摩擦？」

李清哈哈一笑：「大膽去做，怕什麼！有事我來撐著，現在我們缺人丁，沒辦法，死道友不死貧道嘛！」

「對了，秘密關在這裡的那個蠻族公主和將軍怎麼樣？」李清又問。

「很安靜！」揭偉道：「男的每天就在院子裡打拳，女的很少出房門。」

「你們沒有虐待他們吧？」

「不敢，所有供應一應俱全，除了不讓他們出門，其他的都沒有限制。」揭偉道。

「做得不錯，走，去看看他們！」

因為李清另有打算，因而揭偉將白族公主納芙與大將諾其阿秘密囚禁在崇縣原參將府。這座參將府邸為了要保證李清的安全，修得極為堅固，而且戒備森嚴。

順著臺階，來到院子門口，一個獨臂的衙役迎了上來，一看到李清，激動地小跑上前，向李清行了一個軍禮，道：「將軍大人，小的侯武給您請安了。」

看他這模樣，李清便知道他是一個退伍下來的老兵，伸手捶捶侯武的胸膛，笑道：「嗯，雖然不當兵了，但還很結實嘛！」

被李清這麼一拍，侯武話都說不利索了，結巴地道：「謝……謝將……軍關心，小的很好，自從手殘退伍之後，將軍給了撫恤，回到縣裡，又給安排差使，如今過得很好，還討了一房老婆，過年的時候，就可以給我生個娃娃了。」

李清大笑，「好啊，你後繼有人了。」

侯武說：「是啊，要是生個小子，等他長大了，便跟著將軍去打仗。」

李清搖頭，「不，不打仗，我們把要打的仗打完，等小子們長大了，要去讀書。」

揭偉驚異地看了一眼李清，看似平常的一句話，從字裡行間卻顯露出了李清的雄心壯志。

「他們怎麼樣？」李清指指院子。

侯武眼裡露出厭惡之色，他對這些蠻子殊無好感，「過得挺好，男的每天吃飽喝足便練功，哼，還想打我們嗎?!那女的倒安靜，也不怎麼出來，不過今天看起來挺高興的，還出來用蠻語唱了首歌，也不知道在唱些什麼！」

李清對侯武的感受自然知道，安撫道：「他們雖然是我們的敵人，但既然是俘虜，倒也不用羞辱他們，咱們可不是蠻族，是禮儀之邦，你說對吧？」

侯武行了個禮，「這什麼的，將軍說了我也不懂，但我知道將軍說的肯定是正確的，將軍怎麼說我便怎麼做就行了，這些日子來，我可沒有虧待他們。」

「嗯，做得好，帶我們進去，我去看看他們。」

走進院子，出乎李清的意料之外，諾其阿居然穿得整整齊齊，斜倚在房門邊，抱著膀子正看著他。他是練武之人，耳聰目明，想是聽到了李清的聲音。楊一刀和唐虎兩人手按著腰刀，警戒地看著諾其阿。

「諾將軍，撫遠之戰已一月有餘，時間過得可真快啊！」

「對李將軍而言當然是很快，但對我這階下囚而言，可就是度日如年了。」諾其阿淡淡地道。

諾其阿是草原上有名的將領，如果不是因為納芙，想要活捉他是不可能的，這樣一個心高氣傲的人如今被圈養在這裡，當然會有怨氣。

「階下囚可沒有這麼好的待遇，諾將軍，除了行動上有些不自由，你可是享受著貴賓的待遇，不信，你問問我身邊的揭縣令，他每日吃的還不如你呢。」

諾其阿冷冷地道：「這也正是我不解的原因，李將軍，雖然不知你打的是什麼主意，但我現在就可以對你說，你肯定會失望的。」

李清大笑，「諾將軍多疑了，你以為我想幹什麼，勸降你？還是要你告訴我一些白族的情報？我雖不那麼聰明，但對於諾將軍的名聲還是略有所知，是不會白白浪費時間的，將軍請放寬心。」

「你不聰明，你是狡詐。」諾其阿憤憤地道：「落在你手裡，早些殺了我乾淨，不必多說。」

「殺你幹什麼？好吧，就算你想死，你想屋裡的納芙公主也陪你一起死麼？」諾其阿臉色一變，人也緊張起來，「打仗是我們男人的事，我輸給你，沒什麼好說的，公主一個女子，你堂堂大楚將軍，不會如此無恥地去為難她吧？」

李清盯著他，「一個女子？敢問諾將軍，每每你們從我定州掠去的女子下場又如何？」

諾其阿頓時語塞。

「好了，諾將軍，我們兩家世代仇敵，這些廢話倒也不用多說了，我想見見公主，請替我通報吧！」

「你想幹什麼？不說出來意，我是不會讓你進去的。」諾其阿攔在門口。

「諾將軍，你剛剛還說你是階下囚，怎麼這時卻沒有了階下囚的覺悟呢，你以為能攔得住我嗎？」李清反問。

身後楊一刀與唐虎兩人嗆的一聲抽出刀來，向前逼了一步。

「無非血濺三尺而已。」諾其阿絲毫不退讓。

「諾將軍，請李將軍進來。」屋裡突然傳出一個女子的聲音。

「公主！」諾其阿叫道。

屋裡傳來一聲幽幽的嘆息，「諾將軍，人為刀殂，我為魚肉，有什麼好說的！你不用枉送性命，李將軍不會為難我的，否則我們也不可能在這裡安住到現在。」

李清大嘆：「智勇雙全的諾將軍，見識居然還比不上一個女子，我要是想為難你們，需要這麼大費手腳麼？請吧，諾將軍。」

諾其阿喘了口粗氣，推開房門，讓李清走了進去。

納芙穿著正裝，一雙妙目盯著走來的李清，不知李清有何來意。

兩人對視片刻，納芙忽地盈盈一禮，居然是很標準的中原女子與人見禮的動作，「感謝將軍這些日子以來的照顧。」

李清微笑著擺手道：「公主請坐，在這裡過得還習慣？吃得可好，睡得可香？」自己大馬金刀地坐在主位。

納芙顯得很鎮靜，她其實是一個極其聰慧的女子，明白李清將自己藏在這裡，必定另有所圖，但絕不是貪戀自己的美色，那個押送自己過來的定州女官可謂是國色天香，比自己強多了，有這等美女在身邊，她這樣的草原人又何曾能入他的眼！

或許自己在草原上能稱之為美女，但與中原女子比起來，無論是性格，還是膚色，或者媚惑之術，都差得老遠。

「吃得很好，也睡得著，至於習不習慣，倒不好說了，草原兒女習慣無悠無慮，縱馬馳騁，現在整日被圈在這院子中，將軍您說呢？」

李清點點頭，「這倒是不錯，但這也是沒辦法的事，公主請見諒。」

「當然，我是俘虜嘛，能有現在的待遇已是大出我所料，如果來日將軍被我部俘獲，我一定會讓將軍過得比我現在好！」納芙雖是微笑地說著，但言辭慢慢鋒利起來。

李清卻不以為忤，他懶得去與一個女子饒舌鬥嘴。

「聽說公主今天很高興，還唱起了歌！」

「是啊，因為今天是我的生日嘛！」納芙道。

「哦，失禮了！」李清驚訝地道：「早知是公主芳辰，我應該帶禮物來。」

「納芙心領。禮物什麼的倒不必了，我倒想知道將軍將我關在這裡，放也不放，殺又不殺，到底有何用意？說出來能讓納芙過一個安心的生日就很好了，否則著實有些不安心。」

李清如實道：「說實話，我現在也還不知道要怎麼安置你們，這樣吧，我在崇縣要待上兩天，明天我便陪公主出去轉轉，看看中土人情風貌，算是我送給公主的生日禮物可好？」

「當然好，終於可以出去了！」總算能出去透透氣，這些日子被關在這裡悶透了，納芙拍手笑道。

李清不禁莞爾，覺得這個蠻族公主與中原女子倒也沒什麼區別。

「哦，對了，明天還請兩位換上本地服裝，如果兩位穿這身衣服出去，會挨石頭砸的。」

用過早飯，李清帶著幾個護衛施施然地來到關押納芙和諾其阿的院子，揭偉沒再跟來，縣裡繁雜事務太多，李清讓他去處理公務，換一個人來陪他，為李清擔任解說一職。

在揭偉看來，將軍大人這是視察來了，肯定會隨時詢問一些新政實施的細節，因而昨天這位官員和揭偉著實做足了功課，是以此時這位官員還頂著兩個黑眼圈。

若是揭偉知道李清只不過是因為與尚海波為女人的事吵了一架，出來散心消消悶氣，恐怕會大大吐上一口鮮血。

李清對崇縣很放心，這裡是他的老窩，在這裡苦心經營了一年，許雲峰臨走之際選定的接班人，肯定是可靠的人，是以他根本就沒有想要問什麼。至於探訪納芙，只是因為既然來了這裡，一時興起而已，對這兩個人，他現在還沒有定案，想看看巴雅爾的反應再說。

今天天氣不錯，尚未到盛夏，早晨的陽光很溫和，照在人身上暖洋洋的，有些還未被曬乾的露珠躺在樹葉上滾來滾去，一不小心掉落下來，在空中劃過一道七彩光線，便沒入土中無影無蹤。

李清看到一身本地姑娘打扮的納芙早已等在院中，諾其阿則滿臉的不情願，身體扭來扭去，似乎極不適應穿起來複雜的漢服。

「走吧，二位，隨我去看看崇縣的風景吧！」

李清示意給二人牽來馬，諾其阿一躍上馬，卻忽略了身著裙裝的納芙，站在馬前，不知怎麼辦才好。

李清哈哈一笑，躍下馬來，牽過自己的馬，走到納芙跟前，伸手拍拍戰馬的背，那馬頗通靈性，李清一拍，便前腿一屈，半跪在納芙面前。

「納芙公主，是我疏忽了，應當帶一輛馬車來，眼下只能這樣了，上馬吧！」

納芙紅著臉側身坐在馬上，瞅了一眼李清，眼中滿是嗔怪之意。

李清牽起戰馬，交給一邊的一名看守，道：「你替公主牽著馬！」

「李將軍，你這樣帶我們出去，不怕我們趁機跑掉麼？」諾其阿看李清只帶著數名護衛，不禁問道。

李清一笑，道：「若是只有諾將軍一人，我一定會將你綁起來，然後弄一大隊人馬看著你，不過現在嘛，你跑不掉，你也不會跑。」

諾其阿撇撇嘴，知道對方說的是實情，就算現在他放自己走，自己也不會走，納芙在對方手中，而隨同納芙被俘的那些親衛們不知道被李清關到了哪裡，也不知還有沒有命在，他們可不像自己和公主是有身分的人，說不定早被李清砍了腦袋，當成戰功上報了。想到這裡，便恨恨地盯著李清看了看。

「對不起，諾將軍，是我拖累了你！」納芙低聲道。現在她終於瞭解到，如果不是自己那天恰好到了上林里，諾其阿肯定是跑得掉的，結果因為自己，心高氣傲的諾其阿主動投降當了俘虜。

「公主言重了，是末將沒有保護好公主，才讓公主受此屈辱。」諾其阿在馬上欠身道。

「好了，二位，今天我們要去的地方還挺多的，不快一點怕是趕不回來！」李清打斷了兩人。

此時的田間地頭已熱鬧起來，無數扛著鋤頭，牽著牧畜的百姓走向田頭，由於崇縣青壯人口不足，許多婦女便拖著不大的娃兒下地，將小孩往田頭上一放，便自行去勞作，能爬會跳的娃娃們便聚到了一起，摸爬滾打起來。

有老人幹一會兒累了，便坐在田埂上，抽上一袋煙，吞吐之間十分愜意。在新政下，這些田裡的產出除了少數要上繳為賦稅以外，其他的可都是自己的，收得越多，自己便得到越多，自然願意盡心盡力地伺候著土地公公。更有一些軍屬，土地完全是屬於自己的，不須繳一分賦稅，幹勁就更足了。

歡笑聲，哭鬧聲，牲畜們的叫聲，更有一些嗓門好的婆娘高聲唱起俚曲，一路行來，熱鬧非凡。

如果不是遠處坡地上那一處處高聳的墳瑩，和插在墳頭上還可勉強分辨得出顏色的紅花綠紙，這裡幾乎可以類比世外桃園了。

走得久了，有人認出李清一行人來，不時有人從田間地頭走到路邊向李清施禮，李清也一一問候，話些家常。

這讓納芙和諾其阿十分的驚異，二人都是草原的貴族，這些小民在他們看來都屬賤民，給他們一個笑臉已是天大的恩賜，更別說還與他們家長裡短。

「李將軍，你還挺會收買人心的，這麼一番噓寒問暖，還不讓這些賤民對你死心塌地麼！」諾其阿譏諷道。

李清正色道：「諾將軍，為什麼說他們是賤民啊？在我看來，他們和我沒什麼不同，也可以說，他們是我的衣食父母。你想想，沒有他們，我們吃什麼，穿什麼？拿什麼去抵擋你們的入侵？可以說，正是因為有了他們的支持，才有我現在的地位，權勢。與你們草原上的那些牧民一般，沒有那些牧民，你們怎麼生活？你們懂怎麼擠奶？懂怎麼製作酥油茶麼？只怕最簡單的將牛羊養好都不懂吧？」

諾其阿冷笑道：「我是高貴的草原雄鷹，我的任務是騎上戰馬，拿起武器去戰鬥。」

李清哼了一聲：「是啊，拿起武器去搶去奪，殺死這些普通百姓，搶奪他們辛苦種出來的糧食，辛苦織出來的布匹，然後用這些沾滿鮮血的戰利品來奉養你們豪華的生活，是麼？」李清揚起馬鞭，指著那些在田裡耕種的百姓。

諾其阿臉一紅，反駁道：「李將軍，你用不著教訓我，去冬你殺入草原，是怎麼對付安骨部落的？男女老幼一個不留，斬草除根，要真論起手段，你比我們更殘忍。」

「諾將軍，你也承認這殘忍了，但我只做了一次，你就憤怒不已，因為我殺的是你們的同袍；但你們每年都來我定州掠奪，你說，是死在你手裡的定州人多，還是死在我手裡的草原人多？我殺死安骨部落，是因為不能讓你們知道有雞嗚澤這條秘道，那時的我太弱小，禁不起你們任何一個部落的反撲，是迫不得已而為之；但你們每年來襲掠，也是不得已而為之的嗎？」李清質問。

諾其阿不由語塞，勉強道：「但凡殺人，殺人者總能找到各種各樣的理由！」

不料李清卻點頭表示贊同，「你說得對，對我們兩族來說，除非一方倒下，無力再發動戰爭，徹底臣服於對方，否則戰爭便會繼續，仇殺便不會停止。這是我們的宿命！」

諾其阿道：「快了，巴雅爾大單于很快就會將你們打敗！」

李清仰天大笑，「是麼？諾其阿，你知道大楚有多大麼？單是一個定州便能讓你們寸步難進，大楚有州數十，你們這樣一個州一個州打過去，不知草原上有多少鮮血可以流！」

他停頓了一下，接著道：「你們將來回到草原上後，告訴巴雅爾，哦，納芙公主，不好意思，我應當稱他為大單于，叫他等著吧！我李清會打到草原上去的，直到打到他服氣為止。在我的手中，**我將終結草原與中原的數百年仇殺，使他們與我融為一體。**」

聽到李清這番狂妄的發言，諾其阿不由目瞪口呆。

納芙除了震驚，更多的是不服氣，一雙妙目閃動，臉色也有些潮紅。

「李將軍，也可能是我的父親殺進中原，一統天下，那時，照樣可以終結草原和中原的仇殺，使雙方融為一體，不過，勝利者將會是草原上的雄鷹巴雅爾，我為之驕傲的父親。」

李清揚起馬鞭，帶著氣沖山河的氣勢道：「好，我等著他，**看我與他到底誰會是最後的勝利者。**」

李清敢放出如此豪言壯語，固然有對自己強烈的自信，也是基於中原遠比草原上先進的制度和文化。草原基本還處於奴隸制度之下，而大楚，此時早已是封建時代的成熟期，無論是生產力還是別的什麼，都較之草原上領先太多。

在李清的印象中，長達五千年的歷史長河中，落後文明戰勝先進文明的案例屈指可數，而李清穿越而來之時，恰恰是國家進入大倒退時期，固然現在大楚是睡著了，草原正處於上升期，但睡著的獅子也不容輕易挑釁，只要讓他醒過來，即便是獅子尚睡意朦朧，全身酸軟，他所爆發出的能量也不是一隻狼所能匹敵的。

李清要做這個喚醒獅子的人。

一路走來，諾其阿心中的震驚愈來愈盛，作為去冬入侵的主要將領，他十分清楚崇縣當時的情形，當時被蝗蟲一般的部落聯軍打過後，已是一窮二白，然而短短不到兩年的時間，在這片殘破的土地上竟爆發出巨大的生機與活力，這種自我療傷的本領，令諾其阿大嘆不如。

一路上，他看到很多人拖兒帶女絡繹不絕地走過，李清自豪地告訴他，這是外州的流民，他們失去了土地和財產，但定州將給他們土地，給他們房屋，讓他們重新擁有安身立命的財產，所以他們投奔至此。

諾其阿悚然而驚，人口是決定兩方勝敗的一個重要因素，有足夠的人丁，便有足夠的兵源；有足夠的人丁，便能創造出巨大的財富。

巴雅爾大單于曾說過，中原的豪強世族擁有大量土地，無數的百姓則變成流民，這將成為引爆大楚這個龐然大物內亂的導火線，而大楚越亂，他們的機會就越大。

「大楚不可能解決這個問題，因為想要解決這個問題，便要打倒世家豪族，一旦世家豪族倒了，大楚還存在麼？這是一個誰也不可能解開的死結，往往到了這個時候，改朝換代的機會便來了！」巴雅爾豪情萬丈地喊道，諾其阿正是那些熱血賁張的將領中的一員。

但是現在，**李清所做的一切，正在解開這個結，大量人口湧入定州，將給李清帶來巨大的潛力，讓他越來越強！**

諾其阿苦澀地想，李清之所以有這麼多的田地，居然是因為草原部落的多次入侵，將那些豪紳地主殺了個一乾二淨所致，這算不算作繭自縛呢?!

不行，必須要告訴大單于，李清絕對是個大禍害，能早殺一刻便要早早殺死他，否則他一旦成長起來，有了足夠的實力，草原絕對會深受其害。

看著與納芙並轡而行的李清悠然自得的背影，諾其阿不由想：要不要乾脆直接發難幹掉他呢？他相信這個距離，自己猝然而起的話，雖然手中沒有兵刃，但憑著自己的功夫，扭斷他的脖子還是有一定把握的。

當然，這個代價便是自己與納芙必然要為其陪葬，也許以兩人的死換來草原的勝利，還是很值得的。

前面不知李清說了什麼，居然讓納芙笑了起來，聽到納芙清脆如銀鈴般的笑聲，諾其阿剛剛湧起的殺意頃刻間消散得無影無蹤。

他頹然地垂下頭，想道：我這是怎麼啦？我害怕了？我怕了李清，所以想用這樣的手段殺死他。**我為什麼要怕他呢？**我今天會在這裡，並不是因為我的無能，而是因為我要保全納芙。

是的，我沒有任何理由怕他，我要在戰場上堂堂正正的戰勝他，這樣才能一洗前辱，這才是草原英雄該有的氣概。

諾其阿抬起頭，眼中露出亮麗的光芒，前面的楊一刀似乎感覺到了什麼，回過頭看了他一眼，唐虎更是警覺地向他靠近了一步。

「這些人推著的是什麼？」納芙好奇地指著路上一批批推著的獨輪車問道。

「哦，這是煤炭。」李清耐心地回道：「可以用來取暖。」

「這不是獸炭麼？」諾其阿不像納芙那麼孤陋寡聞，「這不是有毒麼？」

唐虎嘿嘿一笑：「不知道吧？獸炭的確有毒，但我家將軍想出辦法，除去了毒氣，現在我們崇縣、撫遠都用它來取代柴禾，管用多了。」

「獸炭能用？」諾其阿大為吃驚。據他所知，大楚是沒有人燒這種據說有毒的東西的。

李清側頭對諾其阿解釋道：「這裡面大部人都是剛到我們定州，雖然給了他們土地，但已錯過耕種，所以他們便用這種獨輪車推煤炭賣給官府或缺少勞力的家庭，一天下來，養活一家人也不成問題。」

「隨便讓他們挖麼？」諾其阿奇怪地道。如果獸炭能燒，那便歸為礦藏一類了，那麼礦藏一般都是屬於官府或者世家所有，是禁止隨便私採的。

「現在可以！」李清笑道。看來諾其阿對中原真的下了一番功夫瞭解，「現在定州是屬於特屬時期嘛，被你們一搶，大家都吃不上飯了，只能事急從權，等所有一切都穩定下來，當然是要有所限制。」

諾其阿默不作聲，心裡卻轉了很多念頭，就他看來，李清是**一個正在破壞大楚潛規則的傢伙**，這樣的人也許會不容於大楚，**說不定不用草原動手，大楚就有人要對付他了**。但願如此，他心裡默默祈禱。

在一家農舍草草吃過午飯，眾人便又上路，雖然那家人仍然很窮，但做出來的飯菜卻頗有特色，幾樣自家種出來的菜蔬，讓李清幾人吃得是有滋有味。

「要論起吃來，還真是沒法與你們中原人比！」納芙吃得很開心，這頓別具風味的飯菜她還是第一次吃到。

李清笑道：「納芙公主，也許以後你能以客人的身分到中原各個地方去轉一轉，會有更多的東西讓你覺得新奇，吃的嘛，要說起來，我還挺想吃你們的手抓羊肉，喝你們的酥油茶、馬奶酒呢。」

納芙目光閃動，「好啊，如果有一天你被我阿父抓到了，我一定請你吃這些，讓你天天吃，頓頓吃。」

李清大笑，這個牙尖嘴利的丫頭，想捉住我？只怕是不用想了，不過，要是自己抓住了巴雅爾，讓他來替自己烤羊肉，納芙在一邊倒馬尾酒，倒是個不錯的場景。

再走一段路，納芙忽地發出驚嘆聲，「天啊，這是什麼地方，好漂亮啊！」

出現在面前的，是一個極大的湖泊，湖中央，一條丈餘寬的大堤將湖泊一分為二，湖邊種滿了大樹，特別是一排排垂柳，春意昂然的枝條隨著微風拂過湖面，蕩起層層漣漪，無數鴨鵝浮水而來，幾隻小船上，趕鴨人手中持著長長的蒿杆，不時哦哦的叫上幾聲。

湖的兩側，崇山峻嶺倒映湖中，更讓湖泊像是一顆深藏於山中的明珠，讓人見之心喜。岸邊數十米處，整齊的巨木房屋羅列於旁，更遠一點的地方，則是綠油油的良田，隨著山勢越高，直沒入高處不可見之地。

「這裡是雞鳴澤！」李清淡淡地道。

這裡，現在已是崇縣的產糧和肉食基地；當然，也是重要的軍屯點，關於這一點，李清自然不會明說，但他相信，以諾其阿的眼光，看到這裡勞作的都是些青壯漢子，紀律性頗強，便會明白一二。他不怕諾其阿知道這一切，也許讓諾其阿知道的更多，不是一件壞事。

「去年，你就是從這裡偷襲安骨完顏不魯的？」諾其阿指著中間的那條大堤。

「不錯！」李清坦然道：「當初這裡還是一片沼澤，我很幸運，知道其中有一條秘道，於是率軍突入草原。那一年要不是安骨部落裡豐富的繳獲，我想我熬不到現在，更別提有今天的成就。」

「那是建立在安骨無數無辜人的性命之上。」諾其阿厲聲譴責道。

「無辜？」李清冷笑，「我崇縣戰前有十幾萬百姓，你們來後，只剩不足五萬，這些人去哪裡了？他們手中可有刀槍，安骨部落裡的這些財富是從哪裡來的？便是從這裡，從這裡搶走的，諾將軍，沒有無辜者，只有受害者。」

諾其阿不再言語，在這個問題上，雙方立場不同，永遠也辯不清。

「我在這裡挖出這個湖泊，改造了萬頃良田，修建要塞堡壘，諾將軍，你們想要從這條秘道打過來，毫不誇張地告訴你，我放一個哨在這裡，就足以讓你們流下足夠的血仍然無法撼動，但你們卻必須時刻提防我從這裡打出去。日夜警惕的滋味，想必你們草原上的部落已經有所體會了，而我們以前一直便在這種警惕中過日子。」

「這算是一種警告麼？」諾其阿厲聲道。

「你可以這麼認為！」

第二章 極品殺手

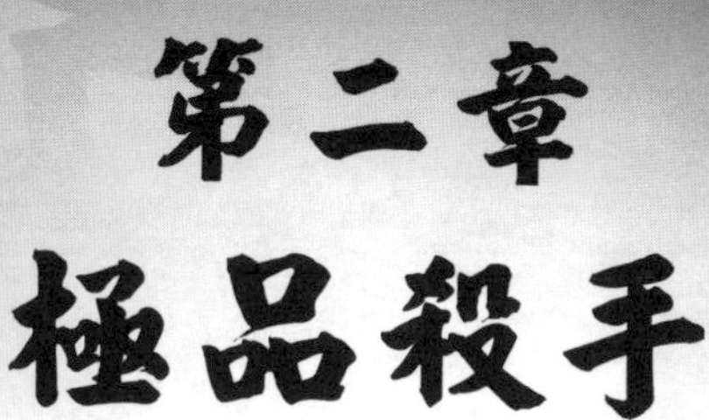

急劇地喘息聲中，李清呢喃道：「軟玉溫香抱滿懷，阮肇到天臺，春至人間花弄色。將柳腰款擺，花心輕拆，露滴牡丹開。」自古以來，文人騷客對女子的殺傷力巨大，李清更是堪稱美女才女之極品殺手，清風已是意亂情迷。

李清想要警告尚海波，不要過分插手自己的私事，所以在崇縣一連待了兩天，雖然知道尚海波是為大局著想。

兩天後，不管他情不情願，心裡還有沒有氣，他都必須返回撫遠，因為朝廷的欽差來了。安頓好諾其阿與納芙兩人，他便快馬加鞭趕回了撫遠。

回到撫遠時已是傍晚，走進參將府，便看到尚海波、路一鳴、清風等人已在議事廳裡齊聚等候著他。

他目光掃過眾人，特別是在清風的臉上停留良久，直到清風臉上浮起紅暈，低下頭去，他才將馬鞭甩給楊一刀，坐在正中的虎皮交椅上。

自己可以有限度妥協，但絕不會屈服，特別是來自於下屬的壓力。

尚海波的表情很精彩，其一是想不到這次李清反應會如此激烈，居然拋下堆積如山的事務，一個人去崇縣散心。

這讓他有些懊惱，自己對主公的心理仍然沒有把握清楚，李清到底在想什麼，他始終有一種霧裡看花的感覺，可能這便是李清能讓自己死心塌地為他賣命的原因吧，**給你足夠大的權力，給你足夠的信任，但隨時也可以敲打你，讓你知道誰才是真正的老大。**

其二，就是這次朝廷欽差所帶來的訊息。下午欽差來後，有了足夠的黃白之物，讓對方透露一點消息是很簡單的。

「有什麼消息，說吧。」李清道。

「將軍，不，從現在起該叫您大帥了。」尚海波臉上喜氣洋洋，「朝廷已任命您為定州軍主帥，從今天開始，定州便名正言順是您的了。」

李清臉上沒有絲毫興奮的表情，「意料之中，沒有什麼可欣喜的。」

尚海波碰了一鼻子灰，深知李清的氣還沒有消，苦笑道：「其實我們驚訝的是第二個消息，是有關於方家的。」

「哦？」李清稍稍提起了一點興趣。

「方家放棄了方文山、方文海，說二人所作所為天怒人怨，讓方家蒙羞，請聖上誅之，以正朝綱！」

李清動容道：「消息確實？」

「是欽差透露的，砍頭的聖旨就在他懷裡揣著呢！方家壯士斷腕，厲害啊！」尚海波嘆道：「聽說方家還交了一百萬兩的罰罪銀，自承管教不嚴。」

「好大手筆！」李清嘆道：「一百萬兩！可真是有錢啊，想必聖上收了錢，便不會怎麼為難方家了。」

「正是，方家算是逃過一劫，但這兩個倒楣蛋可就得頂缸了。」

李清一笑：「他們是死有餘辜，不過這一次，咱們和方家的梁子算是結大了，恐怕現在方家比蕭家更恨我。」

「兵來將擋，水來土淹，怕他作甚！」尚海波不屑一顧。

「戰術上藐視對方，但在大戰略上可就要重視對方了！」李清提醒道：「否則，一個很小的問題就有可能讓我們吃虧，更何況方家勢力頗大。」

尚海波道：「是，我會注意。」

一邊的清風接著道：「知道這件事後，我已下令統計調查司調整了對於方家的警戒級別，加大對他們的滲透。」

「做得好！」李清點點頭，看她欲言又止的樣子，奇怪地問道：「怎麼，還有什麼事嗎？」

「這個，是有一件事！」清風吞吞吐吐的。

在李清一迭聲的催促中才道：「這件事是關於將軍您的，不，是關於將軍您的母親的。」

「我母親？」李清一驚。

說實話，自從穿越而來，占據了這個身體之後，他的腦子裡真還沒有想起過這個問題，聽清風一說，陡地一個熟悉的身影便浮上了心頭，一股淡淡的悲哀也在心裡出現。

「怎麼啦？」李清探出身子問道。

「是這樣的，我的手下從朝廷職方司得到了一個消息，說是您的母親大人在侯府中過得甚不如意。」

李清冷笑，「一直便是這樣，否則我怎麼會走！母親大人受苦我早就知道，很快我便會算這筆帳，這種日子馬上就會結束了。」

「可是這回有些不同往常。」清風艱難地說道，臉蛋也通紅起來。

「到底是什麼事，你快說，難不成他又打了我娘？」

見到李清已有暴走的跡象，清風便道：「職方司那些人說，李將軍在這裡威風八面，殺得蠻子魂飛膽喪，卻不怎麼講孝道，他的母親在侯府裡整天要洗刷全府的馬桶，又髒又累，他居然不聞不問。」

砰的一聲，堂上傳來一聲巨響，眾人駭然起立，原來是李清一把掀翻了面前的桌案，臉孔扭曲，面容猙獰，「你說什麼？刷馬桶？」

此時的李清直如要擇人而噬，清風被嚇了一跳，從未看到李清有如此失態的時候。

「大帥息怒！」尚海波趕緊說道：「大帥，這也許是朝廷為了離間您與李氏的關係，方才如此胡言亂語，清風，這些人抓起來沒有？」

清風搖搖頭，「人抓了，也嚴刑拷問了，這些人說的確如此。」

李清恍然道：「離間，你肯定是說對了，但這件事絕對是真的，朝廷職方司的袁方是個老手，怎可能用子虛烏有的事來說事，他只不過是借勢使力，讓我知道罷了。」

「威遠侯，哼！」李清語氣中充滿了恨意。

「大帥，威遠侯是您的父親！」尚海波深怕李清說出什麼大逆不道的話來，趕緊打斷道：「再說，此時威遠侯尚在南方剿滅反叛，這件事他肯定是不知道的。」

李清一拳擊在身後的牆上，「裘氏！別以為你是蘭亭侯的女兒，我就不敢動你。」

眾人相顧失色，這時代的家庭關係，真要論起來，裘氏算是李清的嫡母，而李清的親生母親只能叫做生母，嫡母的地位可遠高於生母。

「大帥，此事的真偽總要等您回到洛陽之後才能計較。」尚海波勸道。

「清風，統計調查司有在洛陽布下網了麼？」李清讓自己稍稍冷靜了一下，問道。

「以前，我們的重點一直放在蕭方兩家以及草原蠻族那邊，對於洛陽只灑了幾粒種子，要想成規模，短時間還不行。」清風如實道來。

「嗯，抓緊時間，在洛陽把網儘早布好，記住，洛陽的網不僅要網羅那些地下勢力、下級官員，更要注重上層的，你可以和茗煙商量，她在這方面有經驗。」

「是。將軍！」清風道。

李清心裡煩躁，也無心再議事，便對尚海波道：「明天迎接欽差一事，尚先生負責安排吧，反正就是一個形式，不就是讓我到洛陽受封麼，我到時出場就行了。」

尚海波點點頭，「是！」

「那就先這樣吧！有什麼事明天再說。清風，你留下來，陪我去見見方文山、方文海這兩個雜種。」李清吩咐道。

李清心裡有氣，決定要去撒撒氣，從他們的嘴裡撬出一些方家的重要東西來。

清風初聽要自己單獨留下來，臉色便有些不安起來，接著聽到後面的話方才放心，知道自己多想了，不由得臉上又浮起了紅暈。讓李清看得怦然心動。

尚海波搖搖頭，無可奈何地走了。

第二日迎接聖旨，隆重又顯得平靜。

由於對聖旨的內容大家都已提前知曉，是以在欽差黃公公扯著公鴨嗓子，高聲宣布對各人升官加爵大加獎賞時，眾人都是神色平靜。

李清確定為定州軍大帥兼定州知州，成為**大楚有史以來最年輕的軍隊統帥**，路一鳴則是被正式任命成為定州同知。他知道自己這個同知的任務，就是做好李清的後勤，讓李清無後顧之憂，能安心地擴充勢力，進而揮戈四方。

三呼萬歲之後，黃公公笑瞇瞇地跨上一步，雙手將李清扶了起來，「李大帥快快起來，咱家還沒給大帥賀喜呢，大帥現在可是我大楚有史以來最年輕的一路邊帥了，前途不可限量，咱家在這裡先祝李帥步步高升。」

李清給黃公公那軟綿綿，肉呼呼的手一拉，汗毛都豎了起來。看著他那圓嘟嘟，粉團團的一張臉，更是有些吃不住勁，衝身邊的楊一刀一使眼色，楊一刀立馬靠近黃公公，一張銀票已不落痕跡地塞進了黃公公的袖筒中。

黃公公顯然是此道老手，這種當眾行賄，他便也當堂笑納。

「大帥，你的大才咱家可是久仰了，在宮裡時，只老聽皇上念叨著，今天見了大帥，果然是英明神武，難怪打得蠻子哭爹喊媽。大帥，等到了洛陽，還有驚喜在等著您呢！」

李清聽他話裡似乎有話，當即問道：「黃公公請明示，不知還有什麼驚喜呢？要知道，現在皇上的封賞我已是受寵若驚，承受不起了，直怕對不起皇上的一片厚意，辜負了皇上呢！」

黃公公嘎嘎怪笑起來，「大帥就別為難咱家了，這咱家可真不敢說。」

李清眼睛瞄向楊一刀，楊一刀又摸出一張銀票。

黃公公連連擺手，居然有銀子也不要，只是道：「這錢咱家可不敢要，說了咱家是會掉腦袋的。」

李清接過銀票，笑嘻嘻地道：「這是一點小小心意嘛，以後李清還要公公多多照拂呢。」說完，強行將銀子塞進黃公公的手中。

黃公公遲疑了一下，道：「大帥，咱家只能告訴你，這是天大的好事！」到底是什麼好事，黃公公卻成了鐵嘴堅牙，一個字也不吐了。

李清和尚海波疑惑地對望一眼，都有些大惑不解。

「大帥，不知方家那兩個逆賊在哪裡？我這兒還有處理他們的聖旨，皇上看了您的奏摺，對這兩個混蛋很生氣，連上好的青花瓷茶杯都摔了好幾個，說不知是什麼養就了這兩個東西，居然如此不知廉恥。皇上的意思是，旨到之日，就要大帥對這兩個混蛋明正典刑。」

李清迎合地說：「皇上說的極是，對這樣的賣國賊，就是要殺之而後快，這兩人是重犯，一向關押嚴密，怕有人劫獄啊，雖然抓了他們，但誰知他們還有沒有同黨呢。」

「對，對，小心為好！」黃公公笑道：「過了今日，他們就是黃泉路上的小鬼了。」

「公公就是那招魂的閻羅王啊！」李清捧了句。

「哎喲，大帥太抬舉咱家了，要說閻羅王，我看也只有皇上才是啊！」

黃公公說到這裡，突地臉現驚恐，明顯意識到自己失言了，但說出的話如同潑出去的水，怎麼也收不回來了，看到李清等人都沒有什麼異常表情，膽子便大了起來，「大帥，你算是殿前判官，咱家頂多算是個牛頭馬面！」

一行人說笑間便來到統計調查司，看到迎上來的居然是個纖纖女子，黃公公面現驚容，遲疑了一下，道：「這是？」

李清笑道：「哦，黃公公，她叫清風，方家這個大案子便是由她負責偵破的。」

黃公公疑惑地看了一眼清風，又掃了一眼周邊的眾人，在宮中廝混已久，察顏觀色遠甚於一般人的他，立即便發覺眾人對清風的態度有些恭敬得過頭，在場的都是人中豪傑，能對一個女子有如此神態，那只能說明一件事，這個女子與李清的關係非同一般。

黃公又看了一眼清風，便帶著一絲不明的笑意對李清道：「瞭解，瞭解。」

清風不由有些惱火，臉色一沉，擺手道：「大帥，黃公公，請吧。」

看到清風居然敢對自己和李清擺臉色，黃公公更加篤定自己猜得沒錯，試想如果真是一個普通的下屬，哪敢如此放肆！於是拱手道：「請姑娘帶路。」言語中分外客氣。

同所有的牢房一樣，統計調查司的牢房也是陰森森的，穿過一條長長的甬道後，僅靠著一支支的火把照明，將眾人的影子拉得老長。

兩邊的牢房不同於一般牢房只有木柵欄隔著，而是一間間四面緊閉的小屋，只在門上有一個小小的隔窗。每隔幾步便有一個黑衣軍士肅立，目不斜視地站得筆直。

隨著李清勢力大漲，統計調查司的權力也越來越大，現在已組建成一支獨屬於他的小型軍隊，雖然人不多，卻個個都是清風從軍中調來的精銳，再加上從江湖上招來的武功高強的好手，儼然是李清手下一支不容忽視的戰力極強的部隊。

在甬道中沒走多遠，黃公公白嫩的臉上便有些變色了，實是因為這裡的氣氛著實恐怖了點，安靜到眾人走在甬道中的腳步聲都可以清晰地聽到，牆壁上畢畢剝剝燃燒的火把，如同泥塑木雕的護衛，不僅讓黃公公，便是在場的高級將領們都是心驚不已，不知清風是怎麼將部下訓練成這個樣子的。

啊！甬道裡突然傳來一聲長長的不似人聲的慘呼，便是李清也嚇了一跳，「這是什麼？」

清風神態自若地道：「哦，有幾個來歷不明的探子，居然想混進匠作營去，嘴很硬，問了幾天也沒問出個所以然來，所以不得已只好動刑。」

李清臉色一變，現在的匠作營可不比在崇縣時，裡面有許多李清不願讓別人知道的東西，比如尚在研製中的連弩、上好的精鋼，都是李清的秘密。

「問出來了麼？」

「快了！」清風臉上露出笑容，「總有人會扛不住的。」

似乎是在映證清風的話，甬道裡又傳來一連串慘叫，「啊，殺了我吧，殺了我吧！」

「到了這兒，想死可也不容易！」清風淡淡地道，眼睛特意掃了一下黃公公。只見黃公公臉色由白轉紅，由紅轉青，而後變紫。

看到清風在這種場合下仍然笑靨如花，尚海波心裡也有些發毛，「這女人……」

拐角處一道緊閉的門忽地打開，一個人大步走了出來，臉上手上都沾滿了鮮血，看到李清等人，不由一怔，趕緊拜道：「卑職統計調查司鷹揚校尉胡東，參見大帥，見過各位大人。」

「胡東？就是那個混進上林里，鼓動奴隸騷亂，配合呂將軍攻破上林里的胡東？」李清對這個人還有印象。

想不到大帥居然記得自己，胡東大喜道：「是，大帥，卑職就是在此役中升至鷹揚校尉，現在統計調查司負責刑名之事。」

清風道：「好了，胡東，問出來了麼？」

胡東咧嘴一笑，將血手胡亂地在身上擦了一下，弄得一身上好的軍服也不成模樣，「落到咱手裡，就算他是鐵鑄的，咱也得刮下一層屑來。」

「哪來這麼多廢話！」清風斥道。

胡東身子一抖，看來對清風極是畏懼，「是，大人，謝科正在審問，您知道我不識字，這些事只能讓謝科去做，我趕著去給大人報喜呢，可巧就在這裡碰上了。」

清風哼了一聲，胡東意識到自己的話又多了，向眾人行了個禮，一轉身又鑽進了那間房子裡。

「各位大人請吧，方家兩位重犯就在前面。」清風指著甬道盡頭，那裡站著數名護衛，安全級別明顯上了一個檔次。

眾人各懷心事，跟著清風向前走去。

甬道的最前方，便關著方家在定州兩個最重要的人物，原知州方文山和他的族弟方文海。兩人各自分開住，方文海和他的兒子方家豪則共用一間，旁邊更小一點的牢房，則囚著方家一干參與此事的重要人物，除了方家三人，其餘的個個都被上過刑，已將所知說了一個底朝天。

方文海父子已接近崩潰，不時傳來的慘叫聲讓他們嚇破了膽，原本以為倚仗的方文山就住在旁邊，讓他們的僥倖之心早已蕩然無存，以他們所犯的事來說，可以被殺上上百次。

披頭散髮的方文海緊緊地貼著牆壁而坐，兩手下意識地在身下的亂草中摸索，聽到門被打開，也只是抬起頭看了眾人一眼，便又來來回回地不知在摸些什麼。

相比之下，方文山則鎮靜許多，雖然給關了很多天，但身上穿著倒還整齊，頭髮也梳理得一絲不苟，除了臉色蒼白，看不出有什麼異樣，此時，正盤腿坐在牢房中央。

他畢竟曾是一州知州，清風沒有給他什麼苦頭吃，他也很爽快，但凡問到有關定州方家的事，就知無不言，言無不盡，但一涉及到本家，就絕不開口。

李清跨進牢房，與方文山對視片刻，心中頗為感慨，曾幾何時，自己還得恭敬的稱呼此人一聲大人，他一言便可定自己生死前程，但短短兩年卻是時移勢去，兩人的身分顛倒，自己是定州之主，而他則成了階下囚。

「方大人，朝廷欽差來了。」李清望著他道。黃公公則重重地咳嗽了一聲。

方文山嘴角微咧，「哦，是嗎？那我要恭喜李將軍終於得償所願了，我如今身陷囹圄，不能送將軍一份賀禮了。」

李清微笑道：「不必，你的賀禮已經送上了。」

感覺受到輕視的黃公公氣湧上心，怒喝道：「方文山，你這逆賊，本欽差到此，你還大模大樣地不起身跪迎，想死麼？」

方文山呵呵一笑：「欽差？難道我起身迎接便不會死麼？你也不用在我面前擺架子，方某見過的欽差沒有一百，也有八十，你又算得什麼？」

黃公公氣得一佛升天，二佛出地，「你這該殺的逆賊，咳咳……」

「黃公公，不必為一個將死之人生氣，請宣讀聖旨吧！」李清道：「辦完了差使，我略備酒席，與黃公公痛飲一番。」

黃公公這才轉怒為喜，從隨從手裡接過聖旨，陰惻惻地掃了一眼鎮定自若的方文山，此時，方文海和方家豪也被從旁邊的牢房中提了出來。

方文山絞立決，方文海腰斬，方家豪斬立決，定州方家其他人等都被貶為賤籍，而參與販賣生鐵給草原的其他從犯，清一色的斬立決，家人被流放充軍，轉眼間，便是上千人從雲間跌落到地上。

好在定州本是邊州，流無可流，也就是就地安置，只不過家財被沒收，身無餘財，而且由於他們的家人曾資敵，想必在定州這個人人敵視蠻族的地方，以後的日子過得會很艱難了。

尚未聽完聖旨，方文海已是癱倒在地，軟成一團；方家豪則是大呼冤枉，方文山仍是一言不發。想必一切都在他意料之中，李清想，從出事的那一刻起，方文山就知道自己必然無法倖免，早有心理準備。

可惜了這樣一個頗有才能的傢伙，如果不是方家貪得無厭，也許他不會落到如此地步，一旦出事，便視如敝屣，這就是世家？如果有朝一日自己也出了事，或者沒有了價值，李氏會不會也這樣對待自己？李清在心裡問自己。

由於是立即處決，宣讀完聖旨，方家一眾人等立即被黑衣衛士架出牢房，外面準備行刑的官員已帶著士兵等候在那裡，刑場早已搭好，通告也發了出去，撫遠街道上早已是人山人海，都想來看看這幾個賣國賊是如何被殺頭的。

方文山三人被架上了囚車，他們三人待遇高一點，一人一輛，其他的十數名從犯則綁在一輛大囚車上，背後高插的待決牌上，一個腥紅的大勾眩人眼目。

剛剛走上街，無數的臭雞蛋、爛菜葉便飛了過來，走不到半條街，囚車上已經堆滿了穢物。

李清搖搖頭對黃公公道：「黃公公，我就不去了，還有不少公務要處理，耽擱不得。」

黃公公本以為李清一定會興高采烈地去看這個被他打倒的敵人的最後下場，想不到從李清的臉上看不到一絲的興奮，聽了李清的話，拱手道：「大帥自便，唉，這種血淋淋的場面，我也不愛看，奈何皇命在身啊！」

「公公奉公守責，李清非常佩服！」

王啟年等人興高采烈地去看熱鬧，李清卻約了尚海波、呂大臨、清風，路一鳴等人回到他的參將府，很快，他就要啟程去洛陽，這一去，一來一回再加上將所有的事情處理完畢，恐怕得兩三個月，很多事情必須在走之前佈置好，對李清而言，現在只爭朝夕。

「呂兄，上林里築城現在怎麼樣了？」李清問。

呂大臨道：「蠻族原先就打下了一些基礎，所以這一次我們再修建就省事不少，現在我們有足夠的民夫，物資齊全，應該在今年可以修建起一座比撫遠更大更牢固的堅城。」

「上林里築成堅城，便牢牢地扼住了巴雅爾的咽喉，我想他一定不甘於上林里被我們握在手中，所以呂將軍要注重巴雅爾的反撲。」

「大帥放心，上林里被我們握在手裡之後，巴雅爾想要大規模進攻我們估計今年是不成了，小規模的騷擾毫無意義，巴雅爾也不會做，恐怕要待明年才會有大仗打，但明年上林里堅城已成，他來又何妨！」呂大臨回道。

李清搖頭：「巴雅爾不會來，因為他是有大智之人，但另外的部族就說不一定了，凡事小心為上。」

清風接口道：「大帥說得很有道理，我們放到草原上的探子發現，上林里失守後，蠻族內部意見不統一，各持己見，而巴雅爾由於重用完顏不魯而失敗，威信遭到極大的打擊，現在幾乎蟄伏不出；而青部鬧騰得挺歡，一直在調集本部精銳，我們懷疑他有打上林里的跡象。」

「另外，由於室韋人內訌，草原第一名將虎赫已率領他的狼奔軍回轉，估計一至兩月後，虎赫就將到達龍庭，隨著虎赫的回來，巴雅爾的實力將大漲，這一點也引起我們的注意。」

李清憂心道：「很有可能現在巴雅爾在放任自流，讓這些不安定因素自己跳出來，甚至暗中鼓動青部出兵，讓我們來消磨青部實力；而等到虎赫回來後，只怕他就要開始大清洗了，如果真是這樣，明年我們將面臨一個空前團結的蠻族，形勢會比今年更嚴重。」

呂大臨也慎重起來，「大帥，有這麼嚴重嗎？」

「**凡事預則立，不預則廢**，我們未慮勝前先慮敗，將各方面的事情考慮好，好儘量降低我們失敗的可能性。」李清道。

「末將明白了。」呂大臨心悅誠服地道。

「有關情報方面的事，除了你自己的哨探外，還可與統計司多接洽。」

「是！」呂大臨向清風抱拳，「要有勞司長了。」

清風微笑還禮：「分內之事，呂將軍客氣了。」

「老路！」李清轉向路一鳴，「定州現在每日都有大量流民湧進，對這些人的安置，一定要上心。這些流民要分類安置，有一技之長的可以多給一些優惠，我們定州人少地多，不要小氣，給個官當也可以，這都在你職權範圍內。」

路一鳴有些擔心地道：「大帥，按如今湧入定州流民的速度，恐怕今年底，定州就沒有多餘土地了，到時還有人來怎麼辦？」

李清笑而不答，走到掛在牆上的定州地圖邊，指著一個地方，「不怕，在這裡，我們還有足夠的土地！」

「草原！」屋裡眾人都驚呼起來，面面相覷，那裡可是蠻族人的地盤，哪有中原人的立足之地！

「建屯居點，我們一點點蠶食他們的地盤。」李清從案上找來一張圖紙，招呼四人道：「你們過來，這是我的想法。」

「這是什麼東西？又一種堡塞嗎？」尚海波拿過圖紙，仔細地看著紙上的圖畫。

呂大臨也湊了過來，一聽尚海波說李清又設計出了新的堡塞，不由大為興奮，稜堡已具有相當大的威力了，難不成還有更厲害的堡壘嗎，一看之下，與尚海波一樣，都是大惑不解，畫中這個圓圓的建築怎麼看都不像一個堡壘啊？

「這是什麼？」兩人異口同聲地問。

「圍屋！」李清眼中閃著光，興奮地道。

「這有什麼用？」尚海波疑惑不解。

李清又扯過一張紙，上面是圍屋的平面設計圖，「你們看，這種屋子造起來便宜得很，要不了多少錢，卻非常實用，瞧，分為上中下三層，上層為哨樓，平時人可以在上面納涼，曬東西，戰時，這裡架上幾架弩弓，就是一個碉樓。第二層住人，第一層可以養牲口，這裡是大門，整個圍屋只有一個大門，大門一關，圍屋便是一座防守堡壘。」

「大人是要與蠻族一樣，全民皆兵，蠻族不來，這些人便是種地的百姓；蠻子一來，跑回圍屋，大門一關，弓箭一拿，便成了戰士！」呂大臨立即反應過來，「可這樣的士兵，戰鬥力不強，是很難經得起蠻子的打擊的。」

李清搖搖頭，「他們不需要正面與蠻子對敵，主要是在蠻子來時牽制一下，所以先期的圍屋一定要在我們的有效保護範圍之內。比如你的上林里，那裡駐紮著數萬軍隊，在你們的視線範圍內，便可以大量建築這種圍屋。」

尚海波點頭贊成，「這倒是可行。只是這圍屋要建多大呢？」

李清道：「先期不用建太大，每個圍屋裡能住數十戶人即可，這些人在圍屋四周開荒種地，有事便可奔回圍屋，不虞有失。以後有了經驗，再慢慢擴大規模。」

呂大臨看著圖紙，盤算片刻道：「大帥，我有個想法，每座圍屋之間，相隔不要太遠，這樣在圍屋間，我們可以打下一排排的木樁，中間夯上泥土，這樣一個簡易的城牆就形成了，隨著圍屋越建越多，這樣的城牆就越建越遠，最終形成一座堅城。」

李清拊掌大笑：「此計大善。」

路一鳴皺眉道：「可是這些流民大都是為躲避戰亂而來的，如今要他們去更為凶殘的蠻子地盤上，只怕沒有幾個人有這個膽子。」

李清想了想：「這樣吧，告訴這些流民，只要肯去，無論他開墾出多少土地，我們不收他一文賦稅，而且給他地契，以後這地就是他的了，重賞之下必有勇夫，不要忽視了中原人對土地的渴望，再說，還有幾萬大軍駐防在邊上呢！」

「如果真是這樣，大帥，那以後真站住了腳，對我們定州收入可是大有影響啊！」路一鳴又提出了一個新的問題。

「這就要看你怎麼看待這個問題了！」李清道：「表面上好像我們損失了不少的賦稅，但人多了，別的財源就會更廣一些；而且還有一個更重要的原因，這些人去了之後，為了保住性命和財產，必然會自覺地進行一些必要的軍事訓練，這樣有個幾年的時間，他們就是一個不錯的戰士，必要時，我們隨時可以徵召他們入伍，如果在這期間，他們與蠻子幹上幾仗，那就是老兵了。」

路一鳴想想也是，便點頭答應。

「大帥這一說，我覺得我們在每一個圍屋中，都應當派一個有家室的老兵過去，平時指導這些農民進行軍事訓練，免得他們到時驚慌失措。內地的百姓不像我們邊州這樣驃悍善戰，還是要多加引導。」尚海波提出一條建議。

「很好！」李清同意，「派出去的老兵都給一個果長的頭銜，給他們另外發一份餉銀。」

幾個人你一言我一語，很快便形成了一份正式的方案，這時清風便充當記錄員的角色，將每個人的建議一條條的記錄下來，再整理好，便是一份檔案了。

「這就像是一條絞索，將慢慢地勒緊草原上蠻子的脖子，讓他們呼吸困難，最終窒息而死。」李清的手在地圖上畫了一個半圓。

「可惜，如果我們能聯絡上蔥嶺關那邊的室韋人，兩面夾攻，打敗巴雅爾就指日可待了。」李清遺憾地道，通往室韋人地盤的通道被草原人牢牢把持著，想去聯繫室韋人，基本上是不可能的。

呂大臨聽了道：「我聽說室韋人比草原人更野蠻，我們叫草原人為蠻子，而草原人叫室韋人也是蠻子，打敗了草原人，又讓室韋人來到我們面前，這不是**前門驅虎，後門進狼**嗎？」

李清搖頭道：「室韋的老王一死，內部立即四分五裂，說明他們沒有一個鎮得住場的傢伙，這樣的人再凶也好對付；倒是草原上有巴雅爾這樣一個雄才大略的傢伙，讓人頭疼得緊，如果能聯繫上室韋人，我們還是要抓住這條線。清風，這事你要放在心上。」

「是，將軍，我知道了。」清風抬起頭道。

尚海波盯著牆上的地圖看了半晌，道：「大帥，其實也不是沒有辦法聯繫上室韋人，您瞧這裡！」

幾人的目光都看了過去，「復州？」

「對，復州臨海，又是我們的鄰居，宣化縣就有一個良港，走水路繞一圈，便可以進入室韋人控制的地盤。我們可以派人從這裡出發。」

李清凝思片刻，「可是這條路從沒有人走過，只怕一路阻礙重重，海上還有海盜，走這條路可謂是九死一生，很難！不過可以作為一個思路。等找到合適的人選便去試一試，反正死馬當作活馬醫，不抱成功的希望也就無所謂失望了。」

眾人都是點頭。

「尚先生，我這一走便是數月，長勝軍的日常事務就要拜託你了。」李清交代道：「特別是軍隊的擴編訓練是當務之急，還有配裝等問題，軍隊急遽擴充，戰鬥力必然下降，我們越早解決這個問題，在今後我們便越輕鬆。」

「路大人，但凡這邊需要財物，州裡要大力支持，再困難也要想辦法，只要度過這一段艱苦的日子，以後便會越來越好，現在可不是小氣的時候。」

李清擔心路一鳴與尚海波之間有疙瘩，配合不好，到時扯起皮來就讓人頭疼了。

「大人放心！」路一鳴表態，「就算勒著褲腰帶，也不會短了軍事上的費用，皮之不存，毛將焉附，這個道理，老路我還是懂得的。」

「嗯，那就好！」李清很讚賞他的態度，從牆上拿過一柄刀，拔出來擱在案上，「各位請看！這是我們匠作營用剛剛研製的鋼材打製的刀，大家看看這與之前用的有什麼不同？」

呂大臨是武將，見獵心喜，拿起刀舞了幾下，咦了一聲，「大帥，這刀比先前用的要輕一些，但柔韌度更好。」說著，用力在空中猛的一晝，那刀發出嗡的一聲響，不斷震動起來。

「說得對！」李清拿起另一柄刀，然後用呂大臨手中的新刀用力劈下，嗆的一聲，已將那把劈成兩截。

「好鋒利！」眾人驚嘆道。

李清將刀伸到眾人面前，只見刀刃仍是鋒利如昔，連個缺口也不曾有，大夥兒都是一臉不可置信的表情。

「這是剛研製出來最新最好的鋼材，可惜還不能大規模生產，不過，比它稍差一些的鋼材卻可以大量的生產了。各位，以後我們的士兵將裝備更好的武器，用這種鋼材生產的長矛，以蠻族那身薄薄的鐵甲，必定一戳就穿！」李清很有信心。

幾人在書房待了整整一天，連午飯也是楊一刀送到書房中來吃，一直將各項事宜安排妥當，已是掌燈時分，尚海波等人這才起身告辭。

李清送別各人，單單留下了清風，於是清風又在三人古怪的目光中，一張臉慢慢地變紅。

剛剛還熱鬧非凡的屋裡頓時安靜下來，楊一刀體貼的替二人關上房門，兩人一時間不知說些什麼才好，對視一眼，清風不由在對方炯炯的目光中低下了頭，紅暈從臉上蔓延到脖子上。

李清看不到她的臉，卻看到她白皙的後頸從衣領裡露出那麼一小截，漸漸地如同染上了一點胭脂，紅暈慢慢地擴散，讓李清不由身上燥熱起來。

自從上次李清向她表白之後，清風便一直儘量回避與李清單獨相處，但她所負責的工作卻又只對李清一人負責，因此想避也避不了。

如果說自己不喜歡李清，那也是自欺欺人，不僅僅因為李清曾救過自己，自己對他懷有感恩之心，李清年紀輕輕便身居高位，才高八斗卻又內斂自謙，身為武將又文才風流，在這個男人為尊的世界裡對女子卻體貼備至，在李清身邊越久，她便更發現這個男人實在是與大多數的男子有太多不同的地方。哪個女子不夢想著能找到這樣一個可以託付終身的人呢？

然而尚海波上次與她深談後，讓她清楚地瞭解到李清的部屬們並不希望自己成為李清的妻子，他們可以接受自己是李清的女人，卻只能以妾的身分存在，作為世家出身的大小姐，不幸遭難淪落在外，並不代表自己就該自輕自賤。自己既然無緣得到，只能主動地避開。

終於還是清風打破了沉默，「將軍，您找我有什麼事？」聲音低如蚊蚋。

「沒事就不能找你嗎？」李清反問：「清風，我說過，我們兩人在一起的時候，你不要叫我什麼將軍或大帥，我聽著很彆扭。」

「不叫您將軍叫什麼？」清風抬起頭，臉上的紅暈尚未褪盡，「將軍，我還有很多公事沒有處理，今天安排了這麼多的事情，我回去還有得忙呢，如果沒有別的事，我就先走了。」

李清一直搞不懂清風到底在想什麼，為什麼不能接納自己？看到清風要走，他趕緊道：「別走！我有事找你。」

李清終於想出了一個理由，「以前你在書房的時候，我一疲乏，你總是替我按摩，自從把你放到統計調查司後，你越來越忙，在這裡停留的時間越來越短，更別說替我按摩了，今天能不能替我按摩？」

清風輕咬著嘴唇，知道李清是在找藉口，但她無法拒絕，走到李清身後，雙手放在他的肩上，替他揉捏起來。

李清閉上眼，感受著身後佳人的一雙柔荑在肩上的揉捏，腦子裡想的是清風那張紅暈滿布，嬌羞難抑的臉龐，呼吸不由有些急促起來。

敏銳的清風立即發現了李清的變化，手上不由自主地加重了力道。

「清風，你的手越來越有力了。」李清開玩笑道。

「哦，是嗎，對不起，將軍，我太用力了。」清風一時語無倫次起來，緊張之下，手足無措，長長的指甲居然劃過李清的脖子，頓時開了一道口子，鮮血也湧將出來。

清風嚇得用手堵住傷口，失色道：「將軍，不好了，流血了。」另一隻手在身上亂摸，總算找到一方巾帕，想替李清包紮傷口。

李清一反手，將清風的另一隻手緊緊握在手中。

清風身子頓時一僵，「將軍，還在流血！」喃喃地道。

「不用管它，死不了！」李清呼吸越來越急促，將清風整個身子拉近，緊緊貼著自己的背脊，感受著身後那兩團軟玉，低聲問道：「清風，你為什麼不能答應我呢？嫁給我，好嗎？你不喜歡我嗎？」

「我知道你是喜歡我的，你的眼睛出賣了你，我能從你的眼中看出你對我的愛！」

「清風，不要想那麼多，愛就是愛，就像我一樣，勇敢地說出來，大膽地去愛！」

「沒有人能阻止我們在一起。」

聽李清自言自語地說著話，清風僵硬的身子慢慢發軟，整個人如同麵團一般軟倒在李清寬闊的背上，全身火一般的燙起來。

「將軍，我……」她話還沒有說出口，整個身子被李清扳了過來，橫放在膝上，看到李清那充滿情意的目光，陡然間便一陣意亂情迷，天旋地轉，不知身在何方。

李清將清風擁在懷裡，一隻手指按在清風的嘴唇上，柔聲道：「不要說，我知道你要說什麼，我明白，清風，你只要知道我愛你，我喜歡你，我要娶你！」

清風覺得自己快昏過去了，渾身無力，癱倒在李清的懷裡，聽著李清的喃喃細語，心潮激蕩，不由自主地伸出雙手環抱李清。將頭深深埋進李清的懷裡。

李清伸手拔下清風挽住頭髮的那根木杈，任由一頭烏髮垂落下來，再輕輕扳過清風深埋的頭，看著佳人緊閉的雙眸，長長的睫毛，兩腮豔紅，俯下頭去，吻在緊緊抿著的朱唇上。

清風發軟的身體猛的挺直，旋即又軟了下來，從喉嚨深處迸出幾聲呻吟，牙關緊咬，身體卻不由自主地顫抖起來。

李清伸出舌頭，頑強地叩擊著那兩排貝齒把關的大門，終於在他的不屈不撓之下，誘人的櫻桃小嘴輕啟，李清立時破關而入，纏上了那丁香小舌。雙手愈摟愈緊，似乎要將彼此都融入到自己的身體中去。

薄薄的夏衫擋不住火一般的熱情，感受到清風身體的變化，李清打橫將清風抱起來，便向內室走去，似乎發現李清想做什麼，清風緊緊抓住李清的衣衫，喃喃地道：「別，不要，一刀他們在外面。」

李清喘著粗氣，回望了一眼大門，道：「他們早走了，楊一刀又不是傻瓜。」

楊一刀當然不是傻瓜，而且在男女之事是久經沙場的過來人，當他聽到屋裡傳來熟悉的聲音時，立即輕手輕腳地後退，同時將屋外的警衛都向外趕，直到他覺得這個地方既不至於有聽牆角之嫌，又不會影響對大帥的保全工作才示意眾人停下來。

玉體橫陣於榻上，李清俯身，大手在那玲瓏凹凸的身體上遊走，所過之處，嬌軀便一陣劇烈的顫抖。兩根手指捻起束衣腰帶，輕輕一拉，薄薄的夏衣便猝然散開，露出裡面白色的束胸與包裹不住的兩團軟玉，李清大手一握，榻上玉人鼻子裡便發出一聲呢喃，抬手想阻擋，卻無力支起手臂，只能偏過頭去，咬住鋪散在下的一縷青絲。

身上驀地一涼，束胸已被揭去，面前這個男人低下頭來，輕輕咬住那兩顆凸起的櫻桃，不由從靈魂深處到整個肉體都是一陣戰慄，身體愈發的火熱起來。

李清急劇地喘息著，感受著身體強烈的變化，迫不及待地將寬厚的身體覆蓋在玉人之上，清風似乎聽到從自己的喉嚨深處發出了一聲喊叫……

蒼涼的號角聲在撫遠城中響起，緊跟著咚咚的戰鼓聲敲響，在號角聲中，第一縷曙光躍出地平線，將光明灑向每一個角落，新的一天又開始了。

清風扭動了一下有些酸澀的身體，兩臂長長地伸了個懶腰，慢慢地睜開雙眼，不料一睜眼，便看到一雙亮晶晶的眼睛正帶著笑意注視著她，昨夜的一幕立時出現在腦海中。

她的臉立時紅了，猛低頭，卻見那薄薄的毯子根本就遮不住一榻的春光，只有一角斜搭在自己的小腹上，而全身赤裸的自己幾乎將近於完美的身材展現在對方的面前，嚶嚀一聲，趕緊扯過被子，將自己裹得嚴嚴實實，連腦袋也蒙住，只留下滿頭的秀髮鋪散在枕上。

李清湊上去，將頭伏在那片烏黑之間，陶醉地深嗅了下，吟道：

「雲松螺髻，香溫鴛被，掩香閨一覺傷春睡。柳花飛，小瓊姬，一片聲雪下呈祥瑞。把團圓夢兒生喚起……」（元・王實甫詩）

清風探出頭來，一雙妙目目不轉睛地盯著李清，先前曾聽說李清以一詩一詞便讓定州名妓茗煙感動落淚，今日又聽到李清吟曲，不過這一次卻是為自己，心裡一陣甜蜜。

她這一動不要緊，卻讓那薄毯鬆動，從間隙間，李清瞧見半隱半現的酥胸正隨著清風的動作而顫巍巍的抖動，滿頭的秀髮自臉龐滑下，半隱半現之間更顯誘惑。

李清腦子一熱，覺得自己快要噴鼻血了，揭開毛毯，滋溜一聲便鑽了進去，結結實實地將清風抱在懷裡。

清風萬萬想不到剛剛還在吟曲的李清會突施襲擊，稍稍一掙扎，一具雪白和一具古銅色的身體便如八爪魚般的絞在一起。

急劇地喘息聲中，李清將嘴湊到清風耳邊，呢喃道：「軟玉溫香抱滿懷，阮肇到天臺，春至人間花弄色。將柳腰款擺，花心輕拆，露滴牡丹開。」

自古以來，文人騷客對女子的殺傷力巨大，李清更是堪稱美女才女之極品殺手，聽到這幾句話，清風已是意亂情迷，難以把持，將自己滾燙的身體貼在李清的身上，喘息著道：「天亮了！」

對她這樣從小接受傳統教育的女子而言，白晝宣淫乃是大罪過。

「管他呢！」李清一雙手在身下的胴體上忙碌著，清風抿上嘴，閉上雙眼，任由他肆虐。

當兩人打開房門時，第一縷陽光已是刺破晨曦，撫遠城高高的城樓已完全沐浴在金色的陽光下，穿戴整齊的清風不敢看向走過來的楊一刀，低頭急匆匆地奔向一側。

楊一刀臉上帶著古怪的笑意，走到李清跟前，躬身道：「恭賀大帥。」

李清也不計較楊一刀語氣古怪，伸手捶捶楊一刀厚實的胸膛：「啊，大家都是男人嘛，哈哈，你懂得的。」

楊一刀微微一笑，大帥年紀正值血氣方剛之際，對女人沒個念想那才奇怪，如果大帥真想找女人的話，大可大把大把任他挑，只是李清一向自律極嚴，從未沾過女人的邊。

大帥是非常人，是要做大事的，這等堅忍功夫自己是學不來的，他心裡默默地道。

「大帥，今天帥府要遷到定州城了，諸事都已齊備，只等大帥最後下令了，尚參軍，路大人，呂將軍已到了有一會兒了。」

啊！李清吃了一驚，昨天一夜春風，將這事給扔到了腦後，一想起尚海波，不由心裡一陣發虛。

「尚先生不知道這個……這個昨夜的事吧？」他吶吶地問道：「你沒有對他說什麼吧？不然當心你的屁股！」

楊一刀笑道：「大帥歷來是準時的，也極討厭別人不準時，但今天大帥日上三杆還沒有起來，加上昨天您單獨留下了清風司長，尚參軍他們豈有不明白的道理，早上尚先生就讓虎子給泡了杯濃茶，現在幾位大人很是耐心地等在那裡呢！」

李清立時鬧了個大紅臉。

「大帥，您有什麼好怕的，您是堂堂大帥，喜歡一個女人難不成還要看部下的眼色麼？」楊一刀看出李清有些躊躇。

「這倒不是，而是尚先生那張嘴實在很利，往往說得你啞口無言，惱羞成怒偏偏又發作不出來，實在是讓人生畏呀！」李清心有餘悸，「你忘了上次打你板子的事，即便是我想維護，也沒能護下來。」

楊一刀笑道：「將軍多慮了，上次的確是我們的錯，被打板子是應當的，但這一次，我敢保證尚參軍定然假裝不知。」

「咦？一刀，你腦袋怎麼突然清楚起來了，往日沒有這麼聰明過啊？」李清疑惑地看了一眼楊一刀。

楊一刀嘿嘿笑道：「不瞞將軍說，這是我家婆娘說的，他說尚先生聰明著呢，知道大帥您的逆鱗在哪裡，什麼東西可以放開說，什麼東西只能裝糊塗。」

李清想了片刻，心中豁然開朗，大笑道：「你婆娘說得不錯，哈哈哈，真是羞煞人了，我居然還沒有你老婆想得明白。」

心結解去，邁開大步便向外走去。

今天是正式議事，來的人頗多，議事廳中人聲鼎沸，王啟年等一干老人聚在一起吹牛打屁。

呂大臨一系的定州軍將領聚在呂大臨的周圍，正在聽呂大臨講著稜堡和圍屋的作用，尚海波則瞇著眼，靠在椅背上，手指在椅子的扶手上有節奏地敲打著。

隨著李清跨入議事廳，廳內嘈雜聲戛然而止，眾人迅速按級別排好隊，左文右武，文官由路一鳴領頭，武官則以呂大臨為首，在李清座位的兩側，還放了兩把椅子，一把是尚海波的，另一把則是屬於清風的。

「請坐！」李清雙手虛虛一按，又想起昨晚的事來。

廳外傳來細脆的腳步聲，清風出現在大廳門口，看到廳內的官員，俏臉一紅，急步走向自己的座位。

經過男人滋潤的女人確實不同，與前些日子相比，今天的清風格外有一番風韻。

廳裡眾人大都已知曉李清的事，此時一個個目不斜視，正襟危坐，李清看了一眼尚海波，見他搭拉著眼皮，似乎沒看到清風的到來，心中不由一喜，看來楊一刀的婆娘說得很對啊。

李清叩叩大案，道：「好，人都到齊了，我們開始議事，具體的事，現在大家都聽尚參軍說明吧！」

眾人的目光一齊轉向尚海波。清風如蒙大赦，吐出一口氣。

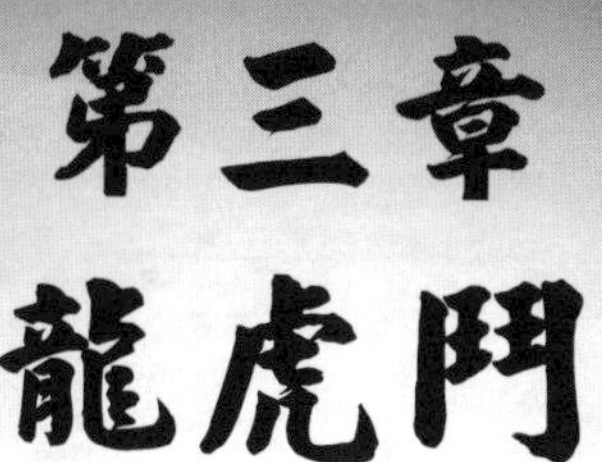

李清懶得看蕭天賜一眼，徑直策馬向前，攔在他面前的虎賁營士兵為他氣勢所懾，不由自主地讓開一條道路，李清便大模大樣地從虎賁營士中穿過。本來等著看熱鬧的人群發出一聲噓聲，虎頭蛇尾，還當要來一場龍虎鬥呢！

定州軍帥府。

這座在定州城內佔據近百畝土地的偌大建築，迎來了他的新主人，原來的主人蕭遠山，現在只占據了其中一個極小的偏僻院落，外面還佈滿了監視他的警衛，與他相伴的，只有他的謀士沈明臣。

他心中的失落與李清此時的意氣風發相比，當真是天上地下，不可同日而語，兩人枯坐冷屋，頗有些執手相看淚眼，竟無語凝噎的意境。

李清是第一次深入到軍帥府的內府，以前他只到過前面的官廳，這才發現軍帥府的佈局頗符合軍人的身分，與茗煙的陶然居那江南風格的景色殊異的是，院子充滿了金戈鐵馬的氣息，連樹木也都是蒼遒古勁，貼著院牆還建起了多座的藏兵樓和哨樓，站立其上，定州城裡一目瞭然。

李清便站在議事廳高高的臺階上，凝視著眼前寬闊的演武場，心中無限感慨，舊時王謝堂前燕，如今飛入何人家？偏頭看向軟禁蕭遠山的方向，不禁想道：自己走的這條路可謂是步步荊棘，稍不小心便會墜入深淵，萬劫不復，蕭遠山之鑑猶在眼前。

以前自己只是一個小小的營參將，帶著三五千人，想的事簡單許多，現在卻大大不同，身為一州之主，下轄十數個縣，一舉一動影響深遠，不僅對當今的大楚朝堂，便是對草原巴雅爾而言，如今的自己也是不可小覷的人物。想必巴雅爾早已把自己列為勁敵之一，想要像以前那樣輕易取勝怕是不大可能了。

放眼自己的部下分成了幾個小山頭，王啟年、尚海波等，是一直跟隨自己的心腹，是自己的核心集團，也是對自己最為忠心的；路一鳴所領導的文官集團雖然聲音較小，卻能對武系形成有效的牽制。

至於呂大臨，李清沉吟了一下，這是個不簡單的人物，有魄力也有能力，但他所想所慮只在草原上，格局不大，自己應當能駕馭得住他，只要打下草原，降服了巴雅爾，不怕他不服服貼貼地跟著自己。

統計調查司？李清卻有些舉棋不定，統計調查司因為自己的大力支持，也因為清風的特殊地位，權力變得越來越大。

清風的確有搞情治工作的天賦，短短時間內，她的觸角不僅伸進了草原，伸進了內地，也更伸進了自己的集團內部，對這些手下的一舉一動，李清可謂是一清二楚。

然而此舉有利也有弊，就眼前而言，一個強力部門能有效地凝聚向心力，並能將所有的不安因素消除在萌芽狀態之下，震懾那些不安定分子；但就長遠來看，靠特務部門維持的統治也是隱患重重，現在的清風對自己忠心耿耿，自然不

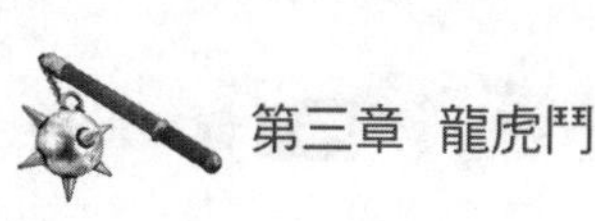

會有什麼危害，但以後呢？

特別是清風與自己的關係目前尚沒有理順，尚海波的態度明擺著，如果清風對此心懷怨懟，暗地裡對付起尚海波一系來那就糟了。未雨綢繆，自己要及早考慮這個問題，對統計調查司做些制衡才是。

不知道清風會不會因此不高興？李清想，應該不會吧，自己看清風對於權力並不熱衷，只是因為自己才走上這條路。跟她談一談吧，越早越好。

一時間心緒百轉，正苦思冥想之際，從另一邊走來一人，李清一看之下不由大奇，這不是「陶然居」的茗煙麼？她怎麼到了這裡？

腦子一轉，便明白過來，茗煙是李氏在定州的暗影首領，雖說劃歸了自己，但自己對暗影抱有戒心，只在起初時利用了它的網路，隨著統計調查司的崛起，茗煙基本上已被閒置了，但從名義上來說，她還是屬於統計調查司下屬的情報署，她來拜見一下頂頭上司也是應該的。

「茗煙姑娘！」李清打著招呼。

低頭急急趕路的茗煙嚇了一跳，抬頭看是李清，不由有些惶恐，自己只顧著想心事，沒看到李清在這裡，先前只遠遠地看見一個人影孤單單地站在那裡，誰能想到便是現在的一州之王——李清呢！

「見過大帥！」茗煙嫋嫋亭亭地向李清行了個禮。

李清點點頭，「去見清風司長？」

「是！」茗煙點頭稱是，臉上掩飾不住的委屈。

清風不放心原先的暗影系統，被排斥在統計調查司核心圈外，只能做些周邊打雜以及後勤工作，這讓能力不俗也心高氣傲的茗煙難以接受。

「屋裡說話吧！」李清道。

回到議事廳，早有親兵泡了上好的綠茶，李清端起茶杯，向茗煙示意道：「先喝點水，再說說你的近況。」

「多謝大帥體恤！」茗煙沒有掩飾自己的不滿，端起茶杯，透過冒起的熱氣，看著另一頭的李清，心裡不免感慨起來。

當初他還是個小小的校尉時，為了要見自己，還得吐血掏出一百兩銀子，外加兩首詩詞方才能登堂入室，兩年不到，自己想要見他，便是掏上萬兩銀子，也要看他高不高興了，人生際遇之荒唐莫過如此。

只可惜自己當時身屬暗影，否則拋下一切跟他去了，現在清風的位置不就是自己的麼？

對於清風，她是不服氣的，只不過近水樓臺先得月罷了，雖說她在情治工作上的確很有天賦，但如果是自己，一定會比她做得更好。

「在清風司長那裡受了氣？」李清淡淡地道。

「哪裡敢啊，清風司長是我的頂頭上司，上頭說話，我也只有聽著的份。」茗煙酸溜溜地道。

李清笑了起來，茗煙話裡怨氣沖天，看來清風是將她得罪苦了。

「說說吧，興許我能為你轉圜一二！」

茗煙眼睛一亮，如果李清說話，自己的境遇說不定會好轉一些，現在過的叫什麼日子啊！尤其是那些屬下，沒有任務，就沒有津貼可拿，有些連養家都有些困難，即便自己補貼一點，也是杯水車薪。

「大帥，我覺得清風司長根本不相信定州暗影，我們現在基本上是無事可做，下面的人都叫苦不迭，有些人連生活都陷入了困難。不瞞大帥，我曾聯繫暗影本部，要求回歸，但總部的回答很乾脆，我們現在都是大帥的人了，死也好，活也罷，與暗影再無絲毫瓜葛。

「大帥，我那些部下都是做了多年諜探工作的人，經驗豐富，手段老辣，說起來，比起統計調查司的那些新手菜鳥來要熟練得多，但清風司長就是聽不見，看不見。」

茗煙是歡笑場的老手，這番話從她嘴裡說出來，更有柔腸百結的味道，再配上表情，讓人既同情又可憐，特別是說到「我們現在都是李大帥的人了」這句話時，胸部高挺，眼波流轉，讓李清看得不由有些發呆。

「這個嘛！」李清斟酌著茗煙話裡有幾分真實性，「你們都是搞情報的，彼此警惕也是難以避免的，這個我也不瞞你，對你們我也是拿不定主意啊！」

茗煙一聽，不由氣苦，這下自己這幫人可真是爹爹不親，姥姥不愛了。

「看來我們還真是討飯的命了，得了，我這就回去告訴手下，趁早散夥，各自謀生去吧！」

李清知道茗煙這是拿住了自己，給自己出難題呢。且不說真如此做了，翼州李家會怎麼看自己；便是這些人名義上是自己的部屬，也不能讓他們生活難以為繼。再說，如茗煙所說，這些人都是老手，真個拋棄了倒也可惜。

「清風司長怎麼跟你說的？」

「清風司長根本就是為難我們嘛！」茗煙聽到李清語氣有所鬆動，心中暗喜，加強語氣道：「清風司長說，近期統計調查司在室韋人那邊會有所行動，一時之間卻又抽不出人手，因為現在重中之重在洛陽，問我願不願意去那裡，這不等於直接排擠我們嗎？室韋人，這幫比草原蠻子還要野蠻的傢伙有什麼值得我們去做的？」

李清眼睛一跳，對室韋人那邊還只是一個動議，具體怎麼做還沒有一個明確的方案，想不到清風已開始佈置。至於想到茗煙，恐怕第一是想遠遠地將她打發了，第二也是看重茗煙的能力吧，想當初，茗煙單槍匹馬來到定州，短短的時間內不也是打下了一片江山嗎？

沉吟片刻，李清下了決心，「茗煙，我實話告訴你吧，清風司長沒有騙你，相反，她非常器重你，看重你的才能才跟你說這事，近期我們的確在那邊要有大動作，人選我也正在考慮之中。」

茗煙訝然，「大帥，您能跟我說說是怎麼一回事麼？」

「室韋老王猝死，沒有明確繼承人，現在的室韋亂成一團，有實力的幾位王子為了爭奪王位，相互之間打成一團，無暇他顧，以前他們對草原上的壓力已消失了，這也是巴雅爾敢於將虎赫的狼奔軍調回來的緣故。」李清走到牆邊懸掛的地圖上，伸手點點蔥嶺關以西的地方。在那片廣褒的土地上，便是室韋人統治的地盤。

「虎赫的狼奔軍戰力極強，不輸於巴雅爾的龍嘯軍，虎赫本人更是號稱草原第一將，他回來後，我們面對的壓力便增加了許多。」

茗煙小心地問道：「大帥，那我們該怎麼做呢？」

「**我需要有人去室韋人那裡打開局面**，幫助室韋人在最短的時間裡重新對蔥嶺關形成強而有力的威懾，**以牽制巴雅爾的力量**。但此舉困難重重，我們對室韋人基本上一無所知，更談不上有什麼影響力，特別是怎麼打入室韋，接近他們有影響力的大人物是首要任務，一旦辦成這些，我們就可以根據形勢對室韋人做出一定的幫助。」李清炯炯地看著茗煙，「如果你有意去，可以馬上就考慮一個切實可行的方案，在我從洛陽回來之後便著手進行。」

茗煙沉吟片刻，「大帥，接近他們的大人物倒不是什麼特別難的問題，我想知道的是，後面我們怎麼讓室韋人願意為我們分擔壓力？」

在李清看來很難的事，茗煙卻覺得很簡單；而茗煙認為困難的事，在李清看來卻好辦得多，這**便是不同的位置決定了不同的想法**。

李清凝視著地圖，「你想走海路？」

茗煙點頭，「這是目前唯一的辦法，從復州走海路，復州大帥長鄉侯是皇帝親信，為人貪婪，手中控制的復州水師有大批軍艦，只要給錢，沒有辦不成的事，我自有辦法接近他們的大人物。」

李清啞然，倒忘了與人打交道是茗煙的長項。

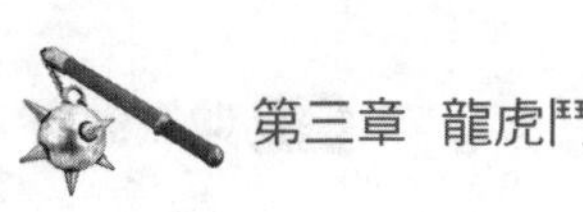

「如果你能在室韋人中打開局面，那麼，我來想法控制復州，從復州我們可以對他們進行支援，包括人員、兵器等等，讓他們對草原的攻打更有效率。」

茗煙遲疑道：「大帥，與草原人比起來，室韋人更加野蠻殘暴，如果我們打敗了巴雅爾，卻將這頭惡狼放了進來，那不是引狼入室麼？興許為害之烈更甚蠻族。」

李清笑道：「這個暫時不用考慮，以後再說。茗煙，如果你能辦成這事，那就是為我長勝軍立下了大功，我現在就可以承諾你，功成歸來之時，你就是統計調查司的副司長，同時授權你組織統計調查司第二處，在統計調查司中自成一體，如何？」

茗煙怦然心動。「是，將軍，我會認真考慮，並在您自洛陽回來後，給您一個具體的方案。」

李清滿意地點點頭。

紅燭明滅不定，榻上風起雲湧，一番雲雨之後，李清疲乏地躺在床上，清風依偎在他的懷裡，纖纖玉指在他壯碩的胸膛上畫著圈圈，吐氣如蘭，讓李清癢癢的，摟著她的手不由緊了緊，想起白天的事，在心裡想著該如何措詞。

「我準備讓茗煙主持對室韋的行動。」

「好啊！」清風心不在焉地說，「反正她閒著也是閒著，茗煙是有能力的，閒置在定州可惜了。」

「我還答應她，如果她成功了，便讓她擔任你的副手，而且在統計調查司內另設一處。」李清趁勢道。

清風一下子支起上身，兩手撐在李清的胸膛上，胸前的兩團軟肉在李清眼前晃呀晃，讓李清暗自咽了一口唾沫。

「另成一處？」清風疑惑地問。

李清點點頭，抓住清風，令她重新伏倒在自己身上，「清風，你不覺得現在統計調查司的權力過大了麼？而且沒有人對它形成有效的牽制，這樣下去不是辦法。」

清風委屈地道：「你不相信我能管好統計調查司？」

李清笑笑說：「這是哪裡話？我自然相信你，但以後你不在這個位置上了呢？你是我的女人，不可能一直待在這個位置上，總有退下來的一天，那時候怎麼辦？」

清風沉默不語，心中喜憂參半，喜的是自己在李清的心中佔著重要的地位，自己是他的第一個女人；憂的是李清已經開始擔心她的部門了。

「可你怎麼能相信茗煙這個女人呢，我看她煙行狐步，媚眼如絲，一說話就蕩人心魄，不是什麼正經女子，你讓她來監視我？」

李清呵呵笑道：「監視你幹什麼？除了我，誰有資格監視你？」伸手在清風的屁股上用力拍了拍，「不是監視，而有有效的相互牽制。清風，我知道你是絕對忠心於我的，但你的後任呢，後任的後任呢？沒有誰敢保證！有句話說：**絕對的權力帶來絕對的腐敗，權力的相互制衡是必要的**，所以統計調查司內必須設置一個能制衡它的部門，以後，我還會用其他的手段來限制它的權力過分滋長。清風，這是有效的保護你以及你的繼任者。」

清風的身體扭了扭，心有不甘地道：「我知道你說得有道理，但總是心裡不舒服。」

「是啊，換了誰都心裡都不會舒服，但清風，你應該想得通啊，你是誰，是我的妻子，我的就是你的嘛。」

清風反駁道：「我哪是你的妻子，我現在只想將來你的正室能看我順眼一點，不要為難我才好。」

「正室？」李清哼了一聲，即便有，也多半是一場政治聯姻罷了。

「清風，我記得以前讓你查定州按察使林海濤的事，這麼長時間了，怎麼沒有給我報告啊？這可不像你的作風。我總覺得這人看我的眼光有些怪怪的。」李清突然問道。

清風隨口答道：「我看他沒有問題，所以也就沒有報告了。」

房間裡一片寂靜，半晌，李清的聲音才幽幽響起：

「我讓楊一刀去查了，這林海濤是官宦世家，其父更是儒家大能，在大楚士林中影響極大，林海濤數年前出任定州按察使，替朝廷監視定州，來時家眷中有兩個女兒，但上一次的定州大敗後，就再也沒有人見過，聽說他的兩個女兒均在那一次的劫難中遇難了。」

清風的身體開始變得僵硬，身體微微發起抖來，抓著李清的手指不自覺地深陷到他的肉裡。

「去看看吧！」李清嘆口氣道：「也許沒了名分，但血濃於水，我也會找機會與他談談的。」

旌旗飛舞，戰馬嘶鳴，三百名黑甲親衛簇擁著李清馳出定州城門。

城門口，以尚海波為首的定州文武分立兩排相送，李清抱拳團團一揖，「拜託各位了。」

眾人齊齊還禮，躬身道：「不負大帥所託！」

定州城頭，戍守的士兵們高舉手中兵器，齊聲大呼：「祝大帥一路順風。」

李清高高舉起右手，用力揮動向城頭士兵致意，在眾人的目送下，與親衛們縱馬而去。

在馬隊中，還夾著兩輛馬車，其中一輛的車簾被掀開一角，露出蕭遠山那已現蒼老的面龐。原本烏黑的頭髮已夾雜著縷縷白髮，看著視線裡漸漸模糊的定州城高大的輪廓，眼睛不由有些模糊。

永別了，我的定州城。他在心裡吶喊道。他明白，有生之年，他再次回到定州的可能性幾乎沒有了。

當年孤身而來，卻意氣風發，短短幾年內便打下一片江山，將定州掌控在手中，如今，昔日榮光隨風而去，自己雖然不是孤身而回，但伴在自己身邊的，也只有與自己一樣白髮橫生的謀士兼好友沈明臣。

沈明臣伸手將車簾掩上，語氣嗚咽道：「大帥，別看了。」

比起蕭遠山，沈明臣更加自責，計中藏計，斬草除根的計畫是他大力推動的，一力為蕭遠山策劃，卻墜入了李清的圈套中，特別是最後呂大臨的臨陣倒戈，更是在他的眼皮子底下發生，蕭遠山的倒臺，他有著不可推卸的責任。

回過頭來的蕭遠山已恢復鎮定，神色也平靜許多，「明臣，當初我赤條條的來，如今又赤條條的去，倒真是來去無牽掛啊！」

沈明臣雙手捂臉，嗚咽出聲，「大帥，是我害了你。如果我在上林里警醒點，當機立斷奪除呂大臨的兵權，便不會讓大帥落到今天的地步。」

蕭遠山搖搖頭，伸手拍拍沈明臣的肩頭，道：「這些天我想了許多，這事怪不得你，是我不該讓呂大臨去，呂大臨在軍中威望極高，當時即便你出手，多半也無濟於事，除非是我在那裡。那一萬五千騎兵中，幾乎所有的翼長、哨長、果長都來自呂大臨的老部下。」

蕭遠山喟然而嘆，如果不是馬鳴風誤事，自己哪裡會淪落至此，一步錯，步步錯啊。

「明臣，不要難過了，大丈夫拿得起放得下，輸了就是輸了，沒有什麼藉口好找，但事情還沒有結束呢，我們不是沒有找回場子的機會，李清沒有殺我們，這便是我們的機會，以後在中原，相會的日子長著呢！」蕭遠山笑道：「像方文山那樣輸掉了腦袋，那才叫輸得一乾二淨。」

沈明臣有些訝然地抬起頭：「大帥？」

蕭遠山冷笑道：「中原亂起頃刻之間，我只希望李清不要被巴雅爾幹掉，我們還有機會在戰場上一決高下。」

馬車突然停了下來，外面響起了李清的聲音：「蕭大帥，沈先生，馬上就要看不見定州城了，二位下車再看最後一眼吧！」

二人對視一眼，沈明臣臉現怒色，李清這不是赤裸裸地侮辱他們嘛！正要發作，蕭遠山搖搖頭，掀簾走了下去，沈明臣無奈地跟了下來，滿臉的憤怒與不甘。

「李清，你是想要嘲笑我的失敗麼？」蕭遠山語氣平靜，冷冷地看著李清。

看著這幾個月蒼老許多的蕭沈二人，李清心裡也有些傷感，但他卻不心軟，如果易地而處，只怕自己已是一坏黃土，三炷清香了，自己留下兩人的性命，已是很寬宏大量了。

「我沒有羞辱失敗者的習慣！」李清冷冷地道：「蕭大帥，好歹你也在定州奮鬥了多年，也曾為定州百姓抵禦過蠻族，想必對定州還是很有感情的，我李清若是不讓你做最後告別，想必你今生再難看到定州了。」

蕭遠山眯起眼睛笑道：「那也未必！李清，也許你不殺我，是你最大的失誤，你應當像對方文山那樣，斬草除根，不留後患。你以後一定會後悔的，就像我現在就非常後悔，我有很多的機會殺你，卻放過了你，才有今日之禍。」

沈明臣聽蕭遠山如此說，不由大急，**這不是逼著李清起殺心麼**，卻不能出言阻止。

李清仰天大笑：「蕭大帥，你不是不想殺我，而是開始時不能殺我，再後來殺不了我！其實你心中，從來沒有把我這樣一個後生小子放在眼中，不過說實話，與你一樣，你還沒放在我的眼中，我能在你占盡優勢的情況下擊敗你第一次，就能輕易地擊敗你第二次，你不會有任何機會的。」

「那就拭目以待吧！」蕭遠山不以為意地道：「從你這裡，我學到了一件事，那就是**不要輕視任何一個可能的敵人，即便在他很弱的時候，就一定要將他殺死在萌芽之中**。現在，你贏了，定州是你的了，雖然你我是生死之敵，不過，在這裡，我還是要祝你早日掃平蠻族，想必那時我們又會見面了。」

「先謝過大帥吉言，我們之間是家事，但與蠻族則是國恨，我不會辜負你的期望的，大帥，我很期待與你將來的重逢，不過那時你會發現，面對我的時候，除了絕望，沒有任何別的想法。」

蕭遠山不再理會李清，轉頭面向定州，蹲下身來，從地上抓起一把泥土，用撕下的衣襟小心包好，放進懷裡，然後走回車中，放下車簾，一切恢復平靜。

清風走到李清身邊，示警道：「將軍，蕭遠山頗有將才，放他回去無異於放虎歸山，還是殺了乾淨，免得後患無窮。」

李清搖頭，「他是殺不得的，現在蠻族大舉入侵在即，此時我不想節外生枝，方文山大節有虧，殺他是朝廷命令，方家就是想找我麻煩，也只能暗中下絆子；蕭遠山卻不同，殺了他，蕭李兩家必然翻臉，如今我不想惹麻煩，等解決了蠻族之後，再來一起算帳吧。」

兩人都是嘆氣，中原局勢愈發惡化，南方幾州的叛亂仍然沒有平定，即便朝廷調去了老將威武侯李牧之，仍然只能勉強維持住局面，使其不太惡化而已。看到如此局面，大楚暗藏的敵人紛紛蠢蠢欲動，各大世家摩拳擦掌，靜觀其變，只等最後那一刻。

「真是難以想像，那些農民能抵擋得住威遠侯。」清風將情報遞給李清。

此時二人坐在清風的馬車中，清風不像其餘人，身體纖弱，為了讓清風一路上走得舒適，李清可是在這輛馬車上下了大本錢，從匠作營中調了幾個大師傅，對馬車的座位怎樣才能更舒坦下足了功夫。眼下兩人坐在其中，還相當寬敞。

「的確奇怪得很，這些農民居然愈打愈強，頗有些精兵的模樣，不對呀！」李清忽地發現怪異之處，「即便這些農民能繳獲一些武器，但從情報上看，一部份人已經大規模的形成制式裝備了。清風，你好好查查這些武器從哪裡來的，這些南方反賊只怕不簡單呢！」

「嗯！」清風點點頭。

李表掀開簾子，探頭向外看了一眼，對清風道：「喂，你這個女護衛從哪裡找來的，我聽楊一刀和過山風兩人說，這女人十分厲害啊！」

清風笑道：「這是我從江湖上招來的一個好手，叫鍾靜，別看她是女人，在統計調查司裡可是打遍所有人沒有對手，胡東你記得吧，就是那個管刑名的。」

「當然記得，那次在牢房裡碰上他，好傢伙，臉上還沾著血沫子，兩隻爪子血淋淋的便竄出來，也不怕嚇到別人。」

清風莞爾一笑，「胡東不服氣，一連三天打上門去，被鍾靜連打三次，最後一次實在惹毛了鍾靜，乾脆將他打倒後倒吊在刑房內，讓胡東丟盡了面子，從那以後，胡東才老實了。」

李清賊眉鼠眼地看了一眼鍾靜，放下簾子，壓低聲音道：「你說這些江湖高手耳力怎麼樣？我們在這裡做什麼，她不會聽到吧？」

「你這麼小聲，她怎麼聽得到，又不是順風耳！啊呀，你幹什麼？」清風起初還奇怪李清幹嘛要這麼說，接著馬上明白了李清的意思，李清順手摸了過來，在自己身上狠撓了幾把，然後另一隻手也圈上來，將她摟在了懷裡。

「別胡鬧，外面這麼多人！」清風又羞又急，這真要讓部屬們聽了去，自己還怎麼見人?!

李清嘿嘿笑說：「你不是說聽不到麼？」兩隻手隔著衣裳大肆輕薄，清風掙扎了幾下便軟了下來，紅著臉，媚眼如絲地看著李清。

上下其手了好一會兒，李清這才戀戀不捨地鬆了手，真要在這裡辦事，他還沒這膽量。

稍稍整理了一下衣裳，李清一臉正氣地下了清風的馬車，卻不經意地發現一邊的鍾靜臉色有些微紅，看到自己下來，臉就別到一邊去，心裡不禁跳了一下，不好，這女人好靈的耳朵，肯定聽到什麼了。

一路無語，一行人穿州過縣，直奔洛陽。

沿途的州縣官員與李氏交好者，自是熱情相待，歡欣鼓舞；與蕭家有仇者，甚至特意拜訪失意的蕭遠山，雖不能把他怎麼樣，但言語上噁心噁心他也好。

而與蕭家交好者，則是隨便派個官員迎接一下，李清也樂得輕鬆，每日遊山玩水。只是自從發現鍾靜的耳朵挺靈之後，李清便再也不敢跑到馬車上動手動腳了。不過到了晚上，他便堂而皇之地登堂入室，反正自己與清風的事，這些親衛們都是一清二楚。

如此過了大半個月，眾人終於看到洛陽那雄偉的城廓，饒是李清的親衛都是從軍中選出的殺伐驃悍之輩，一路行來也感到疲憊不堪，看到洛陽出現在眼前，都不約而同地長出了口氣，終於可以好生歇歇了。

清風更是不堪，本就極弱的體質經過一路奔波，更顯憔悴，初時還能對李清笑顏承歡，後來委實是沒了力氣，每日便懨懨地臥在車中，讓李清歉意不已，早知她會這樣的話，便不帶她回京了。

京城遠遠觀之已覺得雄偉無比，等真到了天子腳下，雄渾的氣勢逼人而來，這才叫眾人覺得何等壯觀，不愧是大楚國都，天下中心，相比之下，定州城那原本覺得很了不得的堅城，根本是一個見不得人的小寨子。

「我的媽呀！要想打這下座城，得要多少人啊？」獨眼龍唐虎張大嘴巴，手搭涼棚看著城頭驚嘆道。

楊一刀狠狠盯了一眼唐虎，這個憨貨說話口無遮攔，什麼話都敢亂說，現在李清是什麼身分？他的親衛在城門口大嘆如何打下座城，讓人聽了，奏上去就是一件大罪，你一個邊關將領，居然琢磨著如何打下京師，這可不是大逆不道麼?!

見楊一刀瞪自己，唐虎兀自不明所以，喃喃道：「我說得沒錯啊，像撫遠與它比起來，就是一個小不點，蠻子們六萬人打了那麼久也沒摸到邊，還叫咱們給倒打一耙，殺得屁滾尿流。」

「虎子，不要亂說，這裡是京師，不是我們定州，在這裡你要犯了事，我可救不了你！」見楊一刀拾掇不下唐虎，李清回頭斥責道。

聽李清這麼說，唐虎一縮脖子，聽話的閉上了嘴。

其實李清也在打量著這座雄城，心裡盤算著：若要打這座城，真如唐虎所言，不知要填進多少人命去才夠。

洛陽城牆比定州城高了接近一倍，近二十米高的城牆讓人往前一站便覺得呼吸急促，一種如山的壓迫感隨之而來。寬達十米的厚度更是讓他無語，上面簡直可以讓騎兵發動衝鋒，哪裡還有攻打的念頭。

城上的守軍不多，但個個高大健壯，站得筆直，如同雕塑，身上衣甲鮮明，手執槍戟在陽光的照射下閃著寒光。背上腥紅的披風迎風飄揚。

「真漂亮！」李清大讚道。

李清對洛陽並沒有什麼特別的印象，更談不上有什麼故鄉之情，渾然沒有別人想的那種衣錦還鄉的興奮，反倒有一種莫名的情緒在心中縈繞。

想到前身走時孑然一身的淒涼，李清身上突地浮起一層冷汗，在心裡暗道：「阿彌陀佛，老兄，你既已沒了，就走得徹底一點吧，別再來找我的麻煩。我擁有了你的身體，便會替你做好你應該做的事，你放心吧！」

楊一刀看到李清臉色發白，不由擔心地問道：「大帥，你怎麼啦，不要緊吧？」

李清搖頭，這是他心裡最大的秘密，對誰也不能說，便道：「沒什麼，只是近鄉情怯罷了。」

楊一刀理解地說：「大帥，這次風光回來，便把以前受的委屈統統找回來，讓那些人看看您是怎樣的一個英雄。」

「走吧，咱們進城！」李清大聲道。

楊一刀策馬打頭，剛轉過身，突然停了下來，臉上露出慎重之色，在馬上向李清傾過身子，小聲道：「大帥，好像有麻煩了，恐怕是衝著我們來的。」

李清聞聽，自己剛剛回到京城，是誰這麼快就瞄上了自己，居然光天化日下敢對自己下手不成？放眼望去，頓時睜大了眼睛。「哇，好大的排場。」

全身的亮銀盔甲，帽纓上高調插著翠色的孔雀翎，頭盔上的護臉甲蒙住面孔，所有的騎士們只露出兩隻眼睛，大紅的披風垂下，馬的左側掛著帶鞘的馬刀，右側是一張弓，一壺箭，手裡提著清一色的鐵槍，最離奇的是胯下馬，百多人的隊伍居然清一色的白馬，高大魁武，個頭比李清們騎的塞外戰馬要高上一個頭。

李清回頭看看自己的部下，腦子裡只有兩個字：寒酸。

雖然騎兵們都身著鐵甲，但鐵甲上大都刀痕累累，雖有頭盔，但像這種帶護臉甲的卻沒有一頂，至於頭上插根羽毛，還是算了吧，對戰鬥沒有絲毫用處，反而易於成為敵人的靶子，而胯下的馬則是五顏六色，駁雜不齊。

映著陽光，這些盔甲閃閃發亮，晃花了李清等人的眼睛。

一眾騎士呼嘯著衝出城門，在離李清的隊伍不到二十步的地方齊齊勒馬，戰馬長嘶，人立而起，不過美中不足的是，這些騎兵們顯然缺乏集體配合訓練，跑起來還能看到隊列，這一挺立便顯出了馬術的差次不齊，有人衝出數步才停下來，有的卻落後了幾步。

楊一刀扁扁嘴，策馬向前數步，隨著他的動作，身後的親衛營親兵們都同時策馬向前，十數人一排，整整齊齊，每匹馬的馬頭像是用尺拉過一般齊頭並進，眾親衛的手都摸上掛在馬側的長槍。

與對方不同，他們的長槍都是易碎的木桿，衝鋒時一擊即碎，典型的一次性用品。但勝在不會對騎兵的手臂造成傷害。像對方這種連槍桿都是用鐵製作的長槍，在高速奔跑中突刺，手上所承受的力量不是隨便什麼人都能承受的，如果刺出之後不能適時放手，最大的可能便是騎士的手臂立馬骨折，可謂是中看不中用。

眾人的目光都瞄向楊一刀，只待他下令。雖然兩者之間只有數十步距離，但他們的戰馬都是精選出來爆發力極強的戰馬，這個距離足以讓他們發出致命一擊。

數百親衛沉默不語，但久在戰場上廝殺而磨練出來的殺氣迅速瀰漫開來。

對面的大部分騎士還渾然不覺，但他們的馬卻靈敏許多，不安地刨著蹄子。正在排隊進入城中的百姓也察覺到了異常，圍在兩側，準備看熱鬧。

清風掀開車簾，低聲對李清道：「看他們的裝備，應當是御林軍中的虎賁營，配備精良，傳聞戰鬥力極強。是從全國精選出來的士兵。」

李清納悶地道：「奇怪，怎麼我剛入京，這些人就來找麻煩，我沒有得罪他們啊？」

或許是為了給了李清解惑，對面為首的騎士拉下面甲，露出一張足以讓少女們興奮狂叫的英俊臉龐，朗聲道：「御林軍虎賁營參將蕭天賜，對面是什麼人？」

李清冷笑，明明是衝著自己來的，居然還問自己是誰，原來是蕭家的人，難怪來找自己的麻煩，不過這麼誇張的大張旗鼓，這傢伙是腦子被門夾了還是被驢踢了？自己是定州將軍，正三品的統兵大將，他一個虎賁營參將，連虎賁營的主將都不是，居然這麼大模大樣地站到自己面前，當真是無知者無畏，他以為憑他這些儀仗隊便會嚇到自己？

「定州將軍李清李大人在此，蕭參將，見到大人不上前參拜，居然還高居馬上，是何道理？」楊一刀大聲責問。

蕭天賜不由一悶，聽聞讓自己族叔吃了大虧的李清回京，自己想也沒想便帶人前來，想為族叔出一口氣，卻沒有想到對方的品級比自己高多了，這時想起來卻是晚了，此時箭在弦上，騎虎難下，如果自己真下馬大禮參拜，豈不是自取其辱，平白長對方志氣，滅自家威風？

猶豫片刻道：「御林軍自有統屬，與定州軍沒有上下統屬關係，自然不必參拜。」

李清哼了一聲，拍馬上前，「是嗎？這個規矩我倒是第一次聽說，一刀，明天你去都察院問一問，什麼時候改了我不知道啊。」

「是，大人！」楊一刀大聲道。

說完，李清懶得看蕭天賜一眼，徑直策馬向前，攔在他面前的虎賁營士兵為他氣勢所懾，不由自主地讓開一條道路，李清便大模大樣地從虎賁營士中穿過。

本來等著看熱鬧的人群發出一聲噓聲，隨即四散而去，虎頭蛇尾，還當要來一場龍虎鬥呢！

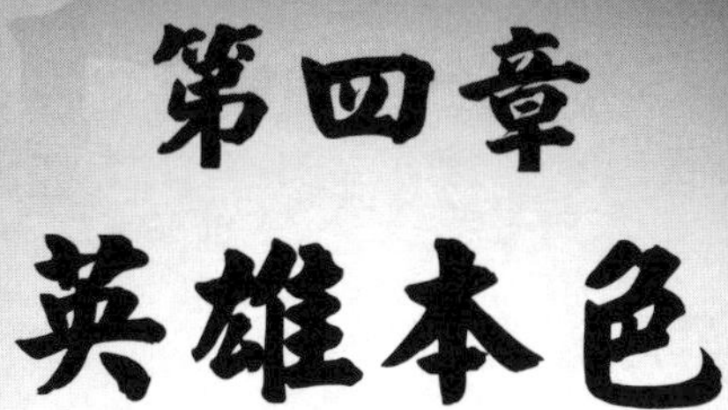

第四章
英雄本色

吃乾抹淨的李清將盤子兩手高高舉起，口中高喊：「謝皇上賞賜。」

天啟噗哧一聲笑了，早朝上受的一肚子窩囊氣也隨著這一笑而煙消雲散。「唯英雄真本色，不愧是替我牧馬邊疆的將軍，難怪蕭遠山輸在你的手裡。」

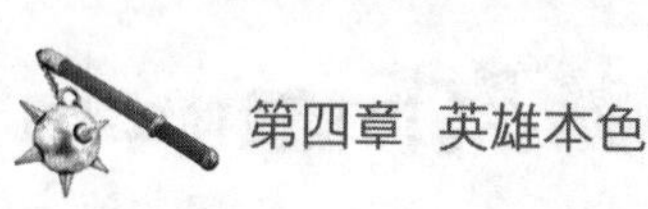

李清的親衛們跟在李清的身後，數人一排，走向城門。

蕭天賜臉上紅一陣白一陣，對方居然如此瞧不起自己，讓他自尊心受到重挫，什麼時候自己在京師已成了一個如此讓人不鳥的人物了？

唐虎策馬走過他的身邊，忽地嘻嘻一笑，「小白臉，穿得真好看，姿勢也要得很好，不過不好用。」

蕭天賜勃然大怒，看對方的服飾，不過是個振武校尉，居然仗著李清的勢如此侮辱自己，狂怒之下，手裡的馬鞭一揚，當頭便要抽下。

唐虎臉色一變，上身微側，腰裡的長刀霍地出鞘，寒光一閃，蕭天賜手裡的馬鞭便應聲而斷，看那威勢，直欲將蕭天賜劈為兩截。虎賁營眾人不由大驚失色，變起頃刻，此刻他們想反應也來不及了。

蕭天賜亦是魂飛魄散，哪裡想到對方一言不合便想要自己的命。眼前寒光閃動，嚇得呆若木雞。

刀在他的頭盔上堪堪停住，蕭天賜甚至聞到刀上那淡淡的血腥味。唐虎一動手，在他身後的親衛同時摘下長槍，齊齊發一聲喊，長槍斜舉，指向虎賁營眾人。

「住手！」李清回頭，大喝一聲。

刷地一聲，唐虎收刀回鞘，親衛們也在同一時間收槍，動作整齊劃一。

唐虎咧嘴一笑：「怎麼樣小白臉，我就說了你中看不中用嘛，真到戰場上，你的腦袋早就沒了，腦漿噗的一聲便噴出來，嘖嘖，那叫一個慘！」噁心了對方幾句，便打馬揚長而去。

他身後的親衛們臉上都帶著笑意，一個個從蕭天賜的身邊走過，蕭天賜的臉由白轉紅，再由紅轉黑，幾欲氣得吐血。

一幫虎賁營騎兵原是氣勢洶洶而來，卻被對方三兩下弄得偃旗息鼓，讓他們在一瞬間失去了冷靜判斷的能力，此時看著城上城下四周的人群那似笑非笑的神情，個個都惱羞成怒。

天子腳下，御林軍向來是天之驕子，何曾受過此等屈辱，紛紛圍在蕭天賜身邊憤憤不平，七嘴八舌地想要找回場子，渾然沒有看到李清的親衛營三百人的隊伍，數百匹馬，上千隻馬蹄敲在路面上整齊劃一，這種軍容，別說他們虎賁營，便是草原巴雅爾的龍嘯軍，虎赫的狼奔軍，也只能望其項背。

虎賁營眾人看不見，卻不代表整個京城沒有人注意，此時，在大道邊的一家酒樓上，一個長袍綰巾的人物便靠在欄杆邊，凝目注視著李清緩緩走過的隊伍，感嘆道：「**李氏有此驕子，數十年內必然崛起，大楚將無人能撼動。**」

坐在桌邊另一人點頭稱是，「此等人物，於主公大業卻是無利，能拉之最好，否則還是儘早除之。」

「現在言之還過早，主公如能得此人物，必將縱橫天下，看看吧，能過得了草原那一關再說。」

李清不知有人在暗中關注自己，打著自己的主意，此時，他的隊伍正停在一個岔道口，向左，是李氏所在的桔香街，向右，則是大楚專門接待回京官員的官驛。

領頭的楊一刀停了下來，徵詢的目光看向李清，李清略一遲疑，向右揮手，楊一刀立即引人向官驛方向走去。

李清回京，卻沒有回自己的家，而是入住官驛，這立時在京城引起了軒然大波，各種猜測紛至遝來，眾人將目光紛紛看向威遠侯府和安國公府，想看看李清的父親與李氏家主將會做出何種反應。

李家這些年來聲勢顯赫，安國公年紀雖大，皇帝對他卻有一種出乎眾人意料之外的信任，而其三子個個重握重權，本來第三代沒什麼出色的人才，但李清的橫空出世，讓人看到了李氏深厚的家族內蘊，在李清擊敗蕭遠山，掌控定州之後，李氏風頭在京城一時無兩。

但李清此舉無異是宣告他與李氏之間存在著巨大的矛盾。本來官員回京述職，應當住在官驛，等述職完畢後才能回家，但隨著世家崛起，皇權衰落，已沒有人將這條規定當回事，享著國家的爵，拿著皇帝的俸祿，卻在辦著自家的事，對此，皇室也是無可奈何。

威遠侯府張燈結綵，早已做好李清回家的準備，連在南方平叛的威遠侯也抽空趕了回來，自己的兒子風光回京，接受封賞，他怎麼也要到場，誰叫他有一個出色的兒子呢！

但現在，他暴跳如雷，在大廳裡如同一隻受傷的老虎一般咆哮，摔碎了好幾個茶杯，家人都瑟縮地躲在外邊不敢出頭。

一個身著一品誥命服飾，保養得極好的中年婦女，面含冷笑坐在上首，正是威遠侯的正妻，蘭亭侯的獨女裘氏，另一側，雖然也穿著盛裝，卻顯出老態，與裘氏相比有著天壤之別的女子則縮著身子，面含驚恐，她是李清的生身母親，剛剛被安國公強行命令威遠侯納為側妻的環兒，本名溫玉環。

「你生的好兒子！」威遠侯戟指溫玉環，大罵道：「回京後居然不回家，卻去了官驛，當李家是什麼，他眼裡還有我這個父親，還有這威遠侯府嗎？」

被掃盡了臉面的威遠侯氣不打一處來，南方戰事不順，已是讓他煩心，本想借李清的喜氣沖沖一身的穢氣，想不到興衝衝地回到京城，李清卻來這麼一齣，這下子，不知有多少人躲在暗處笑話他。

「真是養不熟的狼崽子。」裘氏冷笑，「老爺，這小子眼中哪有這個家，哪有你這個父親？」裘氏瞥了一眼溫氏，火上澆油道。

「住嘴！」威遠侯李牧之拍著桌子大罵，「不要以為你沒事，這事你也有份，如果不是你，豈會有今日？」

裘氏一下子被罵呆了，從嫁給李牧之開始，什麼時候受過這等責罵，李牧之一向是對她言聽計從，呆了片刻，不由大怒欲狂，站起身便欲反擊，但一看李牧之那可怕的面容，這時候撞上去，只怕有得苦頭吃。

裘式是豪門出身，自然知道察言觀色，當即閉上了嘴，一轉眼看見溫玉環，忍不住怒從心頭起，惡向膽邊生，伸出手去，便在溫氏手臂上狠狠一抓一扭，讓對方痛呼出聲。

看到這一切的李牧之更加火大，怒喝道：「滾，都給我滾出去！」

溫氏聞言如蒙大赦，趕緊跑了出去。

這段時間，她猶如在夢中，先前雖然在府裡不受待見，但總還有一個小小的院子供她生活，也不需要做什麼活計，每日除了思念兒子，倒也不怎麼辛苦；但不知怎麼得罪了大太太，被罰去洗馬桶，每日累得半死。如此過了一段日子，老爺子一聲令下，她居然一步登天，被納為威遠侯側妻，成了名副其實的二太太。

這一天她一直期盼著，本來已絕了心思，後來聽說自己的兒子已經當上了大將軍，令她又驚又喜，沒等她從喜悅中回過神來，今天又不知是惹了誰般，她雖不明白是為了什麼，但看侯爺的樣子，李清肯定是做了什麼錯事，不由擔心起來，害怕侯爺會收拾李清。

裘氏冷笑一聲，站了起來，搖搖擺擺地走了出去，李清與威遠侯鬧翻，她還巴不得呢！

看著兩人出門而去，威遠侯長嘆一口氣，無力地坐了下來，這可怎麼辦啊？苦思冥想片刻，終究是拿不定主意，「來人，備馬，去國公府。」這個時候，也只能找老爺子拿主意了。

來到國公府，李牧之看到二哥李退之已在老爺子的書房了，安國公李懷遠閉目半臥在軟榻之上，臉上沒有絲毫的表情，猶如老僧入定，而李退之則恭敬地站在老爺子的面前，看到李牧之進來，李退之抬頭看了他一眼，苦笑一聲。

「怎麼了？」李牧之問道。

「還能怎麼樣？老爺子氣得夠嗆！」李退之道：「聽到這個消息後，我讓李峻悄悄去了官驛，你猜李清怎麼說？」

「這個逆子說了什麼？沒為難峻兒吧？」李牧之聽二哥派侄子去打探消息，趕忙問道。

「倒是客氣地將李峻迎了進去，但一開口便讓李峻無話可說。」李退之苦笑。

「他到底說了什麼？」李牧之不耐地問。

「他對峻兒說，不知道他的母親馬桶刷得乾淨嗎，需不需要他去幫忙？如果還不行，他可以帶上他的親衛們去威遠侯府刷馬桶，保證讓侯府的馬桶比面盆還乾淨！」

李牧之不由呆了，怎麼也想不到統兵大將的李清會說出這種話來。

「老三，不是我說你，這事，弟媳的確是辦得差了，也難怪李清有怨氣。這溫氏畢竟是他的生母，當年的事就不說了，但李清已是堂堂參將，讓人知道他的母親在侯府裡刷馬桶，任何人也要怒氣衝天啊，更何況李清從小就是桀驁不馴的性子，要是是個好說話的主兒，當初會年僅十五便離家出走，隱姓埋名的去當兵麼！」

李牧之無奈道：「哎，當時我在南方，哪知家裡鬧這一齣啊。」

榻上李懷遠重重地哼了一聲，二人立即打住話頭，轉向李懷遠的方向。

「家門不靖，何以做大事！老三，我對你很是失望。退之，晚上，你悄悄去一趟李清那裡，能讓他回家住最好，最不濟也不要讓他對我們李氏有什麼二心。」

李退之躬身道：「父親放心，我估摸李清也不過是心有怨氣而已，再怎麼說他也是我李氏子孫，這血濃於水的道理他應該明白的。」

李懷遠點點頭，「嗯，我想也是如此，你去安撫安撫他，就說這事是我這個做爺爺的不是，讓他看在我的份上，就不要與他父親計較了。」

李牧之一聽臉就黑了，**君君臣臣，父父子子，哪有做兒子的敢計較老子**！老爺子如是說，分明是在向李清低頭啊。

「父親，這怎麼行？」如果真這麼做了，他以後在李清面前如何抬得起頭來。

李懷遠又閉起了眼睛，不再理睬二人。

李退之見狀，拉拉李牧之，「老三，我們走吧！這事就聽老爺子，我去辦，你在家聽消息吧！」

皇宮乾清殿。

天啟皇帝聽到李清入住官驛，詫異之餘也不由得興奮起來，「首輔，你怎麼看這事？這李清還真是屢屢讓人出乎意料之外。」

陳西言卻平靜得多，「陛下，只這事是無法說明什麼的，李清也許只是在嘔氣而已，他年輕氣盛，又陡握大權，任誰都會志得意滿。他自小在李家飽受欺凌，這時候擺出這個架子，也只不過是在做給李家看，我料李國公會妥善處理此事，陛下不必太以為意。」

聽陳西言這麼一分析，天啟皇帝又冷靜下來，「首輔說得是，李清到底是什麼人，等陛見的時候便見分曉了。」

兩人正議著，小黃門卻報御林軍大統領屈勇傑求見，陳西言看了陛下一眼，笑道：「陛下，這屈統領是來為部下打抱不平了。」

天啟皇帝冷笑道：「堂堂的天子親兵，出去找事不說，居然還鎩羽而歸，朕都沒臉，他居然還敢來見我。」

「這事怪不得屈統領，那蕭天賜是蕭家的人，為族叔出氣倒也情有可原，只是以下犯上，如果李清上奏的話，還真得治他的罪。」

「你說李清會以此為藉口，再整一下蕭家麼？」天啟皇帝饒有趣味地問道。

「從李清在城門的表現來看，壓根沒有將他放在眼裡，只怕是懶得理他。」

陳西言道：「不過陛下，屈統領的面子您還是要給的，再說御林軍是天子親兵，被人這麼壓得氣都喘不出，您也沒面子啊，找個機會讓他們將場子找回來就是了。」

天啟皇帝一想也是，這可關係到天家顏面，否則還真讓人將皇室瞧扁了。

京師官驛很大，直屬禮部的主客清吏司管轄，主管官員是正六品的官員，整整一天，這位叫王登鵬的官員算是給累翻了。

一般的大官，大都是世家大族出身，到了京師根本不屑來官驛這在他們看來很是簡陋的地方，來這裡的都是些小官員和出身平民家庭的官員，這些人寒酸得緊，隨身也沒有幾個侍從，所以一直以來，官驛算是個閒職，沒什麼大事，誰能想到李清會到這裡來呢？

李清要進京的消息，早就傳到了主客清吏司，但負責官驛的王登鵬根本沒有將其當回事，李清是李氏的人，回京後不管是去國公府還是威遠侯府，都不會來官驛，所以什麼也沒有準備。

但怪事偏偏就發生了，李清也不知中了哪門子邪，放著好好的威遠侯府或是安國公府不去，跑來了官驛，而且一來還是三百多人。

這人吃馬嚼，按大楚規定都要清吏司提供，錢還好說，問題是什麼也沒有準備啊，一時間，官驛內雞飛狗跳，所有在外面遊蕩的官驛吏員都被召了回來，被王登鵬打發去購置一應所需，住這裡的可是位邊疆統帥，而且還是李氏家人，要是讓他不滿意了，王登鵬覺得自己還是直接辭官而去來得便當。

饒是王登鵬使盡了渾身解數，總算到晚上，才勉強讓這批人馬安頓下來。

好在這批大兵們雖然看著凶狠，但對官驛的手忙腳亂倒沒有大發脾氣，默默地等著官驛將餵馬的豆子草料買了來，親自去餵了戰馬，才一個個回到屋中休息，渾沒有王登鵬想像的吵鬧，驚詫之餘，深覺這位年輕將軍治兵當真嚴厲得很。

等所有事都忙活完，王登鵬全身都快散架了，只想趕緊回家，美美地睡上一覺，緩緩這一天的疲乏，剛走到門邊，便看到一頂大轎停在驛館門前，不由叫了聲苦，一看那八抬大架以及護衛的架勢，就是位高官顯貴，今天這是怎麼啦？一撥接著一撥，還讓人活不活了。

那大轎停在門邊，轎簾一掀，李退之走了出來。

王登鵬雖然官不大，但處在這個位置上，自然認識這位左都副御使壽寧侯李退之，知道李侯爺必然是來找李清的，趕緊小跑幾步，來到李退之面前，躬身行禮道：「給侯爺請安。」

李退之淡淡地應了一聲，「嗯，李將軍一行都安置妥當了？」

王登鵬回道：「侯爺放心，已經都安置好了，李將軍就在這裡最好的上房，下官已吩咐要用心伺候。」

「李將軍怎麼樣，長途跋涉沒有累著吧？」李退之問。

「李將軍看著挺精神的，不愧是將蠻子殺得鬼哭狼嚎的英雄人物，雖然奔波了許多天，看不出一點疲態，倒是將軍的女眷身體有些不好，下官也找了醫師，現在正在診治。」

「女眷？」李退之一愣，隨即反應過來，應當是跟著李清一起進京的那位定州統計調查司的頭頭清風。

「前頭帶路。」

王登鵬心裡發苦，臉上還得小心陪著笑臉，一路引著李退之向李清的居所走去，心道：想早點回去的夢想又落空了，這侯爺一來，鬼知道什麼時候才會走，他不走，自己也只能在這裡候著。

輕輕地叩響房門，「李將軍，壽寧侯爺來了。」王登鵬道。

房門打開，李清出現在房門口，從李清身側，李退之看到一位大夫正在為臥榻上一個女子診脈，想必便是清風了。

在暗影給李家的情報中，給這個女子十二個字的評價：貌美如花，心如蛇嫩，手段狠辣。但眼前看來，她與李清的關係非同一般，竟然堂而皇之地與李清住在了一起。

「二伯來了，請進！」李清似笑非笑，與當年在定州時相比，無論是神態還是表現都沉穩許多。

「你下去候著吧！」李退之對王登鵬道，王登鵬唯唯而退。

大夫也知趣地站了起來，對李清拱拱手，「將軍，貴女眷身體並沒有大礙，只是長途奔波，因勞累而導致，只需好生休養，小的開幾副滋補的方子便行了。」

李清聽他將清風誤認為自己的眷屬，並沒有糾正，對大夫抱抱拳，「有勞大夫了。」

「不敢，不敢！」大夫躬身而退。

李退之在一旁，眼光鋒利如刀，在清風身上一掃而過，在心裡思忖著，李清**這是懶得糾正呢，還是有意做給自己看呢？**

如今李清身居高位，手握重兵，在李家已是舉足輕重，他的婚姻當然也不可能草率，沒有老爺子點頭，不可能隨便結婚，但李清性子倔強，此時揭開此事，反而會激起他的叛逆心理，對今天自己來的任務反而不美，還是先解決眼前之事再說。

清風被李退之一掃，滿身的不自在，強自掙扎著要起來，卻被李清按回到床上，「你身體不好，便在這裡休息，二伯也不是外人，我們換個地方就好了。」

聽到李清如是說，李退之一喜一憂，一是李清將自己當做李家人看，但看李清對這女子的寵愛卻不太妙。

兩人換了房間，楊一刀泡了上好的清茶，便退下去與李退之的護衛一齊守住房門，讓他叔侄二人敘事。

房裡有些悶熱，二人沉默相對，兩人都是聰明人，不需多說，李清自然知道李退之的來意。

片刻後，李退之打破沉默道：「李清，回去吧！你父親有些事是做得不對，但子不言父之過，你今天此舉已是大大地落了他的面子，加上前段時間的流言，他現在已成京師的笑柄了。這對你而言，也沒有什麼好處。」

「那不是流言！」李清冷冷地道。

李退之默然，雖然不知道溫氏在侯府刷馬桶一事是如何傳出去的，但毫無疑問，這是有心人在離間李清與李氏之間的關係，而且他們的目的達到了。

「老爺子說了，這件事是他對不起你。」李退之拿出了殺手鐧，「老爺子說了，這是李家的家務事，不必讓外人看笑話。他會給你一個滿意的答覆。但是他希望你回去，越快越好！」

「回去可以，不過要等明天我晉見陛下之後才行。」李清沉吟道。既然撕破了臉，架子自然要拿足，否則讓人笑話自己虎頭蛇尾。

能得到如此答覆，李退之已是喜出望外，「行，明天你晉見皇帝之後，晚上就搬回去，我這就回去讓你父親做好準備。再者，到時去拜見一下老爺子吧，你這個孫子，老爺子還沒有見過呢！」

李清臉上閃過一絲自嘲的笑容，若不是自己手中握有定州，只怕老爺子還不知道世上有自己這個孫兒的存在吧！

使性子拿架子只是一種手段，眼下自己不可能擺脫李氏這個標籤，也不可能在這個時代甩脫宗族這個大牌坊，自己在定州發展，要依靠宗族的地方還很多。

「好吧，二伯，我聽你安排。」

李退之滿意而去，不但得到李清肯定的答覆，而且知道了李清與清風有特殊的關係，這事得告訴老爺子，讓老爺子早做打算。

第二天李清起了個大早，天剛濛濛亮，便爬了起來，身體仍很虛弱的清風也強撐著起來幫李清梳洗，替他梳好頭髮，穿上自己親手縫製的貼身內衣，罩上外袍，再將盔甲一件件地穿好，戴好頭盔，掛上腰刀。

在李清的面前上上下下地打量了好一番，才滿意地道：「好了，應當沒有什麼問題了。」

俗語說佛要金裝，人要衣裝，李清這一打扮，立時讓清風眼睛發亮。

李清原就長得不錯，歷經了戰火的洗禮，俊俏小生的臉龐又多了一分堅毅沉穩，還有一股讓清風說不清道不明的莫名的氣質，偏生就是這股氣質最能讓人為他所吸引，似乎只要他往那裡一站，自然就能成為焦點。

「宮裡的規矩都知道吧？君前奏對，禮儀絕不可廢，要是這上面出了岔子，很容易讓人抓住把柄，皇帝也會不喜。」清風再三叮囑。

「放心吧！」李清道：「昨天二伯給我仔細講了這些，不會出問題，反正今天也只是例行的召見，皇帝只不過是認識認識我，說些場面話罷了，用不了多長時間。」

「雖是如此，也要小心些。」清風又替李清整理了一下帽上的紅纓。

看到清風略帶病態的臉龐，李清心疼地握住她的手道：「好了，好了，沒什麼事的，我走之後，你正好可以睡個回籠覺，大夫送來的藥讓鍾靜煎好，一定要按時服用，我回來後要搬家，一天又不得安生。」

清風笑道：「哪有這麼虛弱，你走了我再上床睡覺就是了。」

李清在她額上輕吻了一下，道：「那便好，我回來要檢查的。」鬆開清風，拉開房門走了出去，楊一刀早已候在門外。

房中，清風的眼睛濕潤，癡癡地盯著李清消失的方向，半晌方才掩上房門，重新回到床上，拉開被子，將自己全身都掩藏了進去。

大楚皇城座落於洛陽的正中心，分為內城和外城，外城有護城河環繞，城牆四隅都有角樓，三重簷七十二脊，造型華美。

城牆四面闢門，正門午門最為突出，它平面呈「凹」字形，中間開三門，兩邊各開一門，城樓正中為重簷廡殿頂九間殿，兩邊端頭都有角亭，以廊廡相連，五個屋頂形如五隻丹鳳展翅，故稱「五鳳樓」。

沿著白玉石板鋪就的橋面走到外城前的廣場上，穿過御林軍嚴密把守的大門，便進入到外城，首先映入眼簾的便是千步廊，廊東（左）為太廟，廊西（右）為社稷壇，又有左輔右弼的多座院落相陪襯，浩繁的建築群主從分明、前後呼應、左右對稱、秩序井然，饒是李清見慣了大場面的，陡然見到如此輝煌的宮殿群，仍是內心震撼不已。

前來準備上早朝的大臣們，此時大都聚集在皇帝處理政務召見群臣的太和殿，只等早朝正式開始，李清掃眼看去，基本上都不認識，只有二伯匆匆走過來與他打了個招呼。

李退之的這一舉動，立時便讓在這裡等候上朝的大臣們明白了這個年輕的將軍是誰，竊竊私語起來：還有不少人對著李清指指點點，讓李清有一種動物園裡被人觀賞的動物的感覺。

一個太監匆匆地走了過來，站在人堆中東張西望，李清認得那人是去定州傳過聖旨的黃公公，正奇怪間，黃公公已是看到了李清，一臉喜色地奔了過來，「李將軍，原來您在這裡，讓咱家好找！」

李清奇怪地看著他，「不知道公公找李某何事？」兩人的對話讓本就受人觀注的李清更加受到矚目，部院大臣們都將目光轉了過來。

「李將軍，你可真是簡在帝心啊，陛下讓咱家來宣將軍去中和殿候著，就不用與這些大臣們一齊上朝了。」黃公公笑得十分諂媚。

本來他在宮中只是個不太受重視的太監，能去定州傳旨，也是因為大太監們不願去定州這種苦寒戰亂之地，差事才落到他頭上，不想去了一趟定州，卻賺得盆滿缽滿而回，對李清滿心的感激。這一次皇上要單獨召見李清，因為只有他一人認得李清，便又被派了出來，這一下算是在皇上面前露臉了，只要皇帝記得自己，出頭之日便指日可待。

聽了這話，不但是李清，便是離李清較近的大臣們也是吃驚不已，外州統兵大將回京述職，按慣例只在早朝中晉見，皇帝溫言撫慰幾句也就算完事了，**怎麼這次皇帝還要單獨召見李清？**

摸不著頭腦的李清只得跟著喜滋滋的黃公公向內廷走去，拋下身後一路的眼珠子。人群中，李退之眉頭緊鎖，苦思皇帝此舉是何用意。

解下佩刀交給守在宮門前的宮衛，李清隨著黃公公進了內城，內裡又是另一番景象，除了與外面一樣的大氣磅礴之外，更添了些風情雅致。

中和殿是皇帝平時小憩的地方，殿前還有一個小花園，此時正值初夏，百花盛開，一股清香瀰漫，拂柳清揚。

走進中和殿，黃公公殷勤地招呼著李清，不僅替他搬來了錦凳，還讓小太監泡上了茶。

「將軍小坐一會兒，這早朝不是一時半會兒的事，朝中大臣們每逢早朝，必有一番扯皮吵架，沒有幾個時辰完不了事。」

李清看著殿前佇立的宮衛，小心問道：「黃公公，我這樣會不合規矩吧，要是讓皇上知道了可不大好。」

黃公公笑道：「將軍請寬心，這都是皇上吩咐的，不然借我幾個膽，我也不敢啊！皇上說將軍不必去早朝聽那些言之無物的囉嗦廢話了，安心在這裡候著，皇上下朝後就過來召見將軍。」

摸不著頭腦的李清不著痕跡的向黃公公手裡塞了一張銀票，「黃公公，可否透露一點，到底皇上為什麼要單獨召見我啊？」

黃公公掃了眼小太監，將銀票迅速塞進袖筒，道：「這個嘛，將軍，您還是耐心等會吧，一會兒您就知道了，許是陛下對您大敗蠻子的那一仗感興趣，想聽您詳細述說呢！」

一聽這話，李清就知道這黃公公根本就不清楚，得，這一百兩銀子打水漂了。不得要領的他只得安坐中和殿中，耐心等候著。

這一場等待出乎意料的長，從清晨直到午後，從開始的謹慎到最後百無聊賴，李清的耐心一點點被消磨殆盡，看看日頭，已經過了午時三刻，早朝居然持續到這個時候，李清的肚子早已餓得咕咕叫了，想必還在早朝中議事的皇帝和大臣們也好不到哪裡去。

他在中和殿裡溜達了好幾圈，牆上掛的字畫也欣賞了若干回，泡好的茶，此時連茶葉也被他嚼去了一半。

李清不知道他此時的舉動讓中和殿裡那些木頭人般的小太監吃驚萬分，能在中和殿裡被召見，那是做臣子的天大榮幸，哪個來這裡的大臣不是誠惶誠恐，畢恭畢敬。這位倒好，居然將中和殿當成了自己家，很是自得其樂。

大概是察覺到木頭人們的目光正盯著自己，李清衝他們一笑，正轉動眼珠跟著李清的木頭人們都嚇了一跳，趕緊端正頭顱，又是目不斜視。

李清坐下來，錦凳看著舒坦，但坐得久了，又沒有一個靠背，便讓人有些不舒服，中和殿裡舒服的椅子倒有一張，但李清膽子再大，也不敢坐上去，因為那是獨屬皇帝的。

由於昨天與二伯談了半宿，今天又起了個大早，再加上在這裡枯坐半天，倒真是有些倦了。他將兩條長腿伸長，雙手環抱在胸前，居然打起了瞌睡。

模模糊糊中，李清感覺到有人進了中和殿，到底是武將，警覺性極高，有人靠近自己，潛意識便開始了自動報警，霍地睜開雙眼，便看到距自己不到二米處，有一個人饒有趣味地盯著自己。

皇帝！

李清猛的驚跳起來，明黃色的衣服不是人人能穿的，特別是胸襟上還繡著一條張牙舞爪的金龍，此人身後站著兩個面白無鬚的傢伙，一看就是太監，正面色不善的盯著自己，而更遠處，黃公公則是一臉的驚慌。

「微臣參見陛下！」李清轟隆一聲跪倒在地，身上的甲葉在地上一碰，發出清脆的響聲。

即便他膽子再大，此時身上也冒出微汗。

這是什麼人，是皇帝啊！以前只在電視上看過，眼前這個卻是貨真價實的。自己居然睡著了，連皇帝走到跟前也不知道，在這時代，這屬於大不敬，是要掉腦袋的。

天啟皇帝呵呵一笑，「果然不愧是沙場老將，朕的腳步已經刻意放輕，也不許人弄出聲響，居然還是驚醒了你，平身吧，李將軍！」

「謝陛下！」李清重重地磕了一個頭，站起身來。

別看頭碰得響，那是因為頭上還帶著鐵盔呢，要是光著腦袋，李清才不會這麼用力。

天啟皇帝似乎看破了李清的那點小心思，微微一笑，轉身走到案後坐了下來，緊跟著，一個稍老的太監輕輕拍拍手掌，外面立即進來四名托著鎦金木盤的小太監，將四碟精緻的小點擺到天啟面前，天啟拈起一塊丟進嘴裡，大嚼起來。

李清聞到香味，不由食指大動，肚子不爭氣地咕咕一響，臉立即紅了，真丟臉啊！

「餓啦？」天啟皇帝笑問：「也對，這都午後了。」

「微臣失禮。」

「來呀，吳禮，把這碟點心賞給李將軍！」天啟皇帝一擺手，那稍老的太監馬上拿了一碟端到李清面前。

「微臣謝賞！」李清接過點心，也是餓得很了，一手拿著碟子，一手抓起點心，大口大口地吃了起來，三兩下便將一碟點心吃得一乾二淨。

宮中的點心味道著實非凡，李清吃完一碟，意猶未盡，居然還用手在上面一抹，然後舔了舔手指，咂吧咂吧嘴，將一屋子的太監看得目瞪口呆，心道這個將軍也太不知禮了，皇帝賞賜，那是天大的恩典，哪個得賞的不是稍稍意思一下，然後便小心翼翼地收起來，他倒好，居然吃得一乾二淨，看這意思，還沒有吃夠呢。

天啟也看得呆了，臣子見得多了，還是第一次看到這樣的，兩根手指捏著點心，居然忘了往嘴裡餵。

吃乾抹淨的李清將盤子兩手高高舉起，口中高喊：「謝皇上賞賜。」末了，又加上一句：「點心真的很好吃。」

天啟噗哧一聲笑了，早朝上受的一肚子窩囊氣也隨著這一笑而煙消雲散。

「**唯英雄真本色**，不愧是替我牧馬邊疆的將軍，難怪蕭遠山輸在你的手裡。」

李清訝然地抬起頭，他與蕭遠山之間的爭鬥，是人人明白，但人人都不會說出來的事，這不僅關係到兩家之間，更關乎皇帝的顏面，因為這意味著皇權已失去了應有的威嚴，但天啟皇帝似乎沒想到這個，直截了當地捅了出來。

李清眼中的天啟皇帝清瘦，臉色略顯蒼白，正值中年的他，髮間已隱約可見白絲，一雙狹長的雙眼黑白分明，卻佈滿血絲，由此可見這皇帝還真是一個勞心勞力的差使，難怪歷史上皇帝長壽的不多。

「很驚訝是吧？」天啟皇帝扔下手中的點心，背心向後一靠，本來溫和的眼神陡然間露出鋒銳的光芒。

近幾年來，世家間的明爭暗鬥已呈白熱化狀態，他這個皇帝的威嚴越來越不被他們放在眼裡，要不是手裡還有一定的實力，還有以陳西言為首的文官系統的支持，還要更加不堪，世家已是尾大不掉，饒是他費盡心思，仍是收效甚微。

看到李清在定州的一系列改革，從李清的改革中，他看到了希望。

李清雖然出身世家，上臺也是用的不大光彩的方式，但這是世家之間的狗咬狗，他懶得管也無力管，他看重的是**李清在一州大力破除世家豪族斂財聚土的手段，等於撬開了世家豪門高牆的一塊底磚。**

這說明李清不在乎宗族勢力，否則以李清剷除蕭遠山的手段，他厭惡還來不及，又豈會恩寵有加，單獨召見！因為他也看到了**打破世家豪族的一抹亮光，而這抹亮光還需要李清將它發揚光大，讓其變成熊熊烈火。**

李清也在思索，天啟皇帝撕開這最後一點遮羞布意味著什麼，但於情於理，他不能不辯解。

「陛下，微臣與蕭大帥之間存在矛盾，這是盡人皆知的事，如果不是在最後一戰時，蕭大帥頒下密令，要對微臣斬草除根，微臣是不會用此激烈手段的。」

「哼，你最後還留了他一條命，把他全鬚全尾地送回來，以顯示你的寬宏大量？」天啟言辭鋒利，句句誅心。

「不是！不殺蕭遠山，是因為殺不得，以蕭遠山對付我的手段，臣是恨不得殺了他的。」李清老實供出。

真要撕破臉，誰怕誰啊，他不信皇帝會對他怎麼樣，不說李家，要是他在這裡出了事，他敢說定州立馬便會成為巴雅爾的牧場。

「你倒是坦白啊！」天啟皇帝不滿地道：「但你們將朝廷置於何地？將朕置於何地？一州統帥竟然私相授受，末了給朕一封奏章便算完事？」

李清看到天啟皇帝錙銖必較，心裡訝然，不知是天啟因為早朝受了一肚子氣，此時想起來，勾動了心火。

「陛下，臣這不是奉詔回京了麼？」他狡黠一笑。你說我們是私相授受麼，我可是接了你的聖旨回京受封的。

天啟皇帝氣得一張臉白轉紅，紅轉紫，一口氣憋在胸口，不由劇烈地咳嗽起來，吳禮趕忙上前替天啟拍打著後背。

咳了一陣，天啟順過了氣，看著一臉鎮定的李清，想起自己本來的用意，心情慢慢平和下來，「你膽子確實很大！」他緩緩道：「不過，我今天不想聽你和蕭遠山之間的那些事，我想要知道，你，擔得起定州嗎？」

天啟有些落寞地嘆了口氣，煌煌大楚，跨地萬里，兵馬百萬，官員無數，本應至高無上，一言九鼎的皇帝，眼看著國勢漸衰，大權旁落，卻心有餘而力不足，說什麼普天之下莫非王土，率土之濱莫非王臣，那些大臣嘴巴都是說得舌燦蓮花，天花亂墜，其實個個陰奉陽違，以公器而行私事，損國肥己已到了肆無忌憚的地步，**放眼天下，真不知還有幾人值得自己託以腹心。眼前的李清，值得自**

己在他身上花費偌大的心力麼？

看著下面站著的李清，清亮無塵，就這樣隔著桌案與自己對視，眼中看不到絲毫畏懼與不安，哪裡像是剛剛成年的年輕人，倒與那些朝堂上的老狐狸一般無二，不由一陣心煩意亂。

「你坐鎮定州，幾年可打敗蠻子？」

「三年！」李清毫不猶豫，脫口而出。

「三年？」天啟微微一愣，忽地爆發出一陣大笑，譏刺道：「當年蕭遠山也只敢說五年，末了還給朕來了一場大敗，你居然比他還要狂妄！」

李清盯著天啟，道：「臣不是蕭遠山。」

天啟的笑聲戛然而至，這才想起蕭遠山便是無聲無息地敗在此人手下。

「臣要的不僅僅是打敗蠻子，而是要**平定草原，臣要替皇上將草原納入大楚版圖。**」李清面不改色，彷彿這話不是由他嘴裡說出，而是在轉述另一人的話。

天啟啞然，看著李清，確定對方沒有瘋狂，而是正正經經的對著自己說話。

大楚與蠻族打了數百年仗，從來就沒有完全征服過這個馬背上的民族，即便是開國的英武大帝也沒有做到。無數次的征伐中，大楚與蠻族互有勝負，大楚曾深入過草原，蠻族也曾佔據過定州，雙方誰也沒有能力將對方完全打敗。

天啟從來也沒有想過，也不敢去想將蠻族完全征服，天啟雖然自負，但也不敢自認比得了開國英武大帝。

「你可知道君前無戲言，否則便是欺君大罪。」天啟陰著臉。

李清笑道：「臣敢立軍令狀，**三年之內，不能平定草原，臣將這顆頭送給皇上。**」

天啟不由動容，如果真能打敗蠻族，將草原變成帝國的後花園，那自己將成就大楚建國以來最大的功勳，其偉業將直逼開國大帝。

「如你真能在三年內平定草原，朕又何惜封侯拜公？」天啟猛拍龍案，長身而起，眼光炯炯地盯著他。

「臣保證。」李清朗聲道。

第五章
贏不了的戰爭

李清搖頭道：「父親，這是一場註定贏不了的戰爭，除非朝廷授你全權節制這三州，能調集所有的豪門私軍，但這可能麼？朝廷會讓我們李氏再去把持這三州大權麼？」

「那你說，牧之應當怎麼做呢？」李懷遠考校李清道。

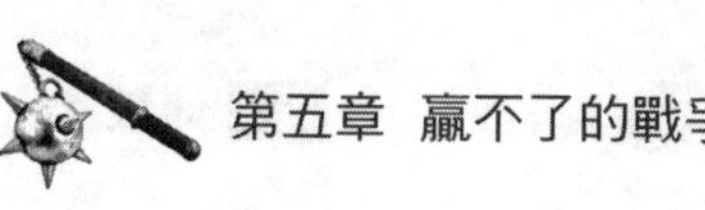

天啟緩緩地坐了下來，短暫的激動後平靜下來，「你有何把握？」

「臣離開定州之時，已在著手佈置，現在我定州兵力已深入草原，定州與蠻族攻守易勢，**內裡步步蠶食，外在合縱連橫**。」

「蠻族舉族皆兵，勢力雄渾，以定州一州之力，何以能平定草原？」

「蠻族是部落聯盟制，兵雖多，但不齊心，巴雅爾在短時間不可能將草原擰成一股繩，我便是趁此時機將草原拿下，否則等到巴雅爾一統草原，必將窺視中原，那時將成為我大楚心腹大患。而我定州自實施新政以來，短時間內已頗見成效，初始微臣在崇縣時，便以一縣之力養萬餘精兵，現在有一州之力，百萬百姓，便是十萬精兵也是養得起的。」李清信心滿滿地道。

天啟皇帝稍一猶豫，開疆拓土的雄心立時便占了上風，但他能給李清的後援著實有限，「你最缺什麼？朕可以給你。」

「工匠，技師！」李清脫口而出。

天啟微感驚訝，他本以為李清會要錢，想不到李清卻是想要人。

殊不知李清現在最缺的便是經驗豐富的工匠、技師，定州一直在打仗，工匠技師又是蠻族劫掠的重點，錢容易賺到，但一個成熟的工匠，卻不是短時間內可以培養出來的。

「給你，朕可以馬上下令，讓匠師技師向定州移民，每人可由朝廷出安家費。先期移萬戶如何？」

李清激動不已，到底是皇帝，出手就是大方，一開口便是萬餘工匠，他現在的匠作營到現在也不過千餘匠師，如果有這一萬匠師，那匠作營將改頭換面，效率不可同日而語。

「多謝陛下，臣願為陛下肝腦塗地，鞠躬盡瘁，死而後已。」一激動，李清倒是有些口不擇言了。

「謝倒不必，但願你不負今日所諾，真能將蠻族平定，那時，倒是朕要謝謝你了。」天啟道：「罷了，定州的事先不說了，你且坐下，說說你的定州新政吧，朕很感興趣。」

李清謝過天啟，便端坐在龍案下方，將定州一系列剛剛頒佈的新政仔細地說給天啟聽，先前天啟只知道一個大概，此時聽到李清的詳述，不時發出擊節讚嘆聲，每一條都擊中現在大楚的積弊。

「如果我在帝國全力推行新政的話，你認為如何？」天啟問。

李清訝然地看了眼天啟，想也沒想便說：「陛下，這是不可能的。」

「為什麼，你在定州不是做得很好麼？還是說朕不如你，你做得，朕就做不得?!」天啟大怒。

「陛下，不是這樣的。」李清耐心地解釋道：「定州在去年遭到蠻族大舉入侵，十室九空，世家豪門幾乎被蠻子一掃而空，這才讓微臣有施行新政的機會，而在中原大舉推行新政，首先便會遭到世家大族的反對，如陛下強力推行，恐怕外患未平，內憂又起，那時內外交困，大楚必危。」

天啟默然，李清的話與首輔陳西言不謀而合，想不到李清不但有將才，還是文武雙全，想到這裡，不由想起傳聞中的李清兩詞折名妓的傳聞。

「現在何嘗不是內憂外患，」天啟喃喃地道：「世家豪族把持朝政，割據地方，對中央陰奉陽違，南方數州叛亂不止，屢剿不滅，還有坐大之勢；外有蠻族虎視眈眈，朕這皇帝，便如同坐在火山口上啊！」

說這話時，他渾然忘記了李清也是世家豪門的背景。

「外患稍不足慮，內憂足以動搖朝綱。」李清接口道。

「你有何策？」天啟眼睛一亮，看著李清。

李清搖頭，冰凍三尺，非一日之寒，眼前的大楚已病入膏肓，任誰也難有回天之力，勸慰道：「陛下，只可徐徐圖之，切不可操之過急。」

「朕能不急麼？」天啟怒道：「觀你在定州所為以及你今日所說，想是對天下大勢有所瞭解，對解此危局，有何辦法，你直言無妨，大膽說，朕不會怪責你。」

李清看著天啟那略顯病態的臉龐上一抹嫣紅，心中也不禁感慨，**皇帝當到這個份上，當真是沒什麼樂趣。但自己能對他說什麼呢？**

「陛下，臣給您講一個故事吧！」李清想了想道：「在定州，我曾遇到一家人，父子三人盡皆勇悍，二子極有勇力，在那一帶，因為沒人能打得過他們，所以沒有人敢招惹他們，但二人回到家中，對其父卻極其害怕，視之如虎，但有所言，莫不敢違。」

天啟哼了一聲，「這是他二人的孝道，你這是什麼意思？」

李清微微一笑，「非也，只是因為他們父親比二人還要強悍，但敢違命，便打得兩人爬不起床，連兩兄弟加起來也不是其父的對手。」

天啟眼睛一亮，明白李清是何而指了。

「有一天兩兄弟被打得急了，老大破口大罵，說他老子總會是老的，到了那一天，必然要讓他知道厲害。」

天啟一聽怒道：「如此逆子，該殺！」

李清不理天啟，自顧自地道：

「鄉鄰聽了，無不替他父親擔心日後會不好過，哪知父親卻滿不在乎，對鄉鄰道，逆子無禮，卻不知滿家財富皆在我手，日後我老弱無力，他二人敢對我無禮，我便讓他們變成赤貧，將所有財產都送予鄉里，也不便宜他二人，看他們敢奈我何；更何況他等若無禮，我一紙狀子將他們告到縣裡，還不打爛他們的屁股！鄉鄰將話傳到兩個兒子耳中，二子從此更加尊重其父，不敢稍有無禮。」

李清已經走了很久，天啟仍然呆坐於案上。

他本是極聰敏之人，李清的那個故事，無非便是告訴他三件事：**一、強大的武力足以震懾不軌，二、集中的財政控制，三、嚴明的律法約束。**

「萬歲爺！」吳禮看到天啟神色怪異，小心上前試探地喊道。

「召陳首輔進宮！」天啟道。

出得皇宮，李清便將天啟甩到了腦後，大楚如何，離他還很遙遠，他只不過是個邊陲軍州的將軍，還談不上對龐大的大楚有多大的影響力。

至於大老們對他的關注，不過是因為他實在太年輕，又鬥垮了蕭遠山的緣故，加上背後李氏與蕭氏的恩恩怨怨，才讓他走到了風口浪尖，相信用不了多長時間，這些大佬們便會將他淡忘，最多不過是在他們的記載中多了一個李氏後起之秀而已。

他興奮的是從天啟皇帝那裡弄到了一萬工匠，任如雲知道這個消息後，一定會一跳八丈高，高興地幾天睡不著覺了。

看來自己也得抓緊了，天啟皇帝的表現說明大楚已是大廈將傾，無力回天了，李清不相信在現在的局勢下，皇帝還能扭轉頹勢，力挽乾坤。南方數州的叛亂只是個藥引子，相信用不了多久便會徹底引爆整個火藥桶，李清似乎看到在不久的將來，整個大楚烽煙四起，處處戰亂，而朝廷只能龜縮在洛陽，無可奈何地看著這一切發生。

歷史上，強大的周王朝八百年後淪落為名義上的天子一幕，看來將在這裡重演，自己絕不願意成為那些霸主們的墊腳石。

要想做到這一點，自己就要儘快強大起來；而要強大起來，就必須掃清自己的後院——草原上的巴雅爾。到那時，**自己坐擁定州及草原，甚至還有蔥嶺關外的黑山白水，這才有資格笑看中原風雲變化，直至插進一腳，逐鹿中原。**

「將軍，您回來了？」

清風笑著迎上來，替李清除去甲冑，頭盔，找了一套便服換上。

一身行頭換完，鍾靜已端來幾樣小菜，一碗米飯，一壺酒上來，「這一大早便出去，這時方回來，皇宮也不管飯，想必餓極了，我讓館驛裡備好了酒菜，等你回來呢！」

李清坐下，舒展了一下身子，笑道：「嗯，有老婆的感覺真好！的確是餓了，不過在皇宮裡吃了碟點心，勉強壓了一下。」

清風紅了臉，嗔道：「將軍，大白天的便瘋話連篇，也不怕被人聽了去。」

「怕什麼，這裡裡外外都是我們自己人，咱們的事，他們哪個不知！誰敢亂嚼舌頭，我便趕走他。啊，對了，你剛才說我白天說瘋話，那我晚上說好不好？」李清端起酒杯，一飲而盡，調笑道。

清風拿起筷子，夾了口菜塞進李清的嘴裡，「又說胡話了，吃了飯便要搬家，你難道忘了？」

聽清風說起這個，本來春風滿面的李清臉色一變，對威遠侯府，他是一點好感也沒有，要不是母親在那裡，自己不回去，她可能又要受氣，否則他才不願意回去。

看到李清的神色，清風安慰道：「知道你心裡不快，但百善孝為先，子不言父之過，威遠侯爺怎麼也是你的父親，這一層血緣關係總是抹不去的，咱們不能讓人抓住這個說閒話。反正咱們在京城也待不久，還是要回定州去的，權當去受幾天罪吧！」

李清這才展顏一笑：「你說得也對，醜媳婦總要見公婆的，你這個醜媳婦這次也正好去拜見母親，她老人家很好，就是有些膽小怕事，你一定會喜歡她的。」

清風羞紅了臉，道：「我算什麼媳婦，你別到處亂說，讓人笑話。」

李清放下筷子，正想說點什麼，清風已打斷了他，「將軍，什麼都別說了。」兩個眼眶有些泛紅。

李清嘆了口氣，又端起酒杯猛灌一口，以前是尚海波等一眾文官不同意，現在只怕還要加上李氏宗親了。

「說點高興的事吧，我從皇帝那裡挖來一萬工匠，這對我們定州意義非凡。」

「真的麼？」清風又驚又喜，「皇帝怎麼這麼大方，他想從我們這裡得到什麼？」一說起正事，清風立馬便進入了角色，回到了她統計調查司司長的位子上，第一反應便是對方想要什麼，有什麼圖謀，自己要如何應對。

「我答應替他三年之內掃平草原，將草原劃歸大楚版圖。就這些。」

清風吁了口氣，「這些事即便皇帝不給東西，我們也是要做的，定州與蠻族本就是勢不兩立，那他圖什麼呢？」

李清搖搖頭：「陛下已在病急亂投醫，不管這些了，反正有好處我們就拿著，以後只怕就算我打下了草原，他也沒什麼東西可賞我了。」

正說著話，楊一刀的聲音從外面響起：「大帥，威遠侯府來人了。」

李清沒好氣地道：「沒看見我正在吃飯麼，讓他們等著。」

聽見大帥的語氣不是很好，楊一刀一溜煙地走了。

李清慢條斯理地吃完飯，又喝了杯茶，清風再為他按摩了一會兒，這才舒服地走出門來。

看到李清出來，為首一個約六十出頭的人馬上單膝跪地，「侯府大管家李華給少侯爺請安，少侯爺安好！」

一晃五年過去，李清幾乎認不得這位大管家了，歲月無情，自己出走時還很壯實的管家已經生出了白髮，那時，他對自己談不上好，但也說不上壞，在人人都看裘氏眼色欺侮自己娘兒倆的處境下，已經算是不錯了。

「原來是李管家，」李清淡淡地道：「快起來吧，你是李府的老人，勞苦功高，我可受不起你這一禮。一刀，給李管家端杯水來解解渴，你們也真是的，也不知道招呼李管家到屋裡坐著等我！」

楊一刀訕笑著趕緊倒來一杯水，李華倒也不矯情，接過來一口喝盡，笑道：「少侯爺不要責怪楊參將，是李華自己要站在這裡等的。少侯爺替我們狠狠地教訓了那些蠻子，我也覺得痛快，當年我跟著侯爺在威遠堡的時候，可沒少侯爺您打得痛快淋漓。」

李清沒有作聲，楊一刀卻好奇起來：「怎麼？你也打過仗？」

李華自豪地說：「楊參將，我也是從屍山血海中殺出來的，那時我跟著威遠侯爺坐鎮威遠堡，被蠻子圍攻，一連打了十數天，當真是死傷慘重啊！後來蠻子見強攻不下，便連連在堡下插旗挑戰，惹怒了侯爺，單騎出堡，在堡下一桿鐵槍連挑蠻子八員上將，重重地挫了蠻子的銳氣，讓蠻子們快快退走，也是因為這一仗，侯爺才被封為威遠侯的！」

這些事李清當然知道，這是威遠侯最輝煌的一戰，也是這一戰，讓他在大楚聲名鵲起，這李華倒是機靈，知道如何拉近與這些大兵們的距離，這一番話說下來，那些親兵看他的眼神都親近許多。

「有機會定要與李管家探討探討！」楊一刀興致勃勃地道。

李華笑道：「楊參將說笑了，我這老胳膊老腿可經不起參將的拳腳，不過說起故事嘛，人老了，倒是有一大堆。」

李清道：「李管家當年也是邊關有名的驍將，一刀，等回到侯府，你有的是機會找管家討教，管家的這些打仗經驗可是千金難買的。」

聽到李清的誇獎，李華笑眯眯地道：「多謝少侯爺誇獎，李華現在也只能賣

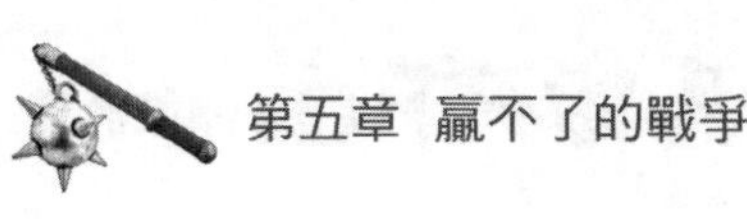

賣嘴了。」

聽了李清的話，他知道李清同意回侯府了，來時的擔心立時飛到九霄雲外。也是，父子間，能有多大的仇恨啊。

「少侯爺，府裡都準備好了，就等少侯爺回家了。」

李清點點頭：「一刀，叫大夥收拾東西，我們走吧！」

世事變幻無常，總是出乎人的意料之外，看著威遠侯府那朱紅色的大門，還有門前那張牙舞爪的石獅子，李清感嘆不已。

自己記憶深處，留在這裡的幾乎沒有什麼歡樂，有的都是屈辱，委屈與傷心。從毅然決然地出走，到今天，已整整六年，重返侯府卻是物是人非。

侯府外早已張燈結綵，喜氣洋洋，大批的家丁排成兩行，躬身而立，歡迎這位強勢歸來的侯府棄子，請來的鼓樂班子賣力地吹起歡快的樂曲，聲勢喧天，也有著向洛陽諸多豪族宣告示威的意思，李清終究還是李氏族人，無論他與侯府有著怎樣的恩怨情仇，終究是要認祖歸宗。

李清怔怔地站在大門口，目不轉睛地盯著御筆親書的「威遠侯府」四個大字，嘴角牽動，露出一個似笑非笑的神情。

站在他身側的清風擔心地看了他一眼，生怕這位對侯府怨念甚深的傢伙當場發作，悄悄地向他靠近了點，不著痕跡地拉拉他的衣襟。

李華瞅了眼走到大門前忽地停下的少侯爺，提醒道：「少侯爺，侯爺還在裡面等著呢！」

李清眉頭輕輕地跳動了一下，「六年了，還真是有些陌生，當年我從這裡走出去的時候，還是一個不懂事的小孩子，如今我長大了，李管家，可你也顯老了，只是不知這侯府裡還有幾人我認得，又有幾人認得我啊？」

是啊，有誰知道當年那個出奔的小子如今有這麼大的前程呢？連李氏也要巴結他。便是李華，也以為李清離開李家，就算不死也必將潦倒，最後會受不住貧寒回來，只是現在人是回來了，卻是以這種讓所有人做夢都想不到的方式。

聽出話裡暗藏的意思，李華只覺得一陣心驚肉跳，這位小侯爺可別出什麼么蛾子，桔香街兩邊那些各家跑出來的家丁們早就等著看李家的笑話呢，真出什麼事，保管從大門裡走出的就是各家的高官顯貴了。

李清到大門卻久久不願進去，想必門內的侯爺一定是怒火萬丈，李華順著李清的口風勸道：

「是啊，小侯爺，如今您長大了，不再是當年那個任性的小孩了，您看看，這周圍不知有多少人羨慕我們李氏又出佳子啊！小侯爺，我們進去吧。」

李清呵呵一笑，李華還真是人老成精，話說得賊機靈啊！

李清大步向那朱紅色的大門邁去，李華悄悄地吁了口氣，抹去額頭上的冷汗。外面看熱鬧的人群頓時散去一半。

穿過門前的照壁，寬敞的院子出現在李清面前，在大廳的正門中，威武侯爺正一身正服，兩手背在身後，筆直地立於大廳門前，看到李清出現，臉上的怒意慢慢消散，但仍看不到一絲笑容。

李清站定，這個人便是他的父親，國字形的臉不怒自威，兩道鋒銳的眼光在李清身上掃來掃去，精心修飾的八字鬍隨著嘴角的牽動而微微搖擺。

李牧之也在看著這個有了大出息的兒子，這是他第一次真正地仔細端詳他，在之前的十五年裡，自己沒有給他一個父親應有的關愛，任由他自生自滅，甚至在夫人的要脅下，連祖譜也沒有讓他入。

他知道夫人的那點小心思，如果讓李清入了祖譜，那未來襲承爵位的將是李清這個長子，大楚向來有立長不立嫡，立賢不立嫡，以長為尊，以賢為貴，這也是長久以來大楚世家豪門崛起的重要因素，所有世家家主基本上都沒有廢柴。

他才二十一歲，已官至定州軍大帥，再有李氏做後盾，以後前程將不可限量。或許，李氏將會出現第二位公爺，那將是大楚有史以來最為輝煌的盛事，一門二公三侯，除了李氏，還有哪個家族有可能做到這一點？想到這裡，他不由驕傲起來。

兩人就這樣隔著數丈的距離對視，誰也沒有先開口的意思。

看到如此詭異的父子重逢場景，一邊的李華又開始擦汗了，而隨著李清而入的楊一刀與唐虎則目不斜視，眼光只盯著李清。在他們的眼中，要是將軍和侯爺打起來，自己鐵定是要幫將軍的。

清風則默默立於李清後側一步，生怕他當場發作。

院子裡安靜到令人窒息。

作為父親，李牧之萬萬沒有先開口的道理，哪怕他有萬般的對不起李清，他也不會說一句抱歉，君君臣臣父父子子，這是萬古不移的規矩。

李清也有不開口的道理，我以前在生死線上掙扎的時候，你何曾理過我的死活，可曾想過我是生是死，吃得飽穿得暖？現在我打下了一片江山，你們便巴巴地想要我回來了。

兩人對峙片刻，時間並不長，但院子裡的眾人都覺得像是過了一個世紀。

終於，李清的嘴角牽動了一下，露出一個讓清風熟悉的笑容，清風知道，李清露出這個表情，便代表他想通了。

果然，李清大步向前走去，走到李牧之面前，雙膝跪下，兩手撐地，叩了一個頭：「父親，我回來了！」

李牧之難得地露出笑容，「嗯！起來吧，一路奔波，辛苦了，屋裡說話吧！」說完，便轉身向屋內走去。

李清起身，跟著走進大廳。

李華終於放下心來，擔心的衝突沒有發生，只要父子坐到一起，交心長談，父子間有什麼不能解決的?!其實侯爺並沒有太對不起李清的地方，主要還是主母太過分。

想起主母裘氏，李華不由嘆起氣來，這位出身高貴的主母，應當是主角之一的人，今天卻不在侯府，賭氣回娘家去了。

這位主母真是沒有眼光啊，難道看不見李清未來不可限量嗎？她的嫡子李鋒完全是個紈褲子弟，就算將來繼承爵位，也不可能撐起威遠侯府，若是有這麼一個同父異母的哥哥當靠山，那就完全不同了，為什麼就不能向李清服軟呢？哪怕是象徵性地擺出姿態也好。

大廳裡，李清在說，李牧之在聽，兩人不像是久別重逢的父子，更像是上下級在對話。

「你這幾次作戰都可圈可點，戰術運作的很恰當，只是出雞鳴澤偷襲安骨太過行險，一旦失敗，就是萬劫不復的命運，你知道嗎？」李牧之評道。

「我知道，但當時的情形，不如此，我們很難撐過那個冬天。置之死地而後生，如此而已。」李清回道。

「可你二伯給了你十萬兩銀子，用這些錢買糧足以支撐。」

李清冷冷回道：「我習慣靠自己，不將未來寄託在別人的身上，萬一買不來糧食呢？或是有什麼別的意外發生呢？」

李牧之沉默，李清說這句話也許是無心的，並沒有別的意思，但卻戳到了他的心病，臉色不由一變。

再一次沉默。

這回，是李牧之打破了僵局。「我想問你一件事。」

李清欠身，「父親請講。」

「我想知道，如果最後策反呂大臨不成功的話，你會怎麼做？是放棄，還是依賴撫遠要塞，與蕭遠山來一次大火拼？」

「我會讓蕭遠山在撫遠要塞下流盡最後一滴血。」李清冷酷地道。

「可如此，你們必會兩敗俱傷，草原蠻族則會趁此機會再次入襲，定州經此一劫，精銳盡失，必然不保，你沒想過這個後果麼？定州可有百萬百姓啊！」

李清站了起來，在廳裡來回走了幾步，「蕭遠山做出這個決定的時候，可曾考慮過定州還有百萬百姓？」

停頓片刻，他高昂起手，一字一頓地道：「我死之後，管他洪水滔天！」

我活著，自然有責任去保護我應該保護的人；我死了，即便是再重要的事，與我又有什麼關係呢？李牧之在心裡咀嚼著李清這句讓他震驚不已的話。

看著這個從來都顯得有些陌生的兒子，他實在猜不透他的真實想法。看來自己對他還是太缺乏瞭解。

在他的印象中，李清是那個躲在角落裡，用陌生畏懼的眼光偷偷看著自己的那個青澀小男孩。眼前的這個人，卻是一個叱吒風雲，殺伐決斷的將軍，兩者間巨大的差異讓李牧之一時恍惚起來，不知是在夢中，抑或是自己產生了錯覺。

李牧之努力使自己平靜下來，道：「好了，去看看你母親吧，這些年她十分想你，你也真是心硬，一去五年，音訊全無，連封平安信也不捎回來，要不是上一次蕭遠山的奏章，我們都還蒙在鼓裡。」

李清心中冷笑，自己離家出走，如果真想找回自己，憑著李氏強大的實力與遍佈天下的暗影，會找不著麼？只怕是根本就沒有去找吧！再說自己到了軍中，更是要小心隱瞞自己的身世，否則一旦讓裘氏知道了他的下落，要暗算自己太容易了，只需收買一兩個亡命之徒，便可以讓自己無聲無息地消失在定州。

只是現在他沒有必要再與威遠侯計較這些事情，於是躬身道：「是！」

「早點回來，晚上爺爺在國公府設家宴，在京的李氏宗族都會出席，一是為你洗塵，二是讓你認識一下這些宗族的頭面人物。」

「知道了父親，我先去了。」李清欠身施了個禮，轉身離開大廳。

看著李清的背影，李牧之無聲地嘆了口氣，疲憊地靠到椅背上。

與這個兒子談話，自己不但找不到分毫作為父親的尊嚴，反而覺得很累，一是自己覺得虧欠他許多，二來是李清身上不時散發出的逼人氣勢，讓久經沙場的自己也有些難以招架。

自己與兒子的關係，短時間內是很難改善了，長時間積累的怨恨不是簡單的父子之情便能化解的，他揉著眉心，思索著下一步該怎麼做，才能讓李清慢慢歸心。

李清走出大廳，清風立即迎了上來，眉宇間盡是探詢之意，李清微笑著向她點點頭，示意沒事，轉向李華：「李管家，我的母親住在哪裡，還是以前那個小院麼，我要去拜見母親，這些部下都要勞你安頓了。」

李華連忙道：「少侯爺說哪裡話，這是我的本分。二奶奶已不住在以前的小院了，還是讓我為小侯爺帶路吧，小侯爺多年沒有回家，侯府裡的改動挺大的，不容易找到。」

「二奶奶？不是以前的小院？」李清一臉狐疑。

「是啊！」李華陪著笑臉，「二奶奶現在住在侯府的西跨院，那個院子經過擴建，只比大奶奶的東跨院略小，小侯爺這些部下住進去綽綽有餘。」

李清質問道：「李管家，我父親納母親為側室是不久前的事吧？還有這西跨院，我母親什麼時候住進去的？」

李華臉上的笑容驀地僵住了，這個小侯爺還真是咄咄逼人，這些事心裡明白就好，又何必當著這麼多人捅出來呢，這不是當面打侯爺的耳光嘛！

不理李華的尷尬，李清自行向西而去。

他還記得，母親是多麼盼望父親能給她一個名分啊，但直到自己十五歲時也沒有盼到，每日的愁容和鬱悶，讓已經懂事的他無數次怒火中燒。現在母親的心願算總算是了了。

李華低著頭為李清引路，再不敢多說什麼，生怕又引來李清的反彈。李清身後緊緊跟著清風和他的三百親衛，一行人浩浩蕩蕩地向西跨院走去，卻出奇地安靜，只有盔甲與腰刀撞擊的清脆響聲。

在李清的記憶中，西跨院並不大，是下人們居住的地方，但現在看到的卻是另外一番景象，明顯是才剛完成施工擴建，一些建築還散發著味道，移植過來的大樹、花草還沒有緩過勁來，個個都蔫頭搭腦。

看到李清皺起的眉頭，李華趕緊解釋道：「小侯爺，時間實在是有些倉促，很快這裡就會弄好。」

李清搖頭不語，前面不遠處，雪白的圍牆內隱現紅磚綠瓦，一道圓形的拱門正對著他們走來的這條大道，隱約看見兩個丫環服飾的女子輕巧的轉身，翩然向裡飛去，便知道定是母親盼望著早點看到自己，打發人在這裡候著，只要看到自己來便會去報信。

跨進西院，李清的心陡地緊張起來，一股莫名的情緒湧上心頭。

一陣環佩叮噹之聲傳來，前面一群丫頭僕從簇擁著一個打扮華貴的中年婦女急步而來，兩方人馬同時看見了對方，李清停了下來，對面的那個貴婦也停了下來，兩人隔著十幾米的距離，就這樣互相盯視著對方。

面前這個壯碩的青年，正是自己無數次在夢中見到的樣子，高了，壯了，沉穩了，有出息了！

她努力掙脫丫頭們攙扶的手，伸開雙臂，嘴唇哆嗦，卻發不出一個字來，淚眼模糊，想要奔跑過去緊緊擁住自己的兒子，但兩腿，竟是一步也移動不得。

李清看到女子的神態，心中猛的一痛，想起另一個時空裡的母親。可憐天下慈母心，他撒開兩腿，奔向對面的女人，離她還有幾步的時候，跪倒膝行幾步到溫氏的身前，擁住女子的雙腿，哽咽道：「母親，我回來了。」

這一刻，李清將自己完全融入到這個時代。

溫氏擁住李清寬闊的肩頭，貼著李清的面頰無聲的抽泣，身體卻劇烈地顫抖著。

「母親，我回來了。」李清眼中蓄滿淚水，在溫氏的耳邊道。

溫氏凝視著李清的臉龐，淚水如斷線的珠子一般掉落下來。

「我的清兒回來了，這些年，你可讓娘擔心死了，清兒，要是你有個三長兩短，讓娘怎麼活下去啊！」

李清看著溫氏，還不到四十歲的母親，兩鬢已是華髮早生，眼角皺紋清晰可見，捧著自己臉的雙手，自己可以明顯感覺到它的粗糙。

李清將溫氏扶了起來，愧然道：「母親，孩兒知罪，孩兒再也不敢了，我沒事，您就放心吧，以後您就等著享孩兒的福吧！」

溫氏的臉上露出笑容，「我已經在享福了，清兒，只要你好，我就好。」

李清指著身後的一群人對溫氏道：「母親，這些人都是孩兒的部下。」以清風楊一刀為首，所有人同時拜倒在地，「見過老夫人。」

看到黑壓壓地跪倒了一地的人，溫氏手忙腳亂，退後幾步，連連道：「起來，大家都起來吧！」

安國公李懷遠的威勢是沉浸在骨子裡的，那是早年殺伐沙場，而後又一直身居高位長期浸淫而來，即便他現在早已與雄壯威武扯不上任何關係。

只見一個瘦瘦小小的乾枯老頭半躺於軟榻之上，但即便是這樣，李清仍能感覺到他的強勢，自己有一種在他的眼光下被剝得赤裸裸的感覺，彷彿自己的任何想法與念頭在那雙眼睛的注視之下都無所遁形，原形畢露，這讓他很不安。

李清在這雙眼睛的注視下，有如坐針氈的感覺，下意識地扭動了一下身體。

榻上的老人露出了一絲笑容，這一笑使他高聳的顴骨更加突出，頦下的花白鬍鬚微微翹起，「很不錯。」他輕輕地道。

李清不知道李懷遠突地冒出這一句是什麼意思，如果是因為他在定州做的事，那沒有必要再來誇獎一次自己，而如果是因為自己在他面前，在他的注視下坐了這麼一會兒而誇獎自己，卻也說不過去，難不成一個孫兒在爺爺的面前還能噤若寒蟬麼？

李清其實不知，在李氏，李懷遠便是天，別說是那些孫兒輩，便是他的父親，大伯二伯在李懷遠的面前都是噤若寒蟬，別看他三人都官至侯爺，位居一品，只要老爺子眼睛一掃，三人都得平空矮下一截去。

李懷遠半撐著身體坐起來，李清趕緊站起來走過去，想去扶一把這個看起來弱不禁風的老人，李懷遠推開他的手，「我還沒那麼老呢！」

李清尷尬地一笑，想拍馬屁卻拍到馬蹄上了。

「我聽說了你在定州的幾場仗，打得很不錯，特別是撫遠與完顏不魯的一場攻防大戰，堪稱完美。」李懷遠捋著花白的鬍子，眼光越過李清投向遠處，似乎看到了在撫遠城下那慘烈之極的攻防。

「爺爺謬讚了，這是百姓齊心抗敵，士卒奮力死戰的結果，孫兒沒有親自上陣，只不過是坐上了城樓而已。」李清謙虛地道。

李懷遠呵呵一笑，看著李清道：「你倒是挺內斂的，當初你大哥李錚只不過是率眾剿了翼州幾個土匪寨子，就把自己誇上了天，嗯，當初他也是你這麼大吧！」

李懷遠嘴裡的李錚是翼寧侯李思之的獨子，在翼州軍中效力，頗有勇力。

「大哥勇武，自小清兒便知道。」

「可他與你比起來，可謂是螢火之光，不值一提。」李懷遠嘆道：「你剛二十歲，便獨立打下了一片天，他在李氏的翼護下，到如今也還沒有獨掌一軍的能力，可見圈養的老虎終究比不得要靠自己才能存活的猛獸啊！」

李清對老頭子的這個比喻很無語。

「你小時候受了委屈，我也是不久前才知道，說起來，你父親的嘴倒是挺嚴的，居然將我瞞得嚴嚴實實，嘿，真是人老了，連家事都不清楚了。」老頭子自嘲道，目光掃向一旁的威遠侯。

威遠侯羞愧地站了起來，低著頭。

「坐下來吧，好在清兒也回家了，往事就不用提了，以後該怎麼做，你自己知道。」李懷遠教訓道。

「是！」威遠侯恨不得找個地縫鑽進去，當著兒子的面，被老頭子這一頓斥責，讓他極為羞愧。

李懷遠目光轉回來，「你在撫遠設計的防守陣形很是不錯，我帶了一輩子的兵，從來沒有想到這些看似簡陋的東西居然有如此大的威力，你回去後整理一下給我送來，對了，還有那個衛堡，你也重新設計過吧，將結構圖也畫來。」

「是！」李清恭敬地道：「爺爺，稜堡是最新式的堡塞，構造尚不為外人所知，孫兒畫出來後，還要請爺爺在保密上注意。」

李懷遠大笑：「好小子，這還要你提醒爺爺麼？你知道我為什麼找你要它的圖紙嗎？嗯，你把它叫稜堡是吧。」

李清想了一下，猜測道：「李氏翼州四戰之地，雖富饒卻無險可守，一旦有事，便四面是敵，爺爺是想在翼州大量修建這種稜堡？」

李懷遠對李清的反應之快很是讚賞：「嗯，能舉一反三，果然不愧是大將之才！我想這稜堡應該還可以擴大吧？」

李清思索道：「是能擴大，撫遠的稜堡只需三百人便可守衛，能抗敵兩三千人；如果擴大一倍，則守衛的人數將要增加到一千人，可抗數萬敵人圍攻。當然，這只是理論上的數值，因為受限於稜堡的大小，不可能貯存那麼多的物資與軍械。」

李懷遠微微一笑：「如果我將這稜堡的地下挖空，做成倉庫呢？」

李清大吃一驚，「那這稜堡的造價就太大了，得不償失啊！」

李懷遠嘆了口氣，「這也是沒辦法的事，翼州不缺錢，缺的是險城，能讓敵人望而生畏的鐵壁！我翼州軍再精銳，也架不住狼多啊！」

李清不禁冒出一股寒意，老爺子對中原的局勢竟如此悲觀？要不惜代價將稜堡無限制擴大，使其變成一座血肉磨坊？

「爺爺，現在局勢已到了如此地步了麼？」李清問道。

久居邊關的他自然不可能如李懷遠一樣，身居中樞，對天下大勢洞如觀火。

「只怕還要嚴重。」李懷遠凝重地道：「你怎麼看呢？」

「孫兒本來認為三五年內不會有事。」李清回道。

「或許三五年，或許很快。知道南方數州的叛亂麼？」李懷遠問。

「興州，蓋州，青州，三州叛亂，清兒略有所聞，覺得有些奇怪。」

「怪在哪裡？」李懷遠無神的眼中忽地射出一股光芒，灼得李清背心發熱。

「南方三州叛亂，前後兩次爆發，但兩次的結果卻截然不同，第一次很快便被平定，但第二次卻呈燎原之勢，兩次之間有一個關鍵點，便是叛匪頭目呂小波與張偉的突然失蹤。」李清走到書房掛著的地圖前，指著地圖道。

「第一次，呂張二人純粹是流匪性質，所過之處，裹脅鄉民，搶掠財物，民不聊生，雖然最盛時號稱擁兵數十萬，但其中絕大部分都是普通的百姓，看似聲勢浩大，實際不堪一擊，而且人數越多，他的後勤壓力越大，就只能更多地去搶掠，此舉如何能得人心？被擊敗只不過是遲早之事。」

李懷遠微微點頭，一邊的威遠侯也注意地聽李清的分析。

「但第二次明顯不同。」李清點了一下青州，「第二次叛亂是從這裡開始的，但呂張二人這一次像是換了個人般，當初脫逃時的殘兵敗將居然改頭換面，儼然有正規軍的模樣；而且這次他們打下一地之後，不再搶掠，而是安排官員就地治之，這正是讓孫兒懷疑之處。」

「這有什麼可懷疑的？」威遠侯不解地道：「第一次吃了虧，第二次豈會再重蹈覆轍，自然是有新的人才注入，才會改弦易張。」

李清不以為然，「人才？他們哪裡來的那麼多人才？據我所知，經過兩次叛亂，當地的官員、讀書人，要麼被殺，要麼北逃，短短的時間內，呂張二人是怎麼找到這麼多的讀書識字的人，而且說服這些人來為他們治理地方的？」

李清感慨地道：「當初我到崇縣，為這事傷透了腦筋，當時找不到那麼多讀書識字的人，我轄下很多官員都不識字的。」

威遠侯臉上變色，「你是說他們背後有人支持？」

李懷遠瞪了他一眼，「到現在你才看出來?!枉你為官這麼多年，還不及年紀輕輕的清兒有見識。」

李清對威遠侯道：「父親，您也是久經沙場的老將，與呂張二人對壘，有什麼感覺？」

李牧之不假思索回道：「呂張二人極有軍事素養，所率部隊也頗有戰力，當然，這也與我帶的這三州鎮軍太弱有關。」

「呂張二人第一次被三州鎮軍打得落花流水，而您統軍後，居然只能勉強維持戰線不再北移，難道說久經沙場的您還不如原先的這三州鎮軍將軍？既然如此，又為何要調您過去呢？」李清疑惑地道。

李牧之的一張臉頓時黑了下來，那三州鎮軍的將軍就在他的麾下，在他看來，都是酒囊飯袋，但自己偏偏就拾掇不下來被他三人打敗的呂張二人，其中原委，讓他委實不明，難不成這兩人在第一次敗逃後得了天書？

「那你說是為了什麼？」他氣鼓鼓地問道。

「我懷疑這一次的呂張部隊根本就不是他們二人在指揮，統兵的另有其人，而且他們的部隊必有貓膩。」李清斷然道。

李懷遠頷首道：「不錯，分析得鞭辟入裡，入骨三分，牧之，你還不明白麼？你打仗勇則勇矣，戰場上也不乏謀略，但這些事你就不太懂了，這一仗是很難打贏的，你也不行。」

威遠侯李牧之此時也大致明瞭，呆坐片刻道：「父親，那又如何？只要還由我統軍，總要竭盡全力去打贏。」

李清搖頭道：「父親，**這是一場註定贏不了的戰爭**，除非朝廷授你全權節制這三州，能調集所有的豪門私軍，但這可能麼？朝廷會讓我們李氏再去把持這三州大權麼？」

「那你說，牧之應當怎麼做呢？」李懷遠考校李清道。

「儘早脫身！」李清毫不猶豫地道：「既然知道贏不了，何必浪費精力？盡快將這個亂攤子丟給別人，**我們李氏要集中精力，應付接下來的中原大亂。**」

「說得不錯，與我不謀而合。」李懷遠拍掌道：「牧之，你這時知道我為什麼強令你這次一定要回來的道理了吧？借此機會，你向皇帝呈上奏摺，便說你病了，不能理事，請朝廷另派人去平叛。」

「這不是臨陣脫逃麼？」李牧之悶悶地道，本想再次踏上戰場立下新功，哪想會是這樣一個結局。

「你怕沒有仗打麼？只怕接下來的許多年你有的是仗打，直到你打得厭倦了，還不見得能結束。」李懷遠眼裡閃著睿智的光芒，「而且，接下來的戰爭，你將會為我們李氏而奮鬥，要想李氏在這場亂世中不被吞噬，你現在便要稱病，辭去一切職務，回到翼州，協助你大哥整軍備武。」

李牧之也被老爺子挑起了鬥志，「我明白了，父親。」

李清正侃侃而談之時，壽寧侯李退之走了進來，看到老爺子興致頗高，便悄無聲息地站到一側，靜靜地聽著一老一少的談話。

「清兒，接下來你準備怎麼做？」李懷遠問道。

「好，看來你們還是不服氣，行，我給你們這個機會，我大楚以武立國，也不禁將領比試，三天後，皇城校場，你二人來鬥兵，輸的人向贏了的人賠禮道歉，你二人可敢？」

兩人對望一眼，同聲道：「有何不敢！」

李牧之與李退之不約而看向李清，要知道李清現在掌控一州，他的想法與做法都將影響整個李氏的佈局，老爺子這是在要李清表態了。

對於李清到底是怎麼想的，房裡的這三人都有些摸不準，以前翼州由於地勢原因，策略便只能是困守一地，力保已有的範圍不失，然後合縱連橫，伺機發展；但是現在有了李清的定州便大不相同了，定州兵長期在抗擊蠻族的第一線，其兵馬之精銳，豈是中原各州的鎮兵所能比擬的？如能在中原大亂之機提兵東進，必將撼動中原大局。

李清躊躇片刻道：「我想先掃清草原蠻族，穩定後院之後，才能圖謀其他。」

「清兒！」李退之忍不住道：「數百年來，蠻族何曾被平定過？你這想法太不切實際，只要不讓他們佔領定州便足矣。二伯認為，你應當在中原大亂之際，抽調精銳部隊東進，與翼州一西一東，相互呼應。如能取得卞州、豪州、盧州，則我兩方便可連成一片，到那時，進可攻，退可守，主動皆在我手。」

李清站在地圖前看了半晌，搖頭道：「二伯，我認為不妥，巴雅爾雄才大略，非一般人物，現在的他還在積聚力量，如果不在他破繭之前便將他打倒，一旦讓他完成重整草原各部，一統草原之後，數十萬鐵騎東進，不但是定州，連我中原內地都會成為他牧馬之地。

「而且，如果我部東進，則定州空虛，蠻族勢必會不斷騷擾掠奪我定州，我所率之部皆為定州本地士兵，不保衛家園，卻遠赴中原作戰，那時的士氣必然不高，哪裡還能指望佔領這三州之地？所以，我要先將巴雅爾打趴下，才能回師東進。」

李懷遠沉聲問：「多長時間？」

「三年！」李清豎起三根手指頭，「只要給我三年時間，我必將平定草原，而後揮師東進，到那時，整個草原及定州將成為我的大後方，大軍開進，一無後顧之憂，二則兵源充足。大軍所到之處，必然所向披靡。」

李退之和李牧之默然無語，李清的計畫固然是好，但所有的前提是打敗巴雅爾，這可能嗎？兩人的目光看向李懷遠，也只有老爺子能讓李清改變策略了。

李懷遠很清楚李清早已拿定主意，不是誰可以隨意動搖他的決心的，而且，定州也早圍著這個計畫開始了籌備，不可能說改變便改變。本來他的意思與李退之一樣，但看來只能隨李清的意了。

「好吧，三年，清兒，我給你三年時間，這三年裡，只要我李氏力所能及，你需要的幫助我們都能給你，人員，財物等等，只要你開口，我們都給你。」李懷遠允諾道。

「多謝爺爺，李清一定不會客氣的。」李清笑道。

說服了這三人，讓李氏不至於到時給自己扯後腿，他已經很滿足了；至於支援，他倒沒多想，定州已走上了軌道，不論是人丁還是錢財，都足以支持他發動一場大規模戰爭，反觀翼州，在今後的幾年裡將會困難重重，不能抱太多的指望。

而工匠的不足，因為天啟皇帝的慷慨也已解決，接下來便是自己大展身手的時候了。

說到這裡，基本上已經定下了未來幾年裡李氏的戰略方向，李懷遠便將目光轉向李退之，「退之，他們都到齊了麼？」

李退之道：「父親，京裡的重要人物都已到齊，正等著我們呢！」

「好，李清，今天是你正式進入我們李氏核心圈子的時候，有幾個人你必須得認識，讓他們進來吧！」

「這位是你叔父李宗華，負責整個李氏的暗影系統。」李退之介紹道。

李清心中一動，打量著這個李氏最大的特務頭子，很平凡的一個老頭，笑瞇瞇的瞧著李清，典型的是屬於那種扔到人群中，不會引起任何人注意的傢伙，但瞧李氏暗影的手段，李清便暗自戒懼，這種人是屬於典型的笑裡藏刀，當面喊哥哥，背後摸傢伙，把你賣了，你還得幫他數錢呢。

李宗華極為熱情地拉著李清的手：「啊呀呀，這可是我們李氏的天之驕子啊，打仗，民生，情治，無一不精，讓叔叔我是自愧不如，你寫的情治方略我看了，驚為天人啊，清兒，回頭你可得與我好好聊聊，你的情治方略我沒有搞到全本啊。」

李清被他握住的手立時一僵，情治方略是自己親手所寫，但這是統計調查司的高級機密，怎麼被他弄去了。

敏銳地察覺到李清的變化，李宗華笑道：「清兒可別生氣，叔叔不會白要你的，喏，這個給你。」

他將一塊鐵牌塞到李清的手中，「這塊送給你的那個清風吧，嘿嘿嘿，憑著這塊牌牌，全天下的暗影你都可以調用，怎麼樣，用這個換你的情治方略不吃虧吧。」

李清笑道：「那只是侄兒隨便寫寫的，叔叔要看，回頭我就讓清風將完整的給您送來，其實您只要說一聲便行了，何必偷偷摸摸的呢，咱們是一家人嘛！」

李宗華摸摸鼻子，尷尬地道：「隨便寫寫的啊，嘿嘿，那更讓我羞愧了，你那個統計調查司擴張速度驚人啊，今天又有兩個重要人物進京了，看來你是想在京裡有所作為？」

李清心裡很是惱火，清風這是怎麼搞的？情治方略丟了也就罷了，有重要人物進京，自己也不知道，別人反倒是一清二楚，真是丟人丟到姥姥家了。

「還有，我讓茗煙跟著你，還切斷了她與暗影總部的一切關係，但看起來你不怎麼信任她啊，前段時間她還來信哭訴要回來呢，我回絕了她。茗煙是個人才啊，要是你真不要她，我還真想將她召回來呢！」

李清道：「叔叔現在想召回她可晚了，我對她已經另有重要安排。」

「那就算了，對了，清兒，什麼時候讓我見見清風，大家都是同行，特別是像這樣的後起之秀，更是讓人期待啊。」

「叔叔要見她，說一聲就行了，反正現在她也閒著。」李清大方地說。

二人一番唇槍舌劍，眾人皆是饒有趣味地盯著二人。見二人終於說完，李退之才指著第二個人道：「清兒，這位是李氏的商業總管李允之，他可是我們李氏的財神爺啊！」

李允之胖呼呼的一張臉，整個人也圓團團的，一走路，渾身的肥肉便顫巍巍地抖動，令人懷疑他站在那裡能不能看見自己的腳尖。

「叔叔好！」李清躬身行禮道。

「好，好！」李允之笑嘻嘻地道：「清兒真是讓人大開眼界，當年負氣出走的小子今天已是一躍沖天，好不讓人震驚，老爺子說了，但凡你要什麼，只管開口，我這裡別的沒有，你要百八十萬兩銀子還是可以給你湊湊的。」

李清震驚地看著他，百八十萬兩銀子是什麼概念，那是定州一年的財政收入，他居然說拿就能拿出來，看來李氏的財力還真是讓人無語。

「錢暫時倒不缺，就是以後定州說不定要借重叔叔你的商業網路做做生意，到時叔叔可別推脫哦。」

「不推脫，不推脫，這個我們回頭再詳談，當然了，清兒，便是一家人也要明算帳，給你的是給你的，但你要借我的商路，我可是要收費的。不然啊……」他拖長了聲音，嘲笑道：「我可不想像某人一樣，被你用過之後便一腳踢開了！」

李宗華仍然笑眯眯地道：「唉，清兒，被這個死胖子纏上，你得小心，乾毛巾他都能給你擰出水來，哪像叔叔我，大方得很。」

李清笑言：「不要緊，借商路當然是要付錢的，以後咱們合作的機會多著呢，要是叔叔以後看上了定州什麼產品，我可以打折，還可以給你獨家經營權呢，當然啦，這也都是要收錢的。」

兩隻大狐狸和一隻小狐狸相對大笑。

一個是情報頭子，一個是商業總管，都是一個勢力極重要的部分，能當上這兩個部門的老大，又哪會是好相與的，李清暗自想著，與這兩個傢伙打交道，一定要更加小心，不然吃了虧都不知道是怎麼回事！

李宗華和李允之也在心裡暗道，這小傢伙不簡單呢，難怪年紀輕輕能打下如此大的基業，和他打交道，小心為上！二人同時瞄了一眼威遠侯李牧之，與李清比起來，他的嫡子李鋒簡直就是一垃圾啊！

李退之站起來：「父親大人，外面的宴席已備好了。」

「好，大家去好好地喝上幾杯，慶賀慶賀！」

回到侯府的李清臉色很是不豫，自己與李氏不僅在大戰略上有很大的分歧，而且今天的見面可以看成是另一種形式的示威，雖然這一切都掩藏在親情的脈脈面紗之下，但這些長輩們的一言一行，一舉一動，**無不在展示他們強大的財力、無孔不入的間諜情報網**，暗示自己有今天的成就，李氏在身後也出了不少的力，其**目的無一不是要自己在今後的行動中符合李氏的佈局。**

李懷遠雖然答應給自己三年時間，但三年後，如果自己沒有完成剿滅巴雅爾的任務呢？是不是就必須要提兵東進，為李氏赴湯蹈火？那定州怎麼辦？

李氏這隻大鱷開始露出了他鋒利的獠牙，想起在酒席上，老爺子李懷遠提出的要派一部分李氏子弟去定州軍中歷練的要求，李清就覺得有些好笑。行啊，你要來就來吧，不過我定州的升遷之路自成體系，有嚴格的制度規定，想要安插大量的李氏族人，進而達到控制自己的目的，未免也太小瞧自己了，在定州，沒有自己的首肯，這些李氏子弟想要搞風搞雨，只怕最後會落得一個灰頭土臉的下場。

已是華燈初上，侯府內燈火通明，行走在西跨院的李清被涼風一吹，慢慢地冷靜下來，停住腳步，望了一眼母親居住的房間，用力在臉上拍打幾下，讓有些僵硬的臉龐鬆弛下來，而後臉上浮起笑容，一副輕鬆的表情向著房間走去。

推開房門，屋裡的兩個女人抬起頭來，看到李清，都是露出歡喜的神色。

清風首先站起來，「將軍，您回來了！」

李清點點頭，看見清風正在繡一幅鴛鴦戲水圖，坐在一邊的溫氏顯然扮演著的是指導者的角色，這幅作品已完成大半，兩隻活靈活現的鴛鴦彷彿躍於紙上，只剩下面的幾片荷葉還沒完工。

溫氏拍拍李清的手，慈愛地道：「快坐下，今天可是累著了？看你這樣子，一定喝了不少酒，清風，你去吩咐香兒，快去煮一壺醒酒湯來。」

李清笑道：「兒子常與士兵們大碗喝酒，今天這小盅哪裡能將兒子喝醉，哎呀呀，這鴛鴦繡得真漂亮。」雖然如此說，但到底沒有拒絕母親的好意。

「是呀！」溫氏笑得眼睛都眯了起來，「清風真是畫得一手好畫，這幅圖就是她畫的，就是繡工還要多練練，你要是再晚回來一會兒，我們就可以將它繡完了。」

「這麼說，倒是我打擾你們了！」李清笑道。

「這是什麼話，我就盼著你能早點回來，好和你多說說話呢！」溫氏說著，用手擦了擦眼睛。

「孩兒不孝，讓母親擔心了。」李清眼睛也有些濕潤，握住母親粗糙的雙手，「以後就好了，咱們娘兒倆有的是時間說話。」

溫氏輕拍了一下李清的腦袋，「就知道騙你娘，你當娘不知道啊，你在洛陽待不了幾天便要回定州了，你現在是一州之主，多少國家大事壓在你身上，娘再念著你，也不能拖累你啊！」

李清心中一動，「娘，我接你去定州吧，咱們便能一直待在一起了，好麼？就是怕娘捨不得洛陽的繁華，我那定州可比不得這裡，荒涼得緊。」

溫氏嘆了口氣，「兒啊，娘雖然只是個丫頭出身，但好歹也在侯府裡住了這麼些年，不是啥事不懂的人，你有這心，娘很高興，娘也很想去定州與你一直待在一起，侯府於我而言，只是一個牢籠罷了，只是娘再想去也去不了，別說是你父親，便是你爺爺那兒，也不會允許我出侯府的。」

李清心裡一陣惱怒，知道母親說得對，李氏絕不會允許母親跟自己走的，**母親是聯繫自己與李氏的一根線**，不把這線的一頭攥在他們手中，他們又如何安心呢?!

在屋子裡轉了幾圈，李清煩躁地道：「一定會有辦法的。」

房門吱呀一聲，清風端著醒酒湯進來，看到李清表情有異，不由一愣，「將軍，醒酒湯來了。」

李清接過清風手裡的湯碗，一飲而盡。

「清兒不要煩惱了，娘知道你的孝心。」溫氏拉著李清的手，讓他坐到自己的身邊，道：「你看娘現在不是好得很嗎？穿著綾羅綢緞，吃著山珍海味，出門有人服侍，飯來張口，衣來伸手，大少奶奶也不敢再欺負我了，最多對我翻翻白眼，比起以前，已是天上地下了。只要你好好的，娘就放心了。」

「可是娘，我知道你想要的不是這個。」李清道。

聰慧的清風聽出了端倪，輕聲道：「將軍，您想要做到這一點，就**必須更快地強大起來**，當你的實力超越李家，甚至能掌控李家的時候，那時他們就不能不按您說的做了。」

李清嘆了口氣，「清風，你不知道，李家的實力之強，有些出乎我的想像，真要做到這一點，還不知道要等到什麼時候呢！算了，回頭再與你細說吧。」

「不積跬步，無以至千里，路總是走出來的，只要我們一步一步向前走，總有一天會到達目的地。將軍，急功近利可是大忌。」清風輕聲勸道。

雖知清風說的是正理，但李清心中仍是積鬱難平，好不容易自己走到了這一步，有很多事仍是不能順心。

「母親先休息吧，清風，別打擾母親歇息了，我還有很多事要和你談。」

清風臉上不由浮起一抹嫣紅，偷偷瞧了眼溫氏，卻見溫氏正笑瞇瞇地看著她，臉更紅了，躬身道：「老夫人請早點歇息，清風明兒再來給您請安。」

「好，好！」溫氏連連點頭。

清風與兒子的那點事，如何瞞得過她的眼睛，從二人說話的神態語氣，她早就看出了端倪，兒子有了女人，那說明他真的長大了，自己還盼著早點抱上孫子呢！

二人回到李清房中。

李清神色嚴肅地道：「統計調查司是不是有重要人物來京了？」

清風吃驚道：「將軍，你怎麼知道了？我正準備要跟你說這事呢。胡東與謝科剛剛到達。」

李清板著臉，「不用你告訴我，暗影早就知道他們來了。」

「什麼？」清風一臉錯愕，「這怎麼可能，他們是奉我的密令進京的，我準備讓他們二人來洛陽領導這裡的情報網並擴大規模，暗影怎麼這麼快就知道了。」

「不僅如此，連我的情治方略他們手中也有，我不是告訴過你，情治方略千萬不要外洩嗎？」李清憤怒地質問道。情治最要緊的就是保密，但是他感覺統計調查司竟然成了篩子，到處都是漏洞。

看到李清憤怒的樣子，清風反而冷靜下來，沉思片刻後道：「調查司內還有暗影的釘子。」

「這還用說嘛！」李清冷冷地道。

「情治方略我拿出來的只有〈情報搜集〉一卷，如果有洩露，那就是這一卷，一般的受訓人員不會有全本，拿到全本的只有情報署裡的幾個署長和副署長。」

清風自言自語了一會兒，忽地抽出一張紙，疾寫了一行字，喚來鍾靜，「你馬上將這封急令傳回定州，級別，絕密。」

看著鍾靜離去，清風的心情已平靜下來，調查司內有探子，是她的失職，但她不明白，**李家為什麼要把這人拋出來，想在調查司內安插釘子是很難的，李家這是為了什麼呢？**

她把這個問題拋給李清。

李清淡然一笑，「為什麼？很簡單，向我示威罷了，調查司內肯定還有他們的人，丟一個出來給我，肯定影響不了大局。」

「看來調查司要來一次清洗了。」清風咬牙道。

李清搖搖頭，「不必，這些人是要查，但不必清洗，說不定什麼時候就能用上；再說，一個情治機構這些事是免不了的，你查出了這幾個人，還是會有人不斷地鑽進來。李氏還好一些，短時間內不會壞事，但如果有其他勢力的傢伙鑽了進來，那危害就大了。你忘了我的情治方略有〈反間〉一卷了嗎？」

清風點點頭，「當然記得，只不過剛剛一時間沒有想起來。」

「我記得胡東這人是極凶悍的一個傢伙，做事也很縝密，但你把他調來洛陽好像不大合適啊。」

清風解釋道：「我派胡東來，主要是要他向洛陽的地下勢力滲透；謝科以前是個秀才，文采風流，如果不是蠻子入寇，說不定能中個舉人做個官，無論是情報搜集、分析、決策，無一不是上上之選，將來前途不可限量，這兩人一文一武，在洛陽大有可為。」

「你看中的人肯定錯不了！」李清隨手掏出李宗華給他的那塊鐵牌，「這個給你，說不定將來有用處。」

「李氏暗影的權杖！」清風驚訝地道。

「你認識？」

「當然，這塊是最高級別的，將軍，您是從哪裡得到的？」清風問。

「暗影頭子李宗華，今天在一起喝酒來著。」李清道：「說是為了補償我的情治方略，想要我的情治方略全本呢！」

「那可不能給他！」清風急道：「李宗華是情治老手，這東西到了他手中，一定會發揮出巨大的威力，對我們的將來十分不利。」

「給他吧！」李清露出一絲狡猾的笑容，「給他摻點料，這事你很在行，不過，已洩露出去的就不必了，否則偷雞不著蝕把米。」

清風一愣，旋即笑道：「將軍，你可真壞！嗯，我就在情報分析與決策中給他多加一點料，如果他真全盤照抄，以後一定會讓他跌個大跟頭。」

她這一笑，猶如百花齊放，在燈光下顯得格外誘人，身體隨著笑聲晃動，讓誘人的身段更顯曲線曼妙無比。

李清不由看得有些呆了，不由食指大動，吹熄燈火，一把抱住她道：「好了，給他摻料的事以後再說吧，現在，先讓我給你摻點料吧！」

黑暗中，清風嬌嗔道：「將軍，你真是的。」

李清回到洛陽的基本使命已完成，接受了皇帝的敕封，與李氏達成暫時的戰略方向上的一致，見到母親，還意外地從皇帝那裡敲到了一萬名工匠，可謂是超額完成了任務，剩下的便是好好陪陪母親，再遊覽一下洛陽的風景名勝，走的時候晉見一下皇帝辭行，便可以打道回定州了。

這幾天李清格外的輕鬆，親衛除了身邊留下必要的人員外，其餘的都放了假。不過楊一刀和唐虎兩人仍是忠於職守，雖然李清讓他們也去遊歷一番洛陽，以不枉到京城一回，但兩人一口回絕。

唐虎的回答讓李清忍俊不禁，「大帥，有啥子好玩的，就是人多而已，還是我們定州好啊，天高地遠，縱馬馳騁，那才叫快活，在這裡，我都不敢讓馬跑起來，怕一不小心就撞了人，給將軍惹事。」

「好吧，既然你二人一定要跟著我，那今天就陪我去京城有名的『寒山館』吃一頓素齋吧，那裡的素齋可是聞名大楚的。」

「素齋？」唐虎瞪著他的一隻獨眼，搔搔腦袋，「大帥，素齋有啥好吃的，嘴裡能讓人淡出鳥來，還是大魚大肉吃得淋漓痛快。」

李清狠狠敲了下他的腦袋，「你這個榆木疙瘩，這素齋可不是什麼人都能吃上的，得好幾天前預訂才行，而且貴得要命，你都是振武校尉了，馬上就當將軍的人，還跟個小兵沒什麼兩樣，沒見過世面的傢伙。」

唐虎委屈地摸著腦袋，「在大帥跟前，我不就是一小兵麼？你說它好吃就好吃唄，我跟您去不就得了，了不起也就只此一頓，回來我再買一隻燒雞加餐。」

李清不由大笑，「好，好，回來時我一定給你買一隻燒雞，再加一隻蹄膀可好？」

「那再好不過了！」唐虎大喜。

眾人盡皆大笑起來。

唯有唐虎不解地左看右瞄，「有什麼好笑的，燒雞和蹄膀是真的好吃啊，以前我想吃還吃不上，現在怎麼都吃不膩。」

眾人搖頭無語。

「寒山館」位於皇宮外城附近，在「寒山館」內便可以看到近在咫尺的巍峨的皇宮外城，和城門戍守的御林軍。

這裡雖然不是高官雲集的桔香街，卻是寸土寸金，巨賈遍地走的黃金地段，在洛陽一般地方，買一幢帶花園的小院子只要千兩銀子，在這裡，沒有十萬兩休想拿下來。

所以「寒山館」名氣雖然極大，但地方並不大，一幢三層木製樓房，造型古樸雅致，與兩邊那些裝飾得金壁輝煌的大酒樓比起來，宛如一個小家碧玉，亭亭玉立於街邊，雖不騷首弄姿，卻讓人的目光不由自主地被吸引過來。

與其他酒樓門口都有招攬生意的小廝不一樣，「寒山館」不大的門口顯得很是低調，只有門楣上龍飛鳳舞的「寒山館」三個大字讓人察覺出它與其他酒樓的不同之處，稍有學識的人便可以看出題這牌匾的人絕不是一般人。

掀開門簾，便將館內的情景一覽無遺，沒有各自獨立的包廂，而是用一幅幅山水字畫的屏風隔成獨立的空間，那些字畫同樣出自名家，看字畫上的落款，會讓人驚掉下巴。

難怪「寒山館」如此出名，李清想，光是這些名人的字畫，便讓這「寒山館」身價百倍了。不知寒山館的背後老闆到底是誰，居然能讓這些大家為他寫字作畫，李清不由好奇起來。

「李將軍！」一個長相清秀的小廝迎了上來，「您訂的位子在三樓，已經給您準備好了。」

「你怎麼認識我？」李清奇怪地道。

他們今天都是一身便服，外人看來，他與清風像是一對少年夫妻，楊一刀等幾個親衛形似保鏢，與那些尋常的貴家公子沒什麼兩樣。

小廝笑道：「我家主人認得將軍，與我們說了將軍的相貌，小的一看您極像，便大著膽子來請，不想正是。」

李清心中奇怪，回到洛陽後，自己並沒有見多少人，一個商家老闆怎麼會認識自己，眼中不由露出鋒芒，直看得小廝有些發毛，不安的絞著雙手。

李清微微點頭，帶著眾人魚貫而上。不管這家掌櫃的是什麼人，但凡對自己有什麼企圖的話，總會自己跳將出來。

上了樓，一看之下頗為歡喜，這個小間位置極好，剛好臨窗，視野極佳，對面的皇城僅數步之遙。另外幾個隔間明顯已有了人，卻很安靜，只是偶爾傳來低語聲，這氛圍讓一向神經大條的唐虎也屏住了氣息，生怕弄出一點聲響來。

先端上桌來的是幾碟精緻的點心和一壺茉莉花茶，小廝殷勤地替眾人倒在杯子裡，一股清香便隨著嫋嫋升起的水汽瀰漫開來，清風端起茶盅，輕輕地抿了一口，不由讚道：「茶好，泡茶的手段更好。」

李清對這些不是很懂得，唐虎、楊一刀等人更是不懂。

唐虎一口將水撮到嘴裡，咂巴咂巴嘴，不滿地道：「小姐，這茶有什麼好？一點茶味也沒有，杯子也小，這點水還不夠濕我老唐的嘴的。」

在定州，他們一向稱呼清風為司長，到了洛陽，李清便吩咐他們叫清風作小姐。

一邊的小廝聽得目瞪口呆，清風也滿臉的不好意思，隔壁則是傳來嗤的一聲輕笑，顯然是聽到了唐虎的話。

似乎知道自己說錯了話，唐虎低下頭，將小小的茶杯在他巨大手掌裡搓來揉去，看得一邊的小廝心驚肉跳，可別一用力將它弄破了，這個茶盅價值不菲，而且是一套，弄破了一隻，整套就都廢了。

李清拈了塊點心，放在嘴裡慢慢咀嚼，邊吃邊道：「大家嘗一點吧，很不錯。」

唐虎左看右看，見眾人都拿了一塊，便也伸出手指，拈起一塊，學著李清和清風，輕啟他的大嘴，斯文地咬下一點，在嘴裡慢慢嚼著，臉上還浮現出得意的笑容，斯文？俺也會！

所有人先是目瞪口呆，接著便是一陣捧腹大笑，連一邊的小廝也笑得上氣不接下氣，這樣一個粗魯大漢學清風那種嬌女子的樣子吃點心，豈不是東施效顰?!

李清捂著肚子笑得彎下腰，清風笑得喘不過氣來，伏在李清肩頭上，一邊咳嗽一邊嬌笑不止；楊一刀喝著茶，見唐虎這番模樣，一口茶全噴在了唐虎的臉上，臉上茶水淋漓的唐虎兀自不解地看著眾人，一臉的無辜。

「什麼人擾了這裡的清靜？」隔壁傳來一個人不滿的聲音，緊跟著便是一串腳步聲，李清趕忙道：「噤聲，我們打擾別人了。」

門簾一掀，一個人出現在眾人眼前，「什麼人這般沒教養？把這裡……」一句話沒有說完就呆住了，兩邊互相注視著，李清的眼睛不由眯了起來，出現在他面前的居然是自己同父異父的弟弟，李鋒。

兩人互相瞪視，面色都很尷尬，在這種場面下不期而遇，兩人都不知該說些什麼好。

說實在，對這個弟弟，李清並沒有什麼恨意，自己被他母親虐待的時候，他還沒有出生呢，在李清的眼中，他不過是個還沒有長大的孩子而已。

「咳咳，是大哥啊！」

李鋒困難地從嘴裡吐出了幾個字，臉色通紅。自己對這個哥哥沒有什麼印象，偶爾從母親嘴裡聽到的，都是咒罵他早死早超生的惡毒語言，但最近這段時間，他的耳裡則是充斥著眾人對李清的讚揚聲。

對於李清的諸多事蹟，他的心裡除了崇拜的同時，也充滿了妒忌，每當獨處時，他總是幻想著自己是那個在定州叱吒風雲，大殺四方的人。

李清微微頷首，「是李鋒啊，倒是巧了，打擾你和你的朋友，要不要一起坐坐？」

李鋒還沒有回答，從他身後冒出了一個三十出頭的人，不滿地道：「李鋒，讓你來教訓這幫不知禮的孫子，怎麼半天沒聽見動靜？」

李清眉頭一挑，看著面前這張陌生的面孔，個子不高，大拇指上戴著一個碩大的祖母綠扳指，腰間掛著玉佩，乍看長相還算英俊，不過有些浮腫，一看就是因為縱欲過度。

此人鼻孔朝天，幾乎沒有正眼看李清等人。

「舅舅，這是大哥！」李鋒輕聲道。

「大哥？你什麼時候有大哥了，是李錚麼？」

他這才轉過頭來看李清等人，待看清李清的相貌，先是一愣，接著反應過來，不由哈哈大笑，譏刺道：「李鋒，他算你哪門子的大哥？不就是一個丫頭生的賤種麼？」

這話一出口，不但房裡諸人，連李鋒的臉色都變了，眾人的目光一齊瞧向李清。

李清臉上肌肉抽動，臉色鐵青，牙齒格格作響，雖然他從不為自己的出身而自卑，但他決不能容忍有人出言辱及自己的母親。

「蘭亭侯只有一個獨女，嫁給威遠侯為妻，你又算是李鋒哪門子的舅舅啊？」李清還擊道。

楊一刀等人見大帥受辱，一個個都是怒形於色，但礙於兩人一個是大帥同父異母的弟弟，一個卻被李鋒稱為舅舅，否則換作他人，早已一湧而上，揍得連他媽都認不得他了。

「連我也不認識？」對面的那人將臉湊到李清跟前，冷笑道：「聽好了，我是蘭亭侯的親侄兒，我叫裘得功，現在被過繼到蘭亭侯名下，是蘭亭侯名正言順的繼承人，李鋒叫我一聲舅舅，可謂實至名歸。」

李清呵呵一笑，負在身後的左手探出，閃電般地抓住裘得功的髮髻猛的一拉，便將那張臉拉得高高揚起，右掌啪啪連聲，連抽他幾個大嘴巴。

李清是沙場驍將，手上的勁道只兩三下，裘得功已是滿嘴冒血，也不知被打落了幾顆牙齒。

幾巴掌摔完，李清手一鬆，裘得功已是軟倒在地，完全被打蒙了，半晌才反應過來，戟指著李清大罵：「你這個賤種，你竟敢打我，你……你這個有娘生無爹教的賤種，你等著吧！」爬起來便向外走。

他也知機，看著這裡虎視眈眈的幾條大漢，情知今日這虧是吃定了，等出去再找後援好好教訓李清。

誰知卻走不了，他最後一句有娘生無爹教徹底激怒了李清，原本想就這樣算了的李清冷冷道：「這樣就想走了，哪有這麼便宜的事？」對楊一刀等人令道：「揍他！」

裘得功萬萬沒有想到李清居然敢下令揍他，無論如何，他還是李清名義上的舅舅啊！

楊一刀等人正等著這句話呢，一聽大喜，距裘得功最近的楊一刀一伸手，便將裘得功提了起來。

李鋒大駭，他以往隨著裘得功橫行慣了，別人畏於兩家權勢，無不讓著他，哪裡會想到李清一言不合，便將舅舅打得滿嘴冒血，聽到李清還要揍，不由大叫道：「大哥！」

李清看到唐虎拳頭已舉了起來，喊道：「且慢！」

李鋒聽了不由一喜，但李清接著一句話又讓他面如死灰，「拉到街上去打，不要打壞了寒山館的東西，這裡的東西可貴著，打壞了我賠不起！」

「得令，大帥！」唐虎咧開大嘴，從楊一刀手裡接過袠得功。

他人高馬大，臂力驚人，將袠得功攔腰一抓，高舉過肩，一路小跑著從三樓向下奔去，幾名親衛都興奮地捋起袖子，跟著奔了下去。

在皇城邊上打一個小侯爺，這機會可不是天天都能遇到的！這夥人都是屍山血海裡摸爬滾打起來的，眼裡除了自家大帥，哪裡將旁人看在眼裡，當下個個紅著眼，怪叫著向前衝去。

李清向楊一刀使個眼色，楊一刀會意地緊跟著走下樓去，可別讓唐虎那個憨貨將人打死了，打成豬頭也差不多了。

這裡一鬧騰，整個寒山館早被驚動，不停從屏風後面走出人來，探頭探腦張望，四下打聽，待搞清楚狀況，個個露出看熱鬧的表情，太好了，李清終於幹起來了，大家盼這一天可盼很久了。

「大哥？」李鋒哀求道。

「你坐下，我們兄弟喝茶，吃東西。」李清不動聲色，指著面前的座椅對李鋒道。

被李清氣勢所懾，李鋒雖然臉上焦急，不停地探頭下望，但還是乖乖地坐了下來。李清示意小廝，小廝會意而去，不到片刻，寒山館名聞天下的菜色便流水般地送了上來。

此時隔間內只剩下李清、李鋒和清風三人，清風拿起酒壺，替二人各倒了一杯寒山館自釀的花雕。

李清拿起酒杯，對李鋒道：「來，相請不如偶遇，說起來，我兄弟二人這十數年來還是第一次坐到一張桌子上吃飯呢，做哥哥的先敬你一杯。」

李鋒望著李清，眼裡盡是哀求之意，樓下傳來裘得功殺豬般的嚎叫，圍觀的人也越來越多，人群中不乏認識裘得功的，見有人居然敢痛打裘得功，一番交頭接耳後，都露出恍然大悟的神色。

「怎麼，你也不認我這個大哥？還是你也認為我是個賤種？」李清眼睛一瞪。

李鋒嚇了一跳，裘得功的例子正擺在面前呢，趕緊端起酒杯送到嘴邊，只是雙手發抖，將好好的花雕灑得胸前到處都是。

看到李鋒喝下酒，李清滿意地點點頭。從這個弟弟的表現來看，還沒有被毒害到骨子裡。

「這種人渣，你少和他在一起，男子漢大丈夫，**功名當直裡取，豈可曲中求?!**這種人為了繼承侯爺的位子，連自己爹娘也不要，他算你哪門子的舅舅！」

李鋒不敢作聲，低著頭，李清替他夾了一筷子菜，「來，嘗嘗寒山館的手藝，這地方我還是第一次來呢，你應當來過很多次了吧？」

李鋒低聲道：「是！」

看李鋒噤若寒蟬的模樣，李清笑道：「你怕什麼，怎麼說你也是我弟弟，放心吧，你又沒犯什麼錯，我不會揍你的。」

聽了這話，李鋒抬起頭道：「哥，我畢竟叫他舅舅，你放了他吧。」

李清不理會李鋒的要求，自顧自地喝著酒，吃著菜，清風見他的杯子空了，趕緊又給他倒上。

「哥！」李鋒再次開口，「你看在我這個弟弟的分上，饒了這個不曉事的傢伙吧！」

李清一笑，放下筷子，道：「好，看在你我兄弟今天第一次喝酒的分上，我便饒了他。不過，你回去後告訴他，以後最好不要出現在我的眼前，否則我見他

一次，便揍他一次。」

李鋒如蒙大赦，便想下樓，李清微微示意，清風便也站了起來，「我隨二公子下去吧。」

李清走到窗戶前，看著人群中的袞得功，此時已呈半昏迷狀，滿頭滿臉的血，一張臉當真被揍成了豬頭，這群人打人都是極有技巧的，看著極慘，其實性命無憂，要是胡東在，下手會更漂亮。

街面忽地傳來陣陣馬蹄聲，一隊御林軍騎兵隊突然出現。

看那領頭人的服飾，李清不由皺起眉頭，**御林軍統領屈勇傑，他怎麼會出現在這裡？這點小事也需要他出面麼？**他沉吟了一下，向樓下走去。

屈勇傑這些日子很是惱火，蕭天賜那個王八蛋帶著虎賁營去尋李清的穢氣，你去就去吧，怎麼搞得灰頭土臉地回來呢？你丟的不僅僅是你蕭家的臉，還丟了老子御林軍的臉啊！

這幾天坊間甚至傳言李清的軍隊比御林軍還要強，說李清的衛隊一瞪眼，御林軍裡就有人尿了褲子，甚至從馬上嚇得掉下來。這更讓屈勇傑一肚子的怒火，他總不能找上門去與這些人理論。

今天剛出門準備進宮，到了皇城門口便發現有人鬥毆，更是氣不打一處來，這一片都是御林軍的防區，皇城聖地，豈是由人隨意鬥毆的地方?!

萬萬沒想到，一看之下，挨打的卻是蘭亭侯的繼子袭得功，打人的則是李清的手下。

「住手！」

怒火中燒的他一鞭子打了下來，頓時將唐虎一鞭子抽翻在地。

唐虎大怒，起身破口大罵：「哪個狗娘養的暗算我？」

回頭一瞪，見一個將領正瞧著自己，握著拳頭正想上去，被楊一刀猛的拉住，雖然不認識這人是誰，但瞧那一身官服，楊一刀便明白了此人是誰。

「定州軍李清將軍屬下，參將楊一刀見過屈大統領！」楊一刀恭敬地行了個軍禮。

唐虎一聽頓時蔫了，媽的，這一鞭子算是白挨了，不服氣地怒瞪著屈勇傑。

看唐虎仍是一副吃人的模樣，屈勇傑大怒，又是一鞭子抽下來，唐虎側身一避，抽到肩上，不由一個趔趄。

「屈大人真是好大的官威啊！」一個冷冷的聲音傳來，眾人回頭一看，李清正從寒山館中一步步地走出來，臉上佈滿寒霜。

好戲來了，眾人頓時充滿了期待。

屈勇傑轉過頭，看著倒負雙手的李清不急不徐而來，楊一刀等一眾親衛同時後退數步，站到了李清的身後。

李鋒急跑上前探視裘得功的傷勢，連連呼喚，卻只換來幾聲幾不可聞的哼哼聲。

李清走到屈勇傑數步之處，兩人的目光撞到一起，火花四濺，互不相讓，雖然屈勇傑的官位要高上一級，但李清是一州主將，實際的權力卻要大上許多，與屈勇傑對上，不論是氣勢還是實力，絲毫不落下風。

兩方主將對壘，雙方身後的親衛也都怒目瞪視，楊一刀等人摩拳擦掌，只等李清一聲令下，便要衝上去大幹一場，在他們眼中，御林軍只是漂亮的儀仗隊，真要打起來，豈是自己這群人的對手。

「天子腳下，皇城邊上，你居然縱容下屬毆打百姓？李清，你膽子太大了吧？」屈勇傑沉聲道。

李清瞥了眼躺在地上的裘得功，笑道：

「毆鬥？這只不過是我的家事而已，尚不勞屈將軍關心。再說了，便算是毆鬥，論法，我的這些親兵們應該由有司緝拿問罪；論罰，也只能由我來懲罰，怎麼說也輪不到將軍您來教訓他們吧？」

「家事？」屈勇傑冷笑。

「李鋒，你來告訴屈將軍，這是不是家事？」李清看著不知所措的李鋒。

「屈將軍，這，這是我們的家事！」李鋒結結巴巴地道。

屈勇傑不由語塞，剛剛盛怒之下抽打了朝廷的正式軍官，而且不是自己的直系下屬，於情於理都說不過去，但看著盛氣凌人的李清，不由怒道：「怎麼，抽便抽了，你想怎樣？」

「不想怎樣，就想請將軍給我一個說法！」

說法？什麼說法？李清的意思很明顯，但屈勇傑可是堂堂的御林軍大統領，豈會向李清這樣一個新晉將領低頭，兩方怒目瞪視，衝突一觸即發。

圍觀的人慢慢向後退去，給雙方留出足夠的空間，這夥人要是打起來可非同一般，如果被波及就不美了。

雙方都是箭在弦上，不得不發，誰也丟不下這張臉，眼看著就要幹到一起的時候，皇城方向忽然傳來急驟的馬蹄聲，李清和屈勇傑同時長出一口氣。

就他們而言，誰也不想打起來，但如此形勢之下，卻是誰也不肯退讓，聽到馬蹄聲，他們都明白解圍的人來了。

「兩位將軍不要動手，有聖旨！」隔著老遠，便聽一公鴨嗓子高聲呼叫，李清一看，竟是熟人，又是黃公公。

黃公公跑到兩人跟前，一躍下馬，「御林軍大統領屈勇傑，定州將軍李清，接旨！」黃公公氣喘吁吁地展開聖旨喊道。

眾人同時跪倒。

「宣御林軍大統領屈勇傑，定州將軍李清立即進宮。」黃公公宣旨道。

太和殿。

天啟皇帝看著跪在御案下的兩位將軍，冷笑道：「真是好得很啊，兩位朝廷大將居然要當街如同潑皮無賴般鬥毆起來，真是讓朕有臉面得很。」

兩人低頭無語，聽任天啟皇帝用尖刻的語言不停地譏刺著。

「怎麼，要不要你二人便在朕的面前來一次單挑啊？一個身負京城安危，一個擔著抗蠻重任，都是統兵數萬的上將，居然如此胡來，這讓朕怎麼能放心將重擔交到你們手上？」

「陛下息怒，臣知錯。」屈勇傑大聲道：「只是李將軍及其屬下囂張跋扈，當街毆打蘭亭侯繼子裘得功，引來無數人圍觀，臣上前制止，其屬下居然辱罵臣，這才爆發衝突。」

「陛下！」李清也昂起頭，抗辯道：「臣本在寒山館吃飯，那袁得功找上門來，出言不遜，辱及臣母，百善孝為先，李清忝為人子，豈能與這等人干休！與屈將軍發生衝突，也是因為屈將軍不問青紅皂白便抽打屬下軍將。陛下，屈將軍無辜抽打的人可是抗蠻功臣，從屍山血海中爬出來，一隻眼睛也丟在了戰場上的忠勇之士。」

屈勇傑大怒，李清這是硬扣了一頂大帽子在他的頭上，趕忙說道：「陛下，那廝開口便辱罵為臣，臣身為朝廷大將，即便自己不要臉面，皇上也還要臉面；李將軍，你自己的家事，卻在皇城邊上大打出手，是何道理？屈某身為御林軍統領，豈能不聞不問？」

「屈將軍，如果有人在大街上辱罵你的母親，你可會忍耐下來，再去找一個適合揍人的地方才動手？如果你會，我馬上向你賠罪。」

兩人呼呼喘著粗氣，互不相讓，瞪著對方。看得天啟又氣又怒。這兩人，一個是自己以身家性命相託之人，一個是自己倚為干城，準備清掃蠻族，開疆拓土的大將，居然為了一點雞毛蒜皮的小事，弄成勢不兩立的模樣。

「好好，看來你們還是不服氣，行，我給你們這個機會，不就是想打架麼？我大楚以武立國，也不禁止將領比試，三天後，皇城校場，你二人來鬥兵，輸的人向贏了的人賠禮道歉，你二人可敢？」

兩人對望一眼，同聲道：「有何不敢！」

「好，三日之後，皇城校場。現在，你們兩個給我滾出去！」天啟指著殿門怒吼道。

兩人叩了頭，躬身退出大殿。

看著兩人的背影，天啟冷哼一聲，心中暗道：「真是少不更事，你定州軍再精銳，又豈是我御林軍自全國選出的精銳對手？」

天啟這一看似中允的方案，其實是在偏幫屈勇傑，御林軍都是從全國精選而出，單兵戰力極強，天啟有絕對的信心屈勇傑會勝，這樣，既給了屈勇傑面子，又不會讓李清太過難堪，在兩人間，他更相信屈勇傑一些。

大楚鬥兵之習歷史悠久，起初是為了激勵將士們提高戰力，互相競爭；但後來大楚承平已久，這一措施便漸漸演變成了雙方的決鬥；如果雙方有了矛盾，又還不到生死相搏的地步，鬥兵便成了雙方解決問題的一個捷徑，輸了的人也無話可說。

屈、李兩人出了宮門，屈勇傑譏笑道：「三日之後，讓你顏面掃地。」

李清仰天長笑，「屈將軍這麼快就忘記了城門之辱，三日之後，讓你見識我定州兵威。」

兩人同時冷哼一聲，分道揚鑣。

李清施施然回府，自去準備三日之後的鬥兵。

此時的蘭亭侯府卻已亂作一團，被打得血肉模糊的裘得功被李鋒帶回侯府，蘭亭侯大驚，一陣忙亂後，直到太醫診治後，確認沒有性命之憂，這才放下心來。

他膝下無子，將裘得功過繼到門下，便是希望自己這一支尚能開枝散葉，眼見繼子被打得生死不知，不由怒從心頭起，惡向膽邊生，向女兒咆哮道：

「李清這個賤種如此無法無天，居然欺到我的頭上，來人，去威遠侯府，我要威遠侯給我一個說法！你也給我回侯府去，堂堂威遠侯明媒正娶的正妻，居然被一個丫頭逼回娘家，羞也不羞！」

李鋒在一旁囁嚅道：「外公，今天是舅舅先不對，先辱罵大哥的母親才發生衝突的。」

蘭亭侯又氣又急，指著李鋒，嘴唇哆嗦半天，對裘氏道：「看看你生的好兒子，這翅膀還沒硬呢，就學會胳膊肘兒往外拐了。」

裘氏也氣兒子的不爭氣，罵道：「鋒兒，你何等高貴的人，李清算什麼東西，一個丫環生的賤種，你居然也喊他大哥，是要氣死我麼？」

看著盛怒的外公和母親，李鋒唯唯退下，不敢再說話。

蘭亭侯裘志怒氣衝衝地到威遠侯府興師問罪，卻碰上了安國公李懷遠。

也許是李懷遠知道他要來，是以專程在這裡等著他，看到安國公那雙不怒自威的眼睛，蘭亭侯的氣勢已是下去了一半，吞吞吐吐地說明了來意，安國公冷冷地道：「那裘得功死了麼？」

「還沒，不過也差不了多遠，給打得只剩下一口氣了，李清下手也太狠了。」

安國公哼了聲：「好啊，你來帶路，既然還沒死，我去補上幾棍，這種混帳，打死拉倒。」

裘志傻了眼，呆呆地看著不似在開玩笑的李懷遠。

裘氏也蒼白了臉，「公公！」

「你還知道威遠侯府是你的家啊？還知道我是你的公公！」安國公冷笑道：「好一個有教養的大家閨秀，好一個有肚量的侯府夫人。」丟下一句話後便拂袖而去。留下臉上紅一陣白一陣的裘氏父女，進退不得。

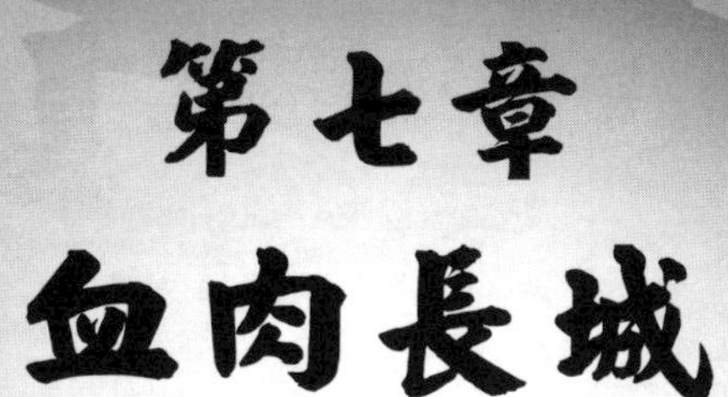

第七章
血肉長城

「如果是步卒與其交鋒，能有五比一的戰損就很不錯了；但如果他們也是步卒的話，我們就能做到一比二，蠻族厲害的是他們的鐵騎。」

「血肉長城啊！朕今日方知定州能擋住蠻族這麼多年，付出了多大的代價！」

三天時間轉瞬即過，天剛亮，李清率領著全副武裝的三百親衛出現在皇城門口。

今天皇城邊上的酒樓都是人滿為患，早在三天前傳出消息時，酒樓裡的位置便被預訂一空，不為別的，就是為了第一時間得到最為準確的消息；更有不少的賭場開下盤口，賭雙方的輸贏。

當李清的隊伍出現時，各大酒樓及街邊已是擠滿了人，有喝彩加油聲，也有噓聲不屑聲，李清不以為意，在老熟人黃公公的帶領下，直入外城，向皇室校場而去。

此時，寒山館一個小隔間裡，上次在城門中出現的兩名中年人正坐在那裡，其中一個穿白袍的微笑道：「京城最大的富貴賭場開出了一比二的盤口，不怎麼看好定州軍啊。」

另一人身穿青袍，安坐如素，將兩人的酒盅倒滿，笑道：

「自然不會看好，御林軍是全國精銳而出，隨便一個士兵拿出來放到地方上去，都可以擔任一個低級軍官而綽綽有餘，單兵素質只比宮衛軍略低；而定州軍除了部分老卒外，大都是新招的農夫，匆匆訓練了一段時間便拉上戰場，雙方的差距顯而易見，富貴賭場開出一比二的賠率，恐怕還是看在他們剛剛大敗蠻族的份上，你沒見其他賭場已開到了一比五，甚至一比十的盤口了麼？」

「你這麼清楚，是不是想借此發一筆小財啊？」白袍人取笑道。

「有此贏錢機會，自然不能放過，我在盤口較大的幾家賭場都下了一百兩銀子。」青袍人得意地道：「你知道我開銷一直很大，這種機會可遇而不可求，萬萬不能錯過。」

白袍人吐嘈道：「你幾兩銀子都送給了青樓女子，那是個無底洞，你再多的錢也會砸進去，不過，這一次你是押定州贏吧？小心輸得連褲子都沒得穿。」

「你就等著看吧，御林軍看似厲害，可惜沒有上過戰場，屈勇傑再厲害，訓練出來的兵能比從戰場上走下來的兵厲害嗎？若是沒有一定把握，我豈會將身上所有的銀子都拿去下了注！哦，對了，今天的帳可得你付，我是一文錢也沒有了。」

「你可真是個無賴。」白衣人笑罵。

「放心，等我贏了錢便還你。」青袍人信心滿滿，篤定地道。

皇城校場，臨時搭起的看臺上坐滿了黑壓壓的人群，粗粗看去，滿朝的文武都已齊聚，連一些久不上朝的老臣，和一些豪族世家的大老們也出現在這裡。

鬥兵已很長時間沒有在大楚出現了，借此機會，可以一窺御林軍和李家定州軍的戰力，一舉兩得之事，豈有不來之理。

作為此次鬥兵的兩大主角，李清與屈勇傑並坐在天啟皇帝的下首兩側，看兩人仍是鬥雞一般互相瞪視，天啟不由道：「兩位愛卿，今日鬥兵，一可展示我大楚武力，二也是一大樂趣，像你二人如此模樣，還有何樂趣可言！來，我出個彩頭，這是我隨身帶的一柄如意，今日誰贏了，我便賞給誰，如何？」

一側的李懷遠聽了，湊上來道：「陛下添了彩頭，我便也來錦上添花，我出萬兩白銀，作為彩頭。」

天啟哈哈一笑，「李卿家偌大年紀，居然還有如此賭性？也罷，想必李卿家肯定是認為李清必勝了。這樣吧，在座的哪位卿家願與李國公對賭？我來作個公證。」

蕭國公蕭浩然欣然上前，「我來湊個趣，出五萬兩銀子，賭屈統領勝，李國公可願加注？」

李懷遠欣然道：「固所願也，不敢請爾，便是五萬兩。」

有了兩位國公起頭，片刻間，各大豪門世族都紛紛上前下注，卻大都押在屈勇傑一邊。有與李家交好的世家不好意思押屈勇傑，便只能忍痛割肉，意思意思，押在李清這邊。

看到此景，屈勇傑得意地看了眼李清，李清卻無動於衷，注視著下方已作好準備的兩方人馬。李懷遠臉含微笑，似乎他下的五萬兩銀子只是五兩而已，絲毫不以為意。

由於李清只帶了三百人進京，所以這場鬥兵便以三百人為限，御林軍也出三百人，第一場便是單兵決戰，十對十，考校單兵素質；第二場也是十對十，是考小單位作戰能力；第三場是全軍齊上，考驗團隊作戰能力，三戰兩勝。

較場上一通鼓響，第一輪單兵對決開始了。

御林軍一個大步走出隊列，面向定州軍，喝道：「御林軍虎賁營參將蕭天賜，請賜教。」

定州軍中，唐虎嘿嘿一笑，「他這是衝著我來了，誰也別和我爭，我去！」

楊一刀本想上陣，覺得自己更有把握，但唐虎已開了口，不願在士兵前駁他的面子，再說蕭天賜第一個出場，的確有衝著唐虎的意思，無非是想報城門口那一刀之仇罷了，當下道：「小心點，這人是世家子，從小練功，武功精熟，不可輕敵。」

「我曉得！」唐虎幾個大步跨出隊列，哈哈大笑，「小白臉，你是來找我的吧，來來來，你家虎爺等著你呢，長相嘛我不如你，打架嘿嘿，你可不如我。」

蕭天賜氣得臉色青紫，胸口一起一伏，狠狠地盯著唐虎，眼中似要噴出火來。唐虎勾勾手指，「你不是要打麼，來啊！」

蕭天賜怒吼一聲，拔刀縱身撲上去。

臺上，蕭浩然不由皺起眉頭，暗道蕭天賜已是參將，怎麼如此不穩重，被人稍一挑逗便亂了心態，還沒開打便已落了下風。

看到蕭天賜挺刀直刺胸腹，唐虎暴喝一聲：「來得好。」雙手握刀，呼地一聲便直劈下來，渾然不顧蕭天賜扎向自己腰腹的利刃，臺上臺下同時傳來一聲驚呼聲，這廝一上手便是搏命的打法。

蕭天賜心中大驚，不料碰上一個瘋子，腳步一旋，直刺改橫劈，避開唐虎的雷霆一刀，變招之間行雲流水，的確是經過千錘百煉，武功高強，臺上立時便是一陣讚嘆聲。

唐虎根本不理對方的攻擊，向前大跨一步，長刀依然是只攻不守，逼得蕭天賜半途不得不變招。

兩人在校場上翻翻滾滾地打了數十回合，卻詭異地雙刀沒有一擊交擊，每一招都是蕭天賜被逼得半途變招，而唐虎後續跟上。此時臺上臺下都已看得明白，論武功，蕭天賜比唐虎強得多，但唐虎體力驚人，打法搏命似的，根本就是以命換命的打法。

比武中最怕的就是這種不要命的瘋子，想蕭天賜堂堂世家子，前途無量的人，豈肯與這樣一個兵漢以命換命？即便是殺死對方，自己只落個重傷，那也是萬萬不肯的，如此一來，他反而被落在下風。

看臺上，屈勇傑臉色不豫，側臉對李清道：「李將軍，莫非你麾下只有這樣的瘋子才能出場麼？」

李清臉色平靜，轉頭道：「屈統領也是沙場老將，豈不知戰場之上就是以命搏命，怕死的往往先死，如果這算是瘋子的話，那我寧願我的屬下都是這樣的瘋子，那他們存活的機率反而更大。」

屈勇傑不由愕然。

兩人說話當口，臺上忽地傳來一陣驚呼，原來相鬥兩人的兵器終於第一次相撞，一個力大，一個技高，兩刀一碰，同時斷折。

蕭天賜反應極快，丟下斷刀，揉身而上，已是在唐虎的胸膛上連擊數拳。然而，還沒有等他露出喜色，臺上的歡呼聲還沒有發出來就戛然而止，挨了數拳的唐虎怪叫一聲，兩臂張開，空門大開地撲了上來，居然一把將蕭天賜抱住，兩腿一絞，兩人同時翻倒在地，如同潑皮鬥毆一般打了起來。

臺上眾人面面相覷，鬥兵眾人也不是沒有見過，但像今天這樣的，還是第一次看見，連天啟皇帝也不由自主地站了起來。

在地上翻滾幾圈，兩個本來衣著光鮮的人已成了泥猴，校場上也是塵土飛揚，翻滾之間，突地傳來一聲慘叫，卻是蕭天賜的聲音。

眾人驚異中凝目看時，唐虎已翻身而起，單膝壓在蕭天賜的胸前，兩隻手牢牢地按著他的腦袋，嘴裡卻血肉模糊的一團，只見他呸的一聲將嘴裡東西吐出來，獰笑道：「服不服？」

臺上眾人不由一陣反胃，這才看清楚蕭天賜一側臉頰上血淋淋的，居然是在惡鬥中被唐虎一口咬了一大塊肉去，吃痛之下，立時便被唐虎制住。

「你這條瘋狗！」蕭天賜怒罵。

「嘿嘿！」唐虎大笑：「瘋狗比死狗好，小白臉，老子是瘋狗，可你現在是條死狗。」

臺上，李清笑顧屈勇傑：「屈統領，如果是你，你是願作瘋狗還是死狗？」

屈勇傑臉色鐵青，渾然沒有聽出李清話中揶揄之意。

定州軍，首戰告捷。

唐虎雖然贏了，但除了定州軍三百人高聲喝彩外，其他的人都極其安靜，看他們的眼光也有些奇怪。

蕭天賜被唐虎狠狠地咬了一口，血流滿面不說，臨末還被羞辱一番，這個跟頭栽得太大，而且是在宗門長輩和天啟皇帝面前，一下怒氣攻心，一口氣接不上來，白眼一翻，硬生生地氣昏了過去。御林軍同僚慌忙將他抬下去，早有太醫候在一邊了。

等收拾停當，定州軍隊列裡走出九個人來，十對十的單挑才剛完成一場，現在輪到剩餘九人出場了，走到場中，向臺上行了一個軍禮，拔刀，鋼刀斜斜指向地面，抬眼看向御林軍。九人的動作整齊劃一，如同一個人般，臺上不懂得看熱鬧，內行可就看出門道了。沒有極其嚴格的訓練，是不可能做到如此整體畫一的。

「李將軍，你這些兒郎們訓練了多長時間，居然如此精銳？」天啟感興趣地問道。

李清微一欠身，道：「陛下，準備出戰的九人，三人為原定州老卒，其餘六人都是臣在崇縣招的新兵，上戰場前訓練了不到半年，後來歷經數場戰鬥，因為作戰勇敢，屢建功勳，所以臣將他們選入親衛隊中以作為嘉獎！」

其實李清沒有說的是，現在他的親衛隊，基本上就是預備軍官隊，親衛隊比一線部隊還要辛苦得多，不但要學識字，識製圖，學戰術，還要與普通士兵一樣下操，訓練，這些親衛們大都是在戰場上摸爬滾打出來的，不但有勇武，更有頭腦。

這些人一旦學成，立即便會被下放到部隊擔任基層軍官，所以李清身邊的親衛總是在不停地更換，藉此，李清也更能有效地掌控軍隊。

「什麼？」天啟張大嘴巴，驚訝地道：「一群農夫只訓練了不到一年，就能成此勁卒？」

「陛下，其實也算不上什麼勁卒，我這三百親衛們都差不多水準，只不過這第二場比試更要依靠個人勇力，他們十人算是親衛中單打獨鬥比較出色的，其中有幾個在從軍前，跟師父學過幾天拳腳，所以出來應戰。」李清不以為意，「換了其他人出來，也差不了太多。」

說話間，御林軍這邊也出來了九人，這一次定州軍出來的全部是士卒，這邊也不好意思出軍官，同樣也是九個普通士兵。只不過有了前面蕭天賜的教訓，這九人已完全收起了先前的輕視之心，取而代之的是凝重的神色。

十八人各自選定對手，沒有多餘的廢話，立即分成九對，廝殺在一起。

戰事一開打，臺上眾人齊齊搖頭，果然是一個師父教出來的，這十人的風格與唐虎完全秉承一脈，一模一樣的搏命打法。而且定州軍一開打，當真便如遇見了生死大敵般，紅著眼睛，刀刀致命。單是這份氣勢，已是完全壓倒了御林軍。

不出乎所有人的意料，片刻間，御林軍九人完敗。

屈勇傑的臉已經完全黑了，作為一個武者，他當然看得出自己手下的兒郎並不是技不如人，而是**未戰先怯，在氣勢上先被壓倒，一句話，就是惜命**，而對方完全不惜命，兩相一較，哪有不敗之理。

天啟不斷搖頭：「李將軍，依朕看來，這些御林軍將士，個人武力完全要強於你的士兵，為什麼一打起來卻總不是你的部下對手呢？」

李清微微一笑，看來天啟也不完全是外行嘛！

「陛下，臣不否認一名士兵個人的武勇很重要，但在千軍萬馬的戰場上，個人武功再高超也起不了多大的作用，陛下試想，戰場之上，萬軍搏殺，千刀砍來萬槍刺去，你擋得了幾刀，躲得過幾槍呢？所以，在臣的部隊中，並不重視個人武功。至於屈統領的部下，訓練的確很精銳，但臣的兒郎們卻是從戰場上打出來的，這上過戰場的和沒上過戰場的士兵，完全是兩個樣子，精銳之師不是練出來的，而是打出來的。」

天啟點點頭，「李將軍說得有道理，這大概就是屈統領的士兵輸了的原因，看來御林軍還是缺少磨練啊！」

屈勇傑再也忍不住，站起來道：「陛下，三勝兩負，眼下臣只不過輸了第一局，此時言輸贏尚早。」

李清道：「不錯，陛下，一支軍隊其實更應當注重整體作戰，不過陛下，臣建議下面的比試讓士卒們換上木刀木槍吧，以免出現死傷，實是在臣的部下沒有屈統領手下武功高強，下手沒個輕重，也不知道收手，要是出現死傷，反倒不美了。」

屈勇傑雖然覺得難堪，但也覺得很有道理，像李清部下這種亡命之徒，如果真刀真槍上陣，必然會出現傷亡，對方死了不要緊，要是自己的兒郎死了，那可心疼得很。

「不錯，陛下，臣也如是想，都是陛下的軍隊，出現傷亡反倒傷了陛下的仁慈之心。」

天啟點頭答應，「二位將軍所慮有理，來人啊，替士卒們換兵器！」

鼓聲再起，第二輪正式開始，這時十人小組對壘，御林軍中所出十人個個人高馬大，身高臂長，每人都是手挽鐵盾，另一手或持著短矛，或握著長刀，而定州軍十人則四人手持長矛，四人手持鐵盾，另一手裡卻提著一把短刀，另二人則一人一把長刀。

隨著其中一人一聲尖哨聲，這十人迅速組成了一個長矛陣，盾牌手護住長矛手，二名長刀手則手提長刀，游弋在一側。其實定州軍標準的作戰小組配備是十五人一組，但現在只能出十人，也就只能將就了。

這個小陣一經擺出，蕭浩然就覺得有些不妙了，因為他看到最前面四名長矛手手中所持長矛皆停在一條水平線上，而且從他們弓腿，腰腹蓄力的樣子看來，這四人是主攻手，而且是不計生死的主攻手。而御林軍這邊卻是以一人為錐尖，形成了一個三角形的攻擊陣形，除非擔任錐尖的攻擊手能撕開口子，否則鐵定會輸。

雙方同聲吶喊，開始小步奔跑向前突進，十步，二十步，一百步，定州十人小組陣形絲毫不亂，仍是和出發前一模一樣，而御林軍這邊則出現了脫節，有幾人的步伐明顯與其他幾人不合拍。

長槍突刺，短矛刺出，雙方都有人倒下，雖然是木製的，但在這些人手中，仍是勢大力沉，挨了一下，任誰也站不住。

定州軍倒下一人，卻成功地放倒了對方的主攻手，剩餘的三柄長矛手看也不

看倒下的戰友，迅速向中間靠攏，一人甚至在靠攏的時候踩到了戰友的身體。地上那人也不動彈，只是雙手抱頭，三人毫不停留，突刺。

這一次放倒對方兩人，自己倒下一個，但就在此時，對手的陣形出現了一個短暫的空檔，這是在百米的奔跑中對方脫節造成的。就是這零點幾秒的時間，盾牌手已插到前面，長槍再刺，鐵盾推進，長刀手從盾牌手的縫隙間突出，舉刀。眨眼間對方倒下三人，這邊無一損傷。

誰也沒有想到十人對決會結束的如此之快，從雙方發動開始，只不過短短數息之間，御林軍十人全倒，定州軍還剩二名盾牌手，二名長刀手，四比零，定州軍勝。

臺上臺下一片沉默，勝利來得如此容易，便是定州軍自己也覺得有些詫異，御林軍不是全國最強的部隊麼，怎麼如此不堪一擊？

屈勇傑臉上毫無血色，他沒有想到會敗得如此難看，天啟的臉色也很不好看，御林軍等於是他的親軍，居然輕易地輸給一支地方軍隊，讓他臉沉如水。

李清瞄了一眼天啟，「陛下，接下來……還要不要打？」

天啟一揮手，喝令道：「打，怎麼不打，我也想看看整軍作戰，我御林軍是不是如此不堪？」

此時他看著屈勇傑，幾乎要冒出火來，朕把最為精銳的部隊交給你，卻帶出這樣一批人來，平時看著很威武，實際打起來卻是如此不堪一擊。

眾人都惋惜地看著屈勇傑，經此一役，他的前途算是完全毀在李清的手中了。

李懷遠銜李清使了個眼色，意思是要他給皇帝一個面子，最後一役輸了算了。李清微微一笑，他才不會這麼做，要打，就打個狠的，讓皇帝也清醒清醒，更要讓自己的敵人看看，自己是個什麼人，最後一仗，屈勇傑只會輸得更慘。

三通鼓響，屈勇傑站了起來，自告奮勇道：「陛下，臣懇請親自去指揮最後一役。」他想作最後一搏，用自己豐富的戰場經驗來指揮御林軍，打敗定州軍，稍稍挽回些面子。

天啟有些意外，要知道，屈勇傑這便算是赤膊上陣了，要是再輸，那他再也沒有臉面在御林軍中待下去了。

「李將軍也要親自下場麼？」天啟問道。

李清搖搖頭，「陛下，臣一向反對大將親自上陣搏殺，為將者，只需制定戰略方向，制定戰術，執行者應當是基層軍官。我常對部屬講，如果你們需要我親自上陣的時候，那我們就離失敗不遠了。」

天啟若有所思，李清不親自上陣，那麼不知道替李清指揮的是誰？李清不下場，屈勇傑的臉色更是難看了幾分，匆匆向天啟行了一禮，便下臺而去。

屈勇傑的到來，讓御林軍低落到極點的士氣又鼓舞了起來，有了大統領的指揮，一定會擊敗對面那幫定州土鱉。

蕭天賜包紮好了傷口，也跑到隊伍中，一臉凶狠地盯著對面，渾身沾滿鮮血的他令御林軍增添了幾分悲壯氣息。

「各位袍澤，能不能一洗前恥，就在這一戰！」屈勇傑低沉的聲音響起：「為了御林軍的榮譽而戰吧！」

三百御林軍高舉武器，同時高喊：「殺！」

三戰兩勝，御林軍在這場鬥兵中，其實已是敗了，這一仗只不過是皇帝給自己挽回顏面的最後機會。哀兵必勝，環視著周圍士兵高昂的鬥志，他稍稍欣慰了些，到底是自己帶出來的兒郎，雖敗但還沒有喪失作為一個軍人的榮譽感。

此時，三百親衛已換成了統一的長矛，所有的盾都扔在一邊，看到這個舉動，天啟奇怪地問道：「李將軍，剛剛我看你軍中槍刀盾配合得極好，為何這時要換長矛，不要防護了麼？難不成你是想故意輸掉？」想到這個可能，天啟質問道。

「陛下，剛剛是小組戰鬥，眼下屈將軍下場，御林軍肯定士氣高漲，陣形變化也必然更多，屬下只是用長矛破陣而已。長矛破陣，不需要防護，士兵們只有一個使命，前進，突擊，與敵人比的就是**看誰刺得快，看誰刺得準，看誰不怕死**，防護這時反而成了拖累。」李清解釋道。

「李將軍，你們在與蠻子作戰時，也如此悍勇麼？」

李清回道：「蠻族鐵騎來去如風，而且馬術精進，我們的騎兵與之相比著實不如，如果不能如此悍勇，那對方早就打進定州了。」

「如此打法，死傷一定很大吧？」

「死傷當然很大，如果是步卒與其交鋒，能有五比一的戰損就很不錯了；但如果他們也是步卒的話，我們就能做到一比二，甚至一比三，蠻族厲害的是他們的鐵騎。」

「血肉長城啊！朕今日方知，定州能擋住蠻族這麼多年，付出了多大的代價！蕭遠山看來也不算是庸才。」天啟嘆道。

李清聽到此話，知道天啟有重新啟用蕭遠山的意思，想不到自己的話還有這番作用。

「蕭大帥頗有帥才，不然也不可能在定州抵擋蠻族五年之久。」

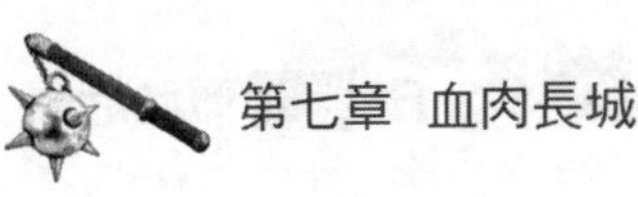

天啟詫異地看了眼李清，原以為李清會趁機詆毀對方，不想卻是在為他美言。

「李將軍的心胸是寬廣，也對，如果是心胸狹隘之徒，想必蕭遠山是不可能活著回京了。」

天啟皇帝肆無忌憚地說著這些本應是禁忌的話，李清頗有些摸不著頭腦，但看看一邊的蕭遠山和李懷遠，二者都是笑瞇瞇地看著場內，似乎沒有聽到這些話，不由暗嘆，果然都是老奸巨猾之輩啊，真要比起城府來，自己與他們還差得太遠了。

「殺！」

「殺！」

「殺！」

此時的御林軍戰意已被完全激發出來，一陣陣響徹雲霄的喊殺聲讓場內的高官貴族們都為之失色，天啟也露出了欣慰的表情，看來屈勇傑也不是無能之輩。

當然了，能坐上御林軍大統領位置的，又豈會是無能之輩，屈勇傑的不幸在於碰上了李清，兩相比較，在天啟的心中便立時降成了無能之輩。

反觀定州軍這邊，一聲聲尖銳的哨音之後，三百名親衛組成了五剩十的一個個小方陣，密密麻麻，槍尖斜指前方，像是一個個的刺蝟，雖然都是木製槍頭，但眾人皆能想像到鐵製槍頭換上去後，那一片寒光閃現的場景。

出乎天啟的意外，李清沒有下場指揮，而本來他以為會下場指揮的參將也手持長矛，站到了隊伍中，負責指揮的居然是一名校尉，此刻，他居於隊伍正中，口中含著一個哨子，隨著他的哨音，定州軍開始作臨戰前最後的調整。

「此人是誰，那名參將居然肯聽他的指揮？」天啟指了一下那名校尉。

李清笑道：「陛下，此人名叫姜黑牛，曾在撫遠城下與完顏不魯的軍隊激戰數天，從一名小卒累功升為果長，哨長，現在已官到鷹揚校尉，他參加的戰鬥之多，便是楊參將也不如，臨敵判斷，長矛破陣，正是他的長項，所以楊參將雖然官銜高，也只能聽從他的指揮。」

「如此豈不是亂了上下尊卑？」

「陛下，**戰場上，只有指揮者與被指揮者**，一旦確定前敵指揮，就算指揮者只是一名普通士兵，任何人也必須無條件服從，否則軍法從事，這是定州軍的鐵律。」

天啟無法理解為什麼一個低級軍官會比一個高級軍官更有資格指揮一支軍隊？搖搖頭。

下面，姜黑牛很興奮，與御林軍廝殺這種機會可不是人人都有的。

鼓聲隆隆，隨著震天的喊殺聲，御林軍開始列隊衝鋒，與此同時，定州軍這邊也開始動了，六個五乘十的方陣啟動，兩方迅速接近。

屈勇傑揮舞令旗，開始變陣，在衝鋒之中。

變陣是最為難的事，而御林軍顯然操練得極為純熟，令旗一動，幾個鼓點後，御林軍便變成三角錐形的攻擊陣形，滿身是血的蕭天賜衝在最前頭，他要洗刷自己身上的恥辱。

哨聲響起，定州軍開始變陣，六個方陣合攏，變成了三十乘十的一個大陣，讓臺上諸人驚駭的是，初出發時，排列的宛如一條直線的定州軍，在經過奔跑、變陣之後，橫看豎看斜看還是一條直線。

如果說經過長期訓練的御林軍能做到衝鋒時變陣而不亂隊形的話，那麼成軍不久的定州軍也能做到這一點，甚至做得更好，就讓眾人驚掉了下巴。

兩軍還距離十數步時，雙方的武器均已放平，對準了對手，定州軍中一聲極為尖厲的哨聲響起，整個隊伍像中了定身法一般向前跑了三步，陡地停下來，第一排身子側轉，第二排迅速向前，呔的一聲喝，長矛刺出，噗通噗通之聲不絕於耳。

便是這樣一個小小的變化，便讓御林軍瞬間覺得難受到了極點，對方在接戰之初突然有了變化，而這一變化完全打亂了御林軍的攻擊節奏，還不等他們緩過神來，第一波的攻擊便如潮水般湧到。

第一刺剛剛刺完，剛剛側身讓過第二排的第一排定州兵又是一聲悶喝，越過第一排，挺槍，直刺，波浪式攻擊完美體現。

蕭天賜很不幸在第一波的攻擊中，身上被數支木槍頭刺中，全身疼得失去知覺，重重地摔在地上。

定州軍宛如大海中的浪潮，一波接著一波，永不停歇的向前攻擊，居中的姜黑牛用力吹著哨音，調整著隊伍的隊形；唐虎和楊一刀則挺著長矛，迎合著他的哨聲。

屈勇傑拼命揮舞著令旗調整陣形，但定州軍強大的衝擊力讓御林軍七零八落。絕望之下，屈勇傑壯士斷腕，果斷放棄了前軍，將自己周圍殘餘的百名名士兵集中起來，形成一個防禦圓陣。

「殺！」御林軍大聲喊著，已沒了先前的氣勢，他們爬起來，哭叫著又衝回到圓陣中，但不多時又被刺翻在地。

臺上大老一齊搖頭，天啟皇帝臉色數變，嘆了口氣，直接退場。

天啟一走，眾多大老也紛紛退場，這場一片倒的屠殺讓眾人都失去了興趣，只是走時看著李懷遠的目光顯得格外複雜，李家有此強軍，看來對李家的策略要加以改變了。

李懷遠心情複雜地看著面不改色的李清，這傢伙，自己明明示意他留一手，何必讓自己的實力如此暴露於眾人之下！不過他能練出一支如此強軍，倒也令人欣慰，試問連御林軍也敗得如此之慘，天下還有哪支軍隊能打敗定州軍？

「這些，都是你的了！」李懷遠指了指天啟面前案桌上那堆集如山的銀票，然後也大步離去。

鑼聲響起，這是示意戰鬥結束了，姜黑牛吹起三長兩短的哨音，定州兵霍地收槍後退，扶起受傷倒地的戰友，慢慢地退回到出發的地方。

屈勇傑跌坐在地上，淚流滿面，嘴裡喃喃地喊著：「殺呀！」

定州軍皇城校場一戰一鳴驚人，聲震洛陽，無數深宅大院裡大會連連，小會不斷，各大賭場賠得臉如土色，大多數人在賭場裡灰頭土臉，唯有一青袍中年人大笑著從一家賭場走到另一家賭場，笑眯眯地掏出下注單，然後在眾人豔羨的目光中拿走一張張銀票。

銀勾賭坊位於洛陽南城的平民區內，一條深巷盡頭，一間普通的木門裡卻另有千秋，幾十張賭桌密密麻麻，一應賭具俱全，雖然比不上富貴賭場的豪華和高端，但這裡卻吸引了大量的平民賭客，每日也算是日進斗金。

但今天，所有的賭客們都放下了他們手中的賭具，靜靜地看著青袍人捧著一萬兩銀子的銀票，笑嘻嘻地走出了賭坊，賭坊老闆臉色鐵青，據說有內幕消息的他，開出了驚人的一比一百的盤口，這個青袍人只下了一百兩銀子，卻從他這裡拿走了一萬兩。

青袍人哼著不知是哪裡的俚曲小調，一步一顛地沿著長長的巷道向外走，直到眼前出現幾個袒胸露腹的大漢，橫著將巷道堵得嚴嚴實實，他才反應過來，第一時間便捂住胸口放著銀票的地方。

「幾位大爺有何貴幹啊？」他聲音顫抖地問。

「小子，賈爺的錢有這麼好拿麼？」為首的漢子獰笑著，「識相的把錢交出來，爺爺便不為難你。」

「我呸！」青袍人腰桿一挺，「輸不錢起開什麼賭場?!想把老子當肥羊宰麼，當老子好欺負嗎……」

緊接著，一連串的汙言穢語源源不絕地噴薄而出，中間還夾雜著一些不知是何地的方言，聽得幾個大漢一愣一愣的，看著像是斯文人的這個青袍傢伙竟然轉眼間變身為市場混混，巨大的反差讓幾人有些回不過神來。

「他媽的，敬酒不吃吃罰酒，弟兄們，上，廢了他。」大漢惱羞成怒。

「且慢！」青袍人後退一步，道：「幾位好漢，你們背後有人哦！」

「切，這一招老子十歲時就用過了，想騙老子，也不看看老子是什麼人？」大漢獰笑。

「大哥，真的有人！」一個小弟不經意地回頭一看，不由聲音顫抖，在他們的身後，不知什麼時候來了幾名勁裝漢子，正冷笑地看著他們，幾乎快要貼著他們的後背了。

大漢回頭，然後喉嚨一緊，被對面的人死死地捏住，幾乎喘不過氣來，臉瞬間變得青紫。

青袍人走到他面前，拍拍他的臉道：「切，這一招老子五歲時就用過了。」

「鍾爺，這賭坊要不要一併拾掇了？」一個大漢問道。

「隨便！」被稱做鍾爺的青袍人像揮蚊子一般揮揮手，「要是你們也缺錢，不妨去敲上一筆。」

「好！」幾個大漢興奮地答道，幾人一齊動手，小雞般地拖起剛剛還雄糾糾氣昂昂地幾條大漢，便向銀鉤賭坊走去。

走到巷口，身穿白袍的人迎了上來，「鍾子期，賺了大錢，該還我了吧？」

「還，當然還，不過許兄，這利息能不能低點？」

「不行。」姓許的道：「哦，對了，老鍾，我知道一個很有意思的消息，有關李清的，想不想知道？」

「想知道想知道，他是我的吉祥物啊，沒有他，我哪裡賺這許多錢去，當然要知道啊！」鍾子期興趣盎然地道。

「有人要對他下手。」

「什麼？」鍾子期一怔，站住：「許思宇，這消息確實？」

「當然確實，你說，我們是不是要去插一腳呢？不過是去火上澆油，還是去雪中送炭，正想著和你商量呢！」

兩人放低聲音，竊竊私語著，在他們身後，銀鉤賭坊已是亂成一團，不時有人從裡面衝出來，狼狽地逃走。

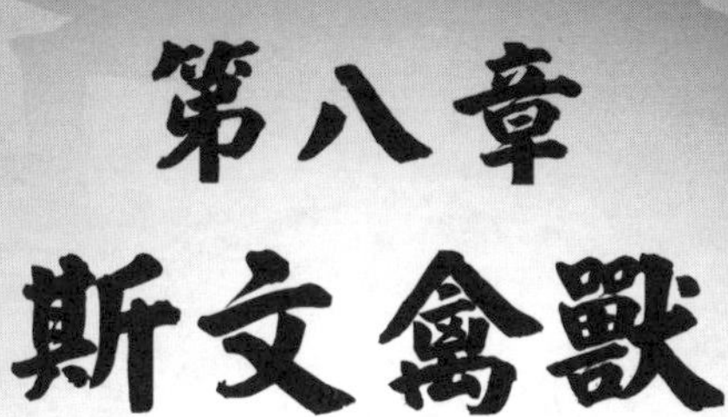

第八章 斯文禽獸

清風嗚咽著掙脫李清的手，向堂上的林大家叩了三個響頭，然後爬起來掩面衝了出去。李清冷笑道：「好一個儒學大家，好一個士林領袖，如此無情，當真可稱你一聲斯文禽獸，今日李清領教了。」大步隨清風走了出去。

安國公府。

李牧之、李退之齊聚在李懷遠的書房。

「想不到清兒居然在短短的時間裡練出了如此強軍，此乃我李家之幸啊！」李退之嘆道，興奮之情溢於言表。

「若我在南方有此強軍，叛亂反掌可平，哪像現在這般借病而遁，實是羞煞人啊！」李牧之搖頭無語。

李懷遠沉吟道：「清兒此舉也大大出乎我意料之外，若定州軍數萬士兵皆有如此戰力，那舉目天下，無人將是他對手，以我看來，恐怕也只有他這支親衛隊方才具備這種戰力，其他部隊只怕遠遠不及。」

「父親，由此可及彼，放眼大楚，也是一等一的強軍了。」李退之道。

李懷遠道：「但大敗御林軍，有利有弊。利在虛處，但弊端卻已顯現了，屈勇傑經此大敗，御林軍肯定待不下去，聖上已準備調他去替換老三到南方平叛。」

「那御林軍由何人統率？」威武侯問。

「這個人恐怕你們想不到！」李懷遠苦笑道，「蕭遠山。」

李牧之、李退之齊齊吸了口冷氣，「如此一來，京城可就落入蕭家掌控之中了。」

「這是無可置疑之事了，退之，我們在御林軍中可有得力之人？」

「不多，且大都是低級軍官，最高不過參將。」李退之道。

「屈勇傑本是中立之人，對於世家也是敬而遠之，但李清逼走了他，對我們在京城而言，確實是不大好的事，好好安排吧，力爭在御林軍中能擁有我們李家的聲音。另外，宮衛軍中也要想辦法。」

李退之為難地道：「父親，御林軍還有法子可想，可宮衛軍是由傾城公主親領，鐵板一塊，根本無法滲透。」

「嘿！」李懷遠笑了一聲：「這個女人！也幸好她是個女人，比之天啟，她的手段、魄力可要強多了，不過她終究是個女人，今年年紀也不小了吧，總歸要出嫁的。」

李退之眼睛一亮，「父親，清兒也未娶，以如今清兒的地位，做一個駙馬綽綽有餘，何不促成此事？」

「有難度！」李懷遠道。

見父親也有此意，李退之興奮地道：「父親，我們可以讓路貴妃吹吹枕頭風，再者，我看皇帝也有拉攏李清的意思，不然當初不會單獨召見，這事兒，有戲。」

「父親，我看李清對身邊那個叫清風的女子感情很深，這事只怕得先取得李清的同意，否則萬一皇帝答應了，李清那裡卻出了問題，到時我們就被動了。」李牧之不忘提醒道。

「父母之命，媒妁之言，牧之，這事與李清沒什麼好商量的，你也當與溫氏多親近，只要溫氏答應了，不怕李清翻天。」李懷遠責備道：「你這父親當得可不怎麼樣。」

威遠侯臉脹得通紅，無言以對。

此時的威遠侯府西跨院，李清正與溫氏促膝而談。

李清在外面如何威風，如何厲害，在溫氏看來，都是浮雲，她希望的只是兒子好好的，平平安安便是她的福分，看著兒子仍然像小時候一般，雙手放在膝頭，老老實實的坐在自己面前，便打心底裡泛出一股喜悅，至於是安享榮華富貴，還是以前的辛苦生活都無所謂。

「清兒，你今年已二十有一，也老大不小了，你看李錚、李峻他們都已做了父親，而你還是一個人，可有成親的打算？」溫氏關心地道。

「兒子還年輕呢，再說現在戎馬倥傯，大部分時間都在戰場上，哪有時間想這些事。」李清靦腆道。

溫氏搖頭，「俗語說成家立業，你現在功業也成，家也不能不顧啊，可有心愛的姑娘了？」

李清點點頭。

「可是那清風姑娘？」溫氏笑問：「既然喜歡她，為什麼不娶了她呢？清風我也很喜歡，雖然相處日子不長，但我看得出她是一個知書識禮又能幹的好女孩啊！」

李清道：「兒子當然知道她是個好姑娘，否則兒子又怎麼會喜歡她，只是這其中卻有幾個極大的難題。母親，你知道，現在我的婚事可不是你我母子就能決定的，裡面還摻雜著其他一些東西，讓兒子很苦惱。」

當下李清一五一十地開始述說清風的來歷和遭遇，直花了小半個時辰，才將其說得清楚明白，溫氏的臉色也隨著李清的述說不斷變幻。

等李清說完，溫氏沉默半晌，道：「兒啊，這女子的貞操節烈、三從四德固然很重要，但更重要的是兩人兩情相悅，這麼多年來，我總算是明白了這個道理，既然你喜歡她，她也喜歡你，那又有什麼好為難的？你的那些軍國大事我不懂，我也不想干涉你的事，但一個知書識禮的女子，為了你，居然做起你說的那些殺人放火的勾當，不知她心裡有多為難。你啊，這樣不明不白地拖著她，可真不是個辦法呢！」

「不是我拖著她，而是她不答應我！」李清辯道。

「既然她是林海濤的女兒，那出身自也不差，甚至咱們還是高攀了人家。清兒，你為什麼不帶著清風去找林海濤，只要林海濤答應讓清風重入家門，那一切不都迎刃而解了麼？」溫氏提點道。

李清一躍而起，道：「對啊，我怎麼沒有想到呢，就這麼辦！我明天就帶清風去找林海濤。」

門外匡噹一聲響，李清打開門，卻見清風淚流滿面，在她的腳下，兩個茶盅一個茶盤摔在地上。

「清風！」李清叫道。

二更時分，一輛馬車，十數匹馬悄悄地自側門離開了威遠侯府，前四後六，左右各有兩名警衛護著馬車匆匆駛離桔香街，向皇城西邊的翰林街而去。

馬車內自然便是李清帶著清風，準備到原定州按察使林海濤家裡認親。

由於林海濤當初在定州宣稱自己的一雙女兒已雙雙遇難，是以李清只能偷偷摸摸地上門，以免帶來一些不必要的麻煩。

林海濤還好說一點，他的態度表明他還是在乎兩個女兒，李清擔心的是林海濤的父親，那個儒家大能，理學大師，大楚學術界的泰斗級人物，林大家。

李清深愛清風，以他的脾氣，根本不在乎清風是高貴小姐也好，尋常人家也罷，自己喜歡就要娶她，但來到這個時代後，也不得不向此時的民風習俗妥協，自己想給清風正妻的名分，清風就必須有一個和他相匹配的身分，否則，不但是家族內，便是自己的下屬如尚海波等，都會持強烈的反對態度。

李清不願委屈清風，便只能上門去求林海濤了。

清風白紗覆面，露出一雙漂亮的丹鳳眼，水汪汪地看著李清，柔聲道：「委屈你了，將軍。」

李清捏捏她的臉，「為自己心愛的女人做點事，有什麼好委屈的，放心吧，清風，林老頭，啊，不對，你爺爺如果不認，我便是將刀架在他脖子上，也要逼他認了你，將你接回家去，接下來，我就可以大大方方地上門提親了。」

清風低下頭，心裡一陣甜蜜，臉上卻露出愁容，事情哪有這麼簡單，長於林家的她自然知道林家的規矩，也知道爺爺的脾氣，如果爺爺是一個能用強所逼就範的人，那也不是大楚鼎鼎鼎大名的林大家了。

似乎看出清風的擔憂，李清伸手將佳人攬進懷裡，在她耳邊打氣道：「放心吧，一切都有我呢！」

「嗯！」清風應了一聲，將自己依偎在男人寬闊的胸膛中，閉上眼，傾聽著他強勁有力的心跳，此刻，她只覺得自己是世界上最幸福的女人。

馬車在青石板街上一路向前，馬蹄敲擊石板發出清脆的響聲，在寂靜的夜裡顯得格外清脆。

「大帥，到了！」楊一刀俯身在車窗前道。

清風陡地一震，李清感覺到懷裡女人身體的顫抖，緊緊摟住她：「去通報，就說定州故人李清來訪林海濤大人。」

楊一刀躍下馬來，打個手勢，唐虎等人立即散開，將馬車團團圍住。

楊一刀走到大門前，叩響銅環。

「誰啊？」裡面傳來一個蒼老的聲音，接著大門打開了一條縫隙，一個白髮蒼蒼的老頭探出頭來，警惕地看著楊一刀：「請問你找誰啊？」

楊一刀微笑道：「請老人家通告林海濤大人一聲，就說定州故友李清李將軍來訪。」

「李將軍，就是那個在皇城校場打得御林軍丟盔棄甲的定州李將軍？」老蒼頭驚訝地道。

「當然，難不成還有第二個麼？」楊一刀道。

「好的，請貴客稍等，我這就去。」老蒼頭答應一聲，快步離去。

車內，清風已是淚流滿面，「是看門的老林頭。」

李清很清楚她此時患得患失的心情，離家數載，迭遇磨難，陡然聽到熟悉的聲音，的確讓人感懷，憐惜地替她擦去腮上淚水，「好了，這就哭了，待會兒看到父母親大人，豈不是更加難過，今兒應當高興才是啊！」

清風身體微微抽動幾下，勉強露出笑臉，「是呀，是應當感到高興，只是不知他們還認不認我這個女兒？」

「當然會認。」李清笑道：「清風是何許人也，是跺一跺腳整個定州都要顫抖的人物，想想王啟年他們看到你，便像老鼠看到貓一般，你就應當有這個自信啊。」

聽到李清打趣的說法，清風不由破涕為笑。

是啊，清風現在已**不是當年那個感懷花開花謝，燕去燕來的多愁善感的女子，而是手握大權，翻手之間便可令整個定州風雲色變的人物**，幾年的歷練，讓她改變甚多，**當年的自己又哪裡會想到今日的變化？**

「將軍，其實我不叫清風。」清風道。

李清一笑，「我當然知道，我既然讓人打聽到了你的家世，豈會不知你的真實姓名，是吧，雲汐？不過我習慣了叫你清風，也懶得改了。」

清風展顏一笑，是啊，自從那天將軍告訴自己，已經知道自己身分的時候，她便該想到這一點了，真是當局者迷。

車外傳來一陣急驟的腳步聲，林海濤神色緊張地走來。

因為公事上的往來，一個家人偶爾在崇縣見到了女兒雲汐，進而打聽到她竟然化名為清風，而且在李清的手下手握大權，心中的震驚無以言表。

蠻寇入襲，兩個女兒雙雙失蹤，後來雖然找到了護衛的屍體，但女兒卻音訊全無，只當她們已香消玉殞，哪會想到竟在李清那裡看到。更奇怪為什麼女兒脫險後卻不回家，多方打聽後，才知一雙女兒是李清從蠻族那裡搶回來的。

如花似玉的女兒落入蠻族手裡，下場顯而易見，他明白了女兒的苦衷，也明白女兒不可能回來了。作為理學大家的兒子，他自然曉得父親的態度，身死事小，失節事大，女子失去了清白，還不如死了好，再聽聞清風是定州將軍的禁臠，更是絕了女兒回家的心事。

他相信李清一定知道了清風的身世，以他的手段，想要查出來那是輕而易舉，更何況在定州自己還給了他那麼明顯的線索。

只是李清今天上門來有什麼事呢？林海濤不得要領。

當林海濤出現在門前的時候，李清已挽著清風下了馬車，看到李清身邊那個白紗覆面的女子，林海濤如遭雷擊，整個人呆在那裡，**這不是自己的女兒雲汐又是誰?!**

林海濤的臉瞬間變得慘白，費了好大的勁才壓制住自己上去抱住女兒痛哭一場的念頭。在定州時，雖然知道兩姐妹的下落，但他卻不敢前去相認，自己已宣稱女兒死亡，並給她們立了墓碑，此時如果女兒又冒了出來，那對林家家風當是一大打擊，對自己的前途也是一個重大的傷害。

清風也是淚眼模糊，她多麼希望父親能迎上來，叫一聲女兒啊！兩人對視片刻，林海濤終於壓制住自己的情緒，向李清拱手道：「李將軍貴客光臨，蓬蓽生輝，請進！老林頭，快去稟告老爺，就說定州李將軍來訪。」

將一行人等讓進客廳，寒暄幾句，林海濤已是無話可說，緊張地絞著雙手，眼光在李清與他身後的雲汐身上轉來轉去。

今天李清將雲汐帶來，而且選擇在夜深人靜之時，其意不言自明。而白紗覆面的清風更是一直目不轉睛地看著林海濤。

堂後一兩聲咳嗽傳來，一個老人邁著方步走了出來，林海濤恭敬地站了起來，「父親，打擾您休息了，不過李將軍乃是貴客，難得上門啊！」

李清看向這位大楚有名的理學大師、儒家大能林大家，方正的臉上看不見一絲笑容，兩道濃眉下一雙眼睛雖然生出了大大的眼袋，卻仍是炯炯有神，鬚髮全白的他看到李清身後的清風時，只是眼角微微跳動了一下，再無其他變化，這讓李清暗自稱奇。

一般而言，這個時代大都是隔代親，爺孫輩的感情倒比父子之間要好得多，但這位林老爺看到應已死去的孫女陡然出現在自己面前，居然面不改色心不跳，這等修身養性的功夫，李清大感自嘆不如。

「李將軍！」林大家向李清一拱手，「李將軍是國之功臣，能來林府是我之榮幸，請坐，請坐。」

李清對他不敢怠慢，抱拳道：「末學後進李清，見過林大師。」

林大家木無表情地道：「李將軍乃是武將，我是文臣，這末學後進四字卻不搭邊，李將軍自謙了。」

一邊的林海濤接道：「父親，李將軍當年一詩一詞，一筆書法可是折服了定州名妓茗煙，與尋常武人大是不同。」

林大家哼了聲，「此等豔詞焉能登大雅之堂！海濤，看來你在定州定也常去那煙花之地，將我的教誨都放在哪裡了？」

如此不給面子，頓時讓李清和林海濤都尷尬不已，林海濤抱歉地看了眼李清，李清臉上發燒，卻比林海濤多了一個心思，看這個老傢伙的態度，情形不妙啊！不說文武之別，單單自己是他孫女的救命恩人，他也不應如此啊，如此拒人於千里之外，只能說明一件事。

他擔心地回頭看了眼清風，果然，清風垂下頭，眼淚已如斷線珍珠般地掉了下來，身體也微微顫動，用了極大的毅力才克制住不哭出聲來。

李清決定要試探一下，總不能直接撕破臉去，這樣大家面上都不好看。

「聽聞老大人曾有兩個孫女在定州失蹤，李清這便要返回定州，說不定能有效勞之處。」

「不敢有勞將軍，老朽的兩個孫女都已逝去，芳魂渺渺，也不知飄散何處了。」林大家回道，一邊的林海濤面孔扭曲，不敢發一言。

「老大人也不曾看到貴孫女的屍體，說不定是以訛傳訛，尚在人世也說不定啊。」李清直言道：「世間之事，不親眼所見，怎麼能妄下結論呢？血濃於水，這親情是世上最可珍惜之物，老大人如此斷言，如果令孫女尚在人世，豈不是聞之落淚。」

林大家哼了聲：「家門不幸，兩個孫女為蠻寇所掠，哪還有可能活在人世！雲汐、雲容自小熟讀烈女傳，豈不知身死事小，失節事大，哪裡還會苟活人世！將軍大人今天來此，是來羞辱林某的麼？」

李清大怒，霍地站了起來，便要破口大罵，林大家這是一口便回絕了所有的可能。

然而聽到身後微不可聞的泣聲，心又軟了下來，試圖說服道：

「老大人，話不是這麼說，柔弱女子身逢大難，也是我們這些人衛護不周，身為男人不能保護女子，才讓她們為敵所掠，怎麼能將其怪罪到女子身上呢？李某在定州，見過很多這樣的人，其情可憫，其境之慘讓人落淚，即便我們不能讓她們生活得更好，也不可落井下石，逼人致死吧？如果真是這樣，我定州還能剩下多少婦女？」

林大家偏過頭去，不加理睬，顯然是不屑與李清辯論了。

李清按住脾氣，想著今日是來求人的，又道：「我在定州遇見過兩人，聽聞與老大人的孫女極像，便帶在身邊，老大人不見見嗎？」

林大家一拍桌子，大喝道：「李將軍，我再告訴你一次，我的兩個孫女都死了，已入土為安，你再多言，不僅是辱我林家，更是辱及我死難的兩個孫女，我林家只有死節之女，豈有苟活之輩！」

李清大怒，脫口而出：「你放屁！她們明明沒死。清風你過來。」伸手一把拉過清風，扯去她覆在臉上的白紗，指著她道：「林老兒，你瞧瞧，她是不是你的孫女？」

林海濤已是淚流滿面，林大家卻狡辯道：「李將軍，天下模樣酷似的人不知凡幾，你如此強逼我認孫女，是何用意啊？」

李清一口氣憋在心裡，幾乎想拔刀砍過去，這老東西，當真是要名不要命啊！清風嗚咽著掙脫李清的手，跪在地上，向堂上的林大家叩了三個響頭，然後爬起來掩面衝了出去。

李清冷笑道：「好一個儒學大家，好一個士林領袖，如此無情，當真可稱你一聲斯文禽獸，今日李清領教了。」大步隨清風走了出去。

「爹！」林海濤噗通一聲跪了下來，以頭觸地。

堂後，兩個女人跑了出來，一個稍老些的一把拉住林大家，慘叫道：「老爺，那是雲汐啊！」

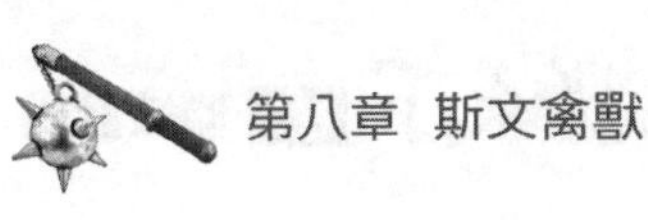

另一個年輕些的跪在林海濤身邊，雙淚長流：「公公！」

林大家仰面朝天，眼中雖蓄滿淚水，卻是一滴也不曾落下來。

堂外的楊一刀聽到李清憤怒的咆哮，聽到林大家絕情的話語，幾次想拔刀衝進去；唐虎更是獨目圓睜，困獸般地在原地打著轉，若不是楊一刀制止，他早衝進大堂了。

眼前倩影一閃，清風大哭著出來，楊一刀示意唐虎留在原地，自己緊隨著清風向外而去，嘴裡叫道：「清風司長，慢一點！」

李清黑著臉，怒喝道：「我們走！」再也沒有回頭看上林家人一眼。

馬車上，清風瑟縮成一團，身體不停地顫抖，李清默默地看著她，安慰的話不知從何說起。

「大帥，我們走吧！」楊一刀輕聲道。隨即蹄聲得得，一行人無語地踏上了歸程。

李清將清風摟進懷裡，輕拍著她的脊背安慰著。

「將軍，雲汐這一次真的死了，再也回不來了。」清風心碎地說。

「雲汐死了，可清風仍然活著，而且會活得更好更精彩，讓那個老匹夫好生看看。」李清咬牙切齒地道。

「他是我爺爺！」

「這樣的人，你還認他做爺爺，我呸！」李清恨恨地唾了一口。

清風默默無語，將頭靠在李清的胸前，從此以後，**她唯一能依靠的，便只有這個寬闊的胸膛了。**

感到懷裡女子的無助，李清無聲地嘆了口氣，林家不肯認清風，自己想要明媒正娶的念想算是徹底落了空。

這時馬車突然停了下來，李清驀地感到有些異樣，問道：「怎麼了？」

「將軍，好像有人在窺伺我們。」楊一刀答道。

馬車另一側的鍾靜也抽出一柄短劍，「將軍，我也有同感。」

李清心中一跳，他們這些從沙場上九死一生回來的人，對於危險總是有一種天生的直覺。

「後退！」李清道。

然而馬車剛要後退的瞬間，空氣中忽地傳來令每一個人都無比熟悉卻又無比驚恐的聲音。

「八牛弩！」楊一刀驚呼。

李清腦中靈光一閃，**目標一定是自己**！一把抓住清風，側身撞擊馬車車壁，轟隆一聲，單薄的車壁被撞破，李清與清風跌下車來，與此同時，八牛弩那粗如兒臂的箭身從他們眼前掠過，馬車頓時被巨大的衝力擊打得四分五裂。

車後一名護衛躲避不及，被八牛弩迎面射中，慘叫一聲，身體被射飛出去，八牛弩強勁的力道在穿透這名護衛的胸膛後，仍在繼續向前飛，沒入到一片黑暗之中。

「唐虎保護大帥！」楊一刀大喊，自己則拔馬向前衝去。李清身邊的護衛迅速排成兩道人牆，將李清牢牢地擋在身後。

黑暗中再一次響起眾人熟悉的絞弦聲，李清大喊道：「所有人衝上去阻止八牛弩發射。鍾靜，帶著清風後退。」

眾親衛一聽李清發令，不假思索發一聲喊，便隨著楊一刀向前衝去。

李清抽出隨身腰刀，也想跟著衝上去，卻被唐虎牢牢抓住，「將軍，我們不死絕，便輪不到你上，你說過的。」

空氣中嗖嗖地發出異響，「弩箭！」暗算自己的人好毒的心腸，不但動用了八牛弩這種軍國重器，居然連軍中常備的弩箭也有！

大楚禁弩不禁弓，便是因為弩箭在短距離上勁力極強，根本無從躲閃，用來暗殺實是無往而不利。

猝不及防的親衛們紛紛中箭倒下，李清心中大恨，哪想到在京城會遭到暗殺，如果將士們出門前身上穿了背甲，雖然免不了受傷，但總歸有很大可能保住性命，但現在只穿著單薄衣裳的他們斷難活下來。

楊一刀極為驍勇，身上插了兩支弩箭，左臂右腿上各中一支，居然還大呼著舞刀向前，只護住自身要害，看到此景，唐虎大叫一聲，也衝了上去，「大帥自己當心！」

李清耳中聽到咯的一聲，心中頓是一涼，這是八牛弩再次上好弩箭的聲音。

就在李清暗道不好的時候，連聲傳來強弓破空之聲，黑暗中慘叫聲源源不絕，接著是沉重的人體倒地之聲，本來極密的弩箭瞬間疏漏起來，楊唐二人抓住這難得的機會，挺刀殺了過去。殘餘的兩名護衛也在這一瞬間衝進對面的人群中。

刀刀入肉，一片慘叫，對面暗殺的人不是什麼格鬥好手，片刻間，便被四人殺得魂飛魄散，呼哨一聲，一個個傳身便逃。

唐虎狂吼著還想追擊，李清大叫一聲：「回來！」

唐虎不解地回過頭，卻見到李清正盯著被一支支羽箭釘在地上的刺客，這些刺客個個都是大腿中箭，可見那箭力道強勁無比，竟然穿透他們的大腿，把他們硬生生地釘在地面上，看到幾個渾身浴血的人向他們轉過頭來，不由魂飛魄散，眼中露出濃濃的恐懼之意。

「哪位朋友，拔刀相助，請留下姓名，李清必有回報！」李清向強弓射出的方向大喊道。

黑暗中傳來一聲輕笑：「李將軍，你欠我一個人情。」笑聲中，一陣碎碎的腳步迅速遠去，很快便沒了聲息。

楊一刀和唐虎警覺地聚在李清的周圍，另兩人則分散搜索，確認已經安全這才返回。

「快，看看弟兄們還有活著的沒有？」

幾個人紛紛走到倒下的親衛身邊，略一檢查，都是失望地抬起頭，看著李清微微搖搖頭。

李清咬著嘴唇，握著刀的手愈來愈緊，看著散落在地上的殺人利器，眼中射出凶光，**是什麼人居然知道自己今天晚上的行動去向，竟然布下如此駭人聽聞的陣仗，非要殺自己而後快?!**

蕭遠山?屈勇傑?或是其他家族中人?八牛弩，軍中制式弩箭，只有軍中之人，或是豪門大族才會擁有這些厲害武器。眨眼間，李清已是轉過了幾個念頭。

「人綁起來，這些東西也要帶走！」李清吩咐道。

街道盡頭傳來一陣紛雜的腳步聲和火光，一群人快步奔來，傳來喝問聲：「洛陽巡檢司，什麼人在此？」

「定州將軍李清李大人，來者何人？」楊一刀厲聲道，橫身站在李清身前。

「啊！」對面之人明顯甚是驚訝，「李將軍，卑職是洛陽巡檢司巡檢周平。」眼前的慘狀讓周平險些昏倒，「這，這是怎麼回事？」周平結巴地道。

楊一刀亮出自己的參將關防，反問道：「怎麼回事？我正要問你呢？你們是怎麼巡查的，竟然讓刺客在這裡從容佈置八牛弩、強弩這些禁物，險些傷了我們將軍，這些死難的弟兄，回頭我們會讓你們巡檢司給我們一個說法。」

「將軍大人，這，這不關我們的事，我們不知道啊！」周平大呼冤枉，洛陽這麼大，他們巡檢司就這幾個人，哪裡能面面俱到。

「行了，行了，這事和你們無關，現在你們幫著將這裡收拾一下，把這些弓弩，還有我死難的親衛，都送到威遠侯府去。」李清不耐煩地道。

「可是大人，按律，這些證物都要送到巡檢司或者洛陽府裡去的。」

楊一刀嗆地一聲刀拔出半截，喝道：「我家將軍讓你送到威遠侯府，你沒聽到麼？」

「聽到了，聽到了！」周平頓時矮了半截，轉過身，大聲吩咐手下，「沒聽到將軍大人的話麼，將這些都送到威遠侯府去。」

當威遠侯府的家丁們看到渾身是血的李清與楊一刀等人，大驚之下，整個侯府瞬間忙亂起來，不遠處的安國公府也是一陣忙亂，很快地，安國公李懷遠，壽寧侯李退之全都齊聚在威遠侯府。

李清臉色鐵青，死難的十二名親衛身蒙白布，一字排開擺在院中，另一側，被生擒的殺手們臉如死灰，一個個軟癱在地上。

「大人饒命啊，我們不知道要殺的目標是您啊！」

幾個殺手顯然此時才知道他們狙殺的目標，看到一個個絡繹而過的無不是高官貴爵，這才知道事情的嚴重性。

回到內堂，李清疲乏地坐在椅子上，不斷地揉著眉心，借此來放鬆繃得很緊的神經。

即使是在戰場上，他也從來沒有如此接近過死亡，在八牛弩的嘯聲響起時，他幾乎已聽到了死神的召喚。

他僥倖活了下來，不是因為自己運氣好，而是因為那個神秘人所救，如果對方不射死敵方的弩手，他絕無可能在如此短的距離和狹窄的街道上避開恐怖的八牛弩箭，一想到自己的行蹤被人掌握，他就不寒而慄。

那人是誰？為什麼要幫助自己呢？

安國公李懷遠等人走了進來，看到閉目不語的李清，都沉默地坐下，內堂裡寂靜得令人窒息，所有的人都在想一個問題：是誰？

很快，李宗華走了進來，這個暗影頭子臉色陰沉如鍋底，這麼大的刺殺行動發生在他的眼皮底下，而他居然連一點風聲也沒有聽到，不能不讓他憤怒又驚懼，不管是李懷遠也好，還是李牧之、李退之，甚至是李清，肯定對他心生不滿，而這的確是他的失職。

「問出來了，這批人是洛陽一個叫什麼飛鷹幫的，裡面都不是什麼大角色，只知道幫裡接了一筆大生意，值十萬兩銀子。」

「為什麼目標是我？怎麼知道我的行蹤的？那些軍器又是從哪裡來的？」李清一連串問道。

李宗華搖頭，「一問三不知，只知道行動路線，地點，所用武器都是由對方提供，他們只負責行動而已。甚至連殺的人是誰都不知道。」

李清忽地笑了起來：「原來我值十萬銀子，呵呵，以後要是沒錢用了，倒是可以把自己賣了。」

李宗華沒有理會李清的這個冷笑話，「洛陽暗影還有你的親衛都出動搜捕飛鷹幫了，上至他們幫主，下至伙夫，只要抓住他們的高層人物，真相便將大白。」

李清長出一口氣，道：「讓人帶上我抓住的那幾個傢伙，去洛陽的幾個城門守著，如果有人連夜出城，不管他是誰都給我弄來。今天動靜這麼大，對方知道行動失敗，要麼殺人滅口，要麼便是會送這些人出城逃亡。」

「不大可能吧？」李宗華狐疑道：「晚上洛陽城門早閉，他們是出不去的，要出去也是明早。」

李清冷笑道：「這些人連八牛弩都能弄來，更能成批裝備強弩，想要叫開洛陽城門很難嗎？李叔父，我怕現在你去的已有些晚了。」

李宗華一怔，迅速跑了出去。

安國公嘆了口氣，「搞了一輩子情治，還不如你一個後生小子思慮周全。李清，你猜，這些想殺你的人大概在一個什麼範圍內呢？」

李清思忖片刻，「能弄來八牛弩和強弩，其實範圍已經很明顯了，不是軍方，便是洛陽的豪門大族，只有他們能弄到這些東西。」

「蕭家，屈勇傑？還是方家？」

「不知道，蕭家因為我失去定州，方家更是一個分支完全毀在我的手中，屈勇傑也因為我而丟掉了御林軍大統領的位子，他們都有可能。」李清分析道。

眾人一時理不出頭緒，只能寄望於暗影能帶來一定的收穫。

這時，侯府大管家李華走了進來，向眾人行了禮後，湊到威遠侯耳邊說了句什麼，李牧之臉上露出震驚之色，「你確定？」

李華肯定地點點頭：「我知道事關重大，反覆盤問了，的確如此。」

李牧之臉色數變，突地站了起來，對安國公行禮道：「父親，我有點急事，出去一下，片刻就回。」

李退之奇怪地看了眼老三，道：「三弟，眼下還有什麼事能比此事更急？」

威遠侯也不回答他，急匆匆地向內宅走去。看著他離去的背影，安國公臉上忽地露出憂色。

東跨院，裘氏坐立不安，臉色慘白，在室內不停地轉來轉去，看得幾個貼身丫頭都莫名其妙。

外宅發生的事，大家都有所耳聞，不過大奶奶對二奶奶那邊一直不感冒，甚至相當仇恨，為什麼這時候大奶奶倒像挺擔心那邊那位小侯爺一樣呢？但是看到裘氏的模樣，都不敢亂說話。

門外傳來一陣急驟的腳步，「侯爺您來了？」一個丫頭看到威遠侯急急地走了過來，趕緊迎了上去。

「你們都下去！」威遠侯揮手道。

幾個貼身丫頭應了聲「是！」絡繹而出，輕輕掩上房門。

威遠侯虎目圓睜，死死地盯著裘氏，卻不發一語。

一直故做鎮定的裘氏給看得發慌，道：「侯爺，你這麼看著我作甚？」

李牧之語氣嚴肅地問：「你從家裡武庫裡拿了幾把強弩？」

「我哪裡拿過？」裘氏睜大眼睛反問道：「我拿那些東西有什麼用？」

「不要抵賴！」威遠侯吼道：「武庫的家丁今天向李華報告，說你命人取了幾把強弩，李華已查實，這幾個武庫看守都被抓了起來，替你去拿強弩的李鎮也被抓起來了，他說是你讓她去取的，而且已經交給了你。」

裘氏沉默不語。

「說，那些強弩去哪裡了？你用它們做了什麼？」李牧之臉孔扭曲，聲音都有些嘶啞了。

看到李牧之憤怒的樣子，裘氏反而鎮定下來，「如果我說這些強弩的確是我拿了，但只是拿來玩玩而已，侯爺一定不相信了。」

「我當然不相信。」李牧之冷冷道：「你我夫妻近二十年，何曾見你揮刀舞劍過？那些強弩現在在哪裡？」

「不見了！」裘氏滿不在乎地道。

「什麼？不見了，你當我是三歲孩子麼？」

「侯爺不信，我又有什麼法子。」

李牧之冷笑：「這麼多年來，我敬你，畏你，愛你，讓你，相信你也心知肚明，如果這件事是你做的，那你也知道是什麼後果！我告訴你，紙裡包不住火，不出明天，整件事便會弄個水落石出。」

「來人！」隨著威遠侯的喝聲，外面應聲進來幾個老媽子。「看著大奶奶，沒有我的話，哪裡也不許去，什麼人也不能見！」

「李牧之，你敢囚禁我！」裘氏大怒。

威遠侯一甩衣袖，大步而去。

房內，裘氏反常的沒有撒潑大鬧，反而無力地坐了下來。

回到內廳的威遠侯沒有說話，大家都默默等待著城內行動的回音。

侯府寬敞的練武場上，不斷有人被押來；洛陽所有的豪門世家聽聞此事，震驚之餘，也紛紛清查自己的家族，以免牽涉到此事之中。

李宗華匆匆進入內廳，看到他的神色，眾人都是精神一振，一定是有線索了。

「今晚在清兒遇刺後不到一個時辰，的確有人叫開西城城門，出城去了。」

「什麼人？」眾人異口同聲地問道。

「蘭亭侯府內院管家裘學忠！」李宗華一字一頓地道。

威遠侯臉色大變，自己的夫人在這件事中果然是脫不了干係。

「我已派人連夜出城追趕此人，他能去的地方有限，料想他跑不了多遠。」李宗華道。

「蘭亭侯在哪裡？」安國公眼皮都沒有抬一下問道。

「蘭亭侯不在家，在屈勇傑屈統領那裡。」李宗華回答。

李懷遠點點頭，「我想也是如此，他果然被瞞著，我知道這張八牛弩從哪裡來的了，有把握抓住那個裘學忠嗎？」

「我派出去的人都是追蹤高手，應當沒問題，最遲明早便可以得到消息。」

「好，你去屈府，請蘭亭侯過來。」

「是，父親！」李退之快步走了出去。

「牧之，你去蘭亭侯府，把那個裘得功給抓來！」

安國公李懷遠下達了一連串的命令。威遠侯臉色發白，「是，父親，我這就去辦！」

「記著，我要活的裘得功！」李懷遠又補了句，深深地看著小兒子，似乎要一直看到他的心裡。

「要不我讓一刀跟著父親去吧？」李清淡淡道，從威遠侯的表情和之前的一些舉動，李清隱約已明白了一些事。

「不必！」李懷遠擺擺手，「清兒，你要相信你父親會給你一個公道的。」

李退之趕到御林軍大統領導屈勇傑的府上時，已是時近午夜，但京城裡發生了這麼大的事，屈勇傑自然也睡不著，恰好蘭亭侯裘志來訪，兩位老友便弄了幾個精緻的小菜，飲著小酒，邊議論著這樁明日註定要轟動京城的刺殺案。

聽到下人稟報李退之來訪，屈勇傑的臉色難看無比，難不成李氏也懷疑是自己做的手腳？

不錯，自己是鬥兵輸給了李清，而且輸得很難看，但自己是何許人也，在戰場上輸掉的東西自會從戰場上討回來，如此鼠偷狗竊之事，自己豈屑為之?!

啪的一聲捏碎了手裡精緻的瓷杯，屈勇傑霍地站起來，「欺人太甚。」

蘭亭侯裘志一把拉住屈勇傑，「且慢，也許是另有隱情。」

屈勇傑冷笑：「如此時間，恰好遇李清被刺，你說能有什麼別的事。」

正憤怒間，李退之已是姍姍而來，屈勇傑怒目圓睜，喝問道：「壽寧侯，你是來緝拿我歸案的麼？」斜睨李退之，嘴角掛著冷笑，屈府的家丁憤怒地圍了上來。

李退之詫異地看了一眼屈勇傑，轉瞬間明白對方是誤會了，笑道：「屈大統領這是說哪裡話來，退之正要向屈統領告罪，深夜打擾，叨擾之處，還請莫怪。」

屈勇傑臉色稍緩，「李府出了這麼大的事，你不在府裡幫襯，跑到我這裡做甚麼？」

李退之笑道：「府中自有老爺子坐鎮，我也只能跑跑腿了，今日來貴府，是想請蘭亭侯過府一聚，因為聽聞蘭亭侯來了這裡，只好過來打攪。」

「蘭亭侯？」屈勇傑一怔，「這時候請蘭亭侯過去有什麼事？」

李退之臉上笑容不變，「老爺子的吩咐，我這做兒子的哪敢多嘴。」

裘志驚疑不定，狐疑地道：「退之，是出了什麼事？為什麼老爺子這麼晚了還要我過去？」

「這個退之也不大瞭解，侯爺也知道，老爺子有什麼事，一向不大對我們小輩講的，侯爺，天也不早了，我們便不打攪屈統領了如何？老爺子還等著和您敘話呢！」

看著兩人離開，屈勇傑眉頭緊皺，忽地打了個寒噤，想到一件事，不由喃喃道：「不會吧？」

此時威遠侯府燈火通明，戒備森嚴，洛陽府和巡檢司的捕快沿著桔香街一路排得滿滿的，每個都臉色凝重，都知道如果不能儘快找到凶手，他們很有可能會因為這件事而丟掉差事。

李退之和裘志兩人來到侯府，恰好碰上威遠侯也來到門口，從轎裡鑽出來的裘志一眼便看到威遠侯身邊的家丁扭著一個五花大綁的人，竟是自己的繼子裘得功，大吃一驚，道：「得功！」

正準備跨進大門的李牧之看到裘志，不由苦笑一聲，回頭躬身道：「岳父，您來了。」

裘志寒著臉，指著裘得功，「這是怎麼回事？」

李牧之還沒有回答，被綁得結實的裘得功已大喊道：「爹爹，救命啊！救命啊！」

李牧之臉上閃過一絲厭惡，對裘志道：「岳父，裡面請，家父正在等您呢！」

裘志盯著李牧之，心裡隱隱感到不妙，難道這事與這個逆子有關？但裘得功有幾斤幾兩他很清楚，行刺李清這麼大陣仗的事，斷不是他一人能佈置出來的，而且，他能有這個膽量?!

「得功，你究竟做了什麼？」他怒吼道。

「爹爹，我什麼也沒有做，我什麼也不知道，他們把我從床上拉起來，就綁著我到了這裡，爹，救命啊！」

裘志沉聲道：「喊什麼，沒的給我丟臉！你沒做什麼又有什麼好怕的，自有爹爹給你做主。」

「侯爺，裡邊請！」李退之催促道。

裘志哼了聲，此時他若還不明白李懷遠連夜將他找來的用意，那不成傻子了！安國公，你真是欺人太甚啊！

走到內廳，看到血跡斑斑的李清正閉目坐在椅子上，李懷遠則倒背著雙手，站在一架八牛弩面前，瞇縫著眼，似乎想要從上面瞧出一朵花來。

看到蘭亭侯進來，安國公笑道：「親家，你來瞧瞧，這臺八牛弩怎麼樣？」

裘志正想要發作，眼光掃過那架八牛弩，忽地一怔，急步走到弩架前，抹抹眼睛，以為是不是自己眼花了。

那架八牛弩有些年頭，與軍隊裡通用的八牛弩有些微的差別，現在的軍械署已經不生產這種八牛弩了，不過雖然年代久遠，卻保養得極好，整個弩架被桐油漆得閃閃發亮。

「這，這不是我那架八牛弩麼？」他聲音有些發顫。

「親家，你沒有看錯？」安公國眼睛發亮。

裘志整個人有些發軟，只覺自己的聲音忽遠忽近，似乎不是自己發出的，「不會錯，這是我的。」他的手按上弩架上一道很舊的刀傷。

「是啊，我也記得，當初在寧遠堡，蠻子攻上城頭，這架八牛弩被斫了一刀，留下了這個傷痕。」李懷遠的目光輕輕掠過那道舊傷，「後來我們將蠻子逐下城頭，戰事結束後，你便將這架八牛弩收了起來，說要做為紀念品，後來，這架弩便一直在你的府中，是麼？」

裘志艱難地點點頭。

「今天，便是這架八牛弩發動對李清的襲擊，當然，還有近二十把強弩。」

李懷遠指著八牛弩旁的十幾把散落在地的強弩，「一部分已查明是出自我們李家，還有一部分卻要讓你來看看，是不是你裘府的東西。」

「這個逆子，這個逆子！」裘志喃喃自語。霍地回過頭，看著被押進來的裘得功，嘶聲喊道：「混帳東西，看你做的好事！」

裘得功臉色灰敗，抱著最後一線希望，大叫道：「爹，不是我做的，我不知道是怎麼一回事啊？」

李懷遠臉上浮起冷笑，「裘學忠深夜出城去幹什麼了？得功，你還想抵賴麼，告訴你，不出天明，裘學忠和天鷹幫一眾人等便會跪在廳外的院子裡，你還不招麼？」

裘得功軟癱在地，最後一線希望也告破滅。

「爹，我錯了，救命啊，救救我，兄長，救救我！」他在地上蠕動著，想要爬到裘志的跟前，裘志長嘆一聲，臉色慘白，倒退一步，跌坐在椅子上。

「我李府的這些強弩是怎麼到你手上的？」

李懷遠聲音很小，卻帶著一股讓人不敢不說的咄咄壓力，已被擊碎心理的裘得功如一灘爛泥軟在地上，大聲喊冤道：「是姐姐給我的，姐姐拿來的。」

說到這裡，忽地眼中閃過亮光，像溺水的人抓到一根稻草一樣大吼起來，「是姐姐讓我做的，是她，拿了強弩，所有的一切都是姐姐策劃的，我只是照姐姐說的去做啊，饒命啊！」

「住嘴！」裘志一躍而起，一彎腰從地上撿起一支八牛弩箭，便插向裘得功。這只是個繼子，死了自己還可以再過繼一個，但裘氏可是自己的女兒啊。現在，裘志一切都明白了，一定是女兒暗中謀劃了一切，利用裘得功仇恨李清的心理，讓裘得功出面，找了一幫亡命徒來實施刺殺行動。

噹的一聲響，一直穩坐的李清彈了起來，一伸手，腰裡的刀已出現在手中，架住了裘志插下去的弩箭。

「侯爺，事情還沒有弄明白，何必這麼快就殺人呢？」

裘志閉上了眼，慢慢地一步步退了回去。

「把大奶奶帶來。」李懷遠吩咐道。

裘氏很快便被幾個老媽子帶了來，看到內廳的一切，她立即明白事情已經曝光，臉色慘白，倔強地昂著頭，恨恨地盯著李清。

「你的命真大，這樣都沒有殺死你。」

「英兒，你，你好糊塗，怎麼能做這種事？」裘志心痛地道。

裘氏的眼光掃過廳內諸人，李清的眼中充滿殺意，爹爹的眼中滿是擔憂，丈夫的眼中盡是痛惜，而公公的眼裡沒有任何感情。

「是的，是我做的，那又怎樣？」裘氏忽地歇斯底里大叫起來，指著李清，「自從有了這個雜種，府裡就沒有安生過，好不容易他走了，安生了幾年，想不到他又回來了，而且是恥高氣揚地回來。自從他又回來，溫環那個賤丫頭便覺得自己了不起了，你們李家個個巴結著李清，生怕他不認你們，我呸，我殺了他，看看你們又能怎樣？」

李清霍地站了起來，眼中怒火熊熊，這個女人簡直不可理喻，自己從來沒有想過要爭什麼搶什麼，自己又何必去爭去搶！

他懶得再說話，**忽地覺得自己回到李府是個錯誤，如果自己不回來，這些跟著自己出生入死的弟兄又怎麼會死得這麼不明不白，這麼不值！**

嗆的一聲，他拔出刀來，在眾人驚愕的目光中，大步走到軟癱在地的裘得功面前，一把拎起他，口中喝道：「狗雜種，等到了陰曹地府再去給我的兄弟做牛做馬，贖你的罪吧！」

看著裘得功那充滿恐懼的眼睛，李清慢慢地將刀一分分插入他的胸膛，血湧將出來，濺紅了李清的胸膛，李清面不改色，死死地盯著裘得功那雙漸漸失去神彩的眼睛。

廳裡所有人都沒有想到李清忽地暴起殺人，看到李清充滿殺意的眼睛看向裘氏，不禁打了個寒噤。

「不，不要殺我娘！」一個聲音在內廳響起，李鋒瘋狂般地奔了進來，張開雙臂攔在裘氏的前面。

李清手一鬆，裘得功便滑到了地上，面向裘氏，李清緩緩踏出一步。這一步不大，卻似乎重重踏在眾人的心口。

「清兒！」威遠侯臉色難看之極，叫了聲。

李退之倒退一步，伸手捂住嘴巴，將到了嘴邊的一聲驚呼又吞了回去。李懷遠的眼中仍是空空洞洞。

「李將軍！」裘志終於反應過來，幾個大步奔到裘氏的面前，「英兒這件事做錯了，我裘氏會補償你的，請你不要為難她了。」

「補償？」李清冷笑，滴血的長刀指向院中，「蘭亭侯，你卻去問問我那些死了的兄弟，他們要什麼補償？」

「只不過幾個親兵而已，你又沒有什麼大的損傷，李將軍，何必咄咄逼人？」蘭亭侯道。

「放屁！」李清怒吼道：「我的這些兄弟，沒有死在邊關，沒有死在凶殘的蠻子手中，從死人堆裡爬了出來，跟著我來到京城，卻是為了這些狗皮倒灶的事送了命，我不殺原凶，如何對得起他們在天之靈？」

「大哥！」李鋒忽地跪倒在地，膝行到李清面前，抱著李清的雙腿，哀求道：「大哥，不要殺我娘，要殺你就殺我吧，我替我娘贖罪！」

李清緊咬嘴唇，任由李鋒拚命地搖著他的雙腿，刀上的鮮血一點點落到李鋒的身上。

裘志緊張地看著李清，「李將軍，我求你了！」他的眼淚終於掉了下來，「我只有這麼一個女兒，你看在我早年也曾在邊關浴血殺敵，看在我白髮蒼蒼，已沒有幾天好活的分上，饒了英兒吧！」

他知道，今天裘英的生死，完全取決於李清的一句話。眼下唯一能制止李清的安國公李懷遠，明顯是將事情的處置權交給了李清。

李清閉上了眼睛，噹的一聲，手中的刀落在地上，猛的轉身，大步走出內廳，李鋒這才鬆了口氣，與裘英兩人相擁號哭。

「這樣吧，裘氏從今天起居於內院，不得離開，侯府內事由溫氏主持。」李懷遠道。

「多謝國公！」裘志感激地向李懷遠一揖，他本以為最輕，裘氏也會被休，想不到最終還能有這個結果。

李懷遠嘆了口氣，「親家，當年我們並肩殺敵，何等快意，想不到老來居然……，唉！」兩人對視長嘆。

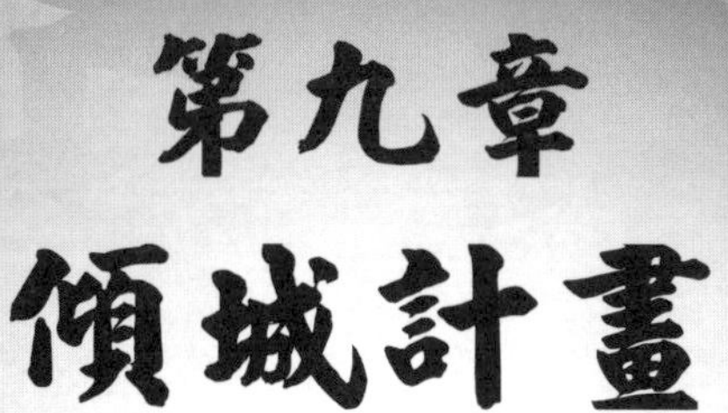

第九章 傾城計畫

「你們李家的聘禮那是給皇室的，傾城想要的卻是李將軍送給她的。李將軍，你曾在皇上面前說過三年內平定草原，傾城要你將這個承諾作為給她的聘禮，三年後，草原平定，報捷之時便是傾城下嫁於你之日，如何？」

走出內廳的李清仰天吐出胸中的濁氣，看著黑壓壓地跪在院內的一眾人，對楊一刀道：「動過手的人殺了，飛鷹幫的頭子統統殺了，其他的，交給巡檢司吧！」

說完這一切，李清邁著沉重的腳步向西跨院走去，他太累了，不僅是身體累，心更累。

天，快亮了。

烈火熊熊燃燒，十二名殉職親衛的身影在大火中慢慢消失，李清打頭，兩百餘名親衛排成整齊的隊伍，向他們的戰友鞠躬，他們的骨灰將帶回定州，安葬在他們曾為之奮鬥的土地上，而他們的魂靈，也將伴隨著他們的戰友再一次走上戰場。

「魂兮歸來！」楊一刀悲愴的呼聲在空中回蕩。

威遠侯府，清風面前端坐著兩個男子，正是秘密進京的胡東與謝科。

胡東一身便裝，謝科則作書生打扮，兩人恭順地回答著清風的問話，看兩人的表情，實在讓人難以將他們與統計調查司牢房中的刑名好手聯繫起來。

清風卻瞭解這兩人溫順的面貌下，都掩藏著一顆爆烈的性子，而讓清風更為欣賞的是，兩人都是心思縝密之輩，凡事謀定而後動，不衝動，不魯莽，正是清風需要的人，便令這兩人在洛陽紮下根來，開枝散葉，為統計調查司鋪下一張大網。

「你們兩個都瞭解這一次的任務了麼？」清風問。

「都明白了。」二人道。

「好，胡東，你的名字不變，但身分變了，從現在開始，你是飛鷹幫此次事件中的殘餘者，你會被關進牢房，與那些人關在一起，怎麼獲取他們的信任，將是你要完成的第一件事。不用擔心身分暴露，飛鷹幫的高層和中層此次被一掃而空，你要做的便是將這些人重組起來，並且儘快地成長起來，直至掌控洛陽的地下幫派。」

「司長放心，胡東定然不負所託。」

「謝科，你的身分則是一個進京趕考的士子，三年一度的大試將要開始了，本來需要舉人身分才能參加京試，不過這一點我們已經替你安排好了，你從現在起便叫謝東，這個人真是一個舉人，不過已經死了，而且他無親無友，不會露出馬腳。離京試還有一段時間，你抓緊時間看看書，只要到時不太離譜便行了，你一定會被取中，名次大概會在兩百名左右，在一次取三百人的京試中，不會太顯眼。」

「司長，我們在洛陽並沒有什麼根腳，您這麼有把握？」謝東驚訝地道。

清風冷笑道：「你們忘了李氏暗影麼？這一次便是與李氏合作，李宗華這頭老狐狸早已知道你們進京了，以後你們要小心暗影，但又要學會如何利用他們。」

「司長，那我們在暗影那邊不是無所遁形麼？」胡東擔心地道，這是搞情報的大忌。

「不要緊，知道你們身分的，目前還局限在李氏暗影高層，現在我們與李氏是蜜月期，不會對你們造成危險，至於以後！」清風沉吟了一下，「以後的事，現在也說不清，不過你們都要做好萬一兩家翻臉的準備。」

「是！」兩人答道。

「你們的身分資料，稍後會給你們，謝東，你中試後，我們會安排你作個閒散的翰林，你的任務就是盡可能地結交士林人物，條件允許的話，也可以多多接近豪門世族，你要在洛陽官場上為我們打開缺口，而胡東，則在地下世界為我們統計司編織一張大網，要在將軍需要的時候能用上。」

「這一次我們在洛陽吃了大虧，便是因為我們情報不靈，而暗影簡直就是廢物一群。」清風伸手甩了一塊鐵牌給胡東，「這是暗影的高級權杖，必要時你可以用。」

兩人接到任務後便自行離去，清風疲乏地靠在椅子上，喝了口水，看著門外，不由出神起來。

林家拒絕認自己，讓自己抱有的一線希望也從此破滅，從此，雲汐是真的死了，自己不可能再名正言順地嫁給李清，最好的結局不過是當個妾。如果未來大婦性情好的話還好，但萬一與那裘氏一般……清風不由打了個寒顫。

能寄望李清一直寵愛她麼？清風微微搖頭，經歷了這麼多事以後，特別是林府那一夜，讓她對人性有了更深刻的認識，**或許李清現在是愛她的，但時間能改變一個人，自己不也是變成了現在這個樣子麼？**

從此以後，**自己要學會將命運掌握在自己手中**，清風明白，自己的榮辱與李清的興衰將一直聯繫在一起，但在李清的體系內，她必須要有足夠的分量，只有如此，即便將來有什麼變化，自己也足以自保和保護妹妹。

只聞新人笑，哪見舊人哭，即便將來新人笑得再開心，清風也不允許自己再落得躲在角落裡去哭的下場。

門口傳來輕輕的叩擊聲，正在出神的清風嚇了一跳，一看，卻見李清的母親溫氏正含笑站在門口。

「老夫人！」清風驚道：「老夫人恕罪，清風失禮了，剛才想事情想得出神，竟然沒有看到老夫人來了。」

溫氏笑道：「有什麼失禮不失禮的，哪有這麼多的規矩，我知道你正忙，只要你不嫌我老婆子打攪才好。」邊說邊走了進來。

清風詫異地發現溫氏是獨自一人來的，現在的溫氏與往日已是大大不同，裘氏被軟禁，她儼然是一家的女主人了。

扶著溫氏坐下，清風有些局促地站在一旁。

「孩子，你也坐下吧！」溫氏道。

「謝謝夫人。」清風側身坐下，看著溫氏，她知道，一定是有什麼事，否則溫氏不會單獨一人來見自己。

「清風，從見到你，我就很喜歡你這孩子，後來聽清兒說了你們倆的事，更是歡喜。」溫氏慈祥地道。

清風臉龐微紅，低下頭去。這時候的女子還沒有出嫁便與男人住在一起，是受人唾棄的。

溫氏也很遺憾，但明白兒子想要明媒正娶她的念頭是不可能實現了，所以今天來，就是要安撫清風，並且希望說動清風助其一臂之力。

「我今天來，是要和你說一件事，但又怕你會不高興。」溫氏小心地試探道。

清風心裡微微一跳，雖然心中早有準備，但事到臨頭仍是忍不住心裡泛酸。

「侯爺今天告訴我，皇帝陛下有意招清兒為駙馬。」溫氏有些興奮，雖然從底層一步步走來的她深知人情世故，這時候不應當在清風面前表示出太過的高興，但臉上仍是忍不住露出喜色。

清風一怔，儘管她曾經無數次地想過將來要與之相處的大婦可能會是什麼樣子，卻從沒想到過這人會是一個公主。

「這是一件好事啊！」清風違心地道，眼眶微微有些紅了。

溫氏輕輕拍著清風瘦削的肩頭，柔聲道：「清風，這女人啊，有時候真的不能和命爭，也許順勢而為反而更好一些，你看我，這一輩子不爭不搶，而裘氏什麼都要爭，什麼都搶，不能容忍一點的不好，現在我們的結局迥然不同。」

清風抬起頭，勉強擠出一點笑意，「夫人放心，我明白的，我早就認命了，斷不會在這件事上做梗。」

溫氏大喜，「清風，你果然知書懂理，放心吧，清兒即便娶了公主，我也會作主讓他納你為側室，絕不會讓他委屈了你。」

「謝謝夫人。」清風低聲道。

「唉！」溫氏嘆了一口氣，「只是清兒這孩子死心眼，認準了的事很難回頭，我就是擔心他會反應激烈，一口回絕，到時不但讓皇帝下不來臺，便是李家也下不來臺啊！侯爺讓我勸清兒，可他的性子我深知很難勸說的。」

清風忽的明白溫氏的用意了，心裡不由泛起一陣苦澀。

「夫人放心，我會勸將軍一定讓此事得成，清風在這裡向夫人保證。」

溫氏大喜，她最擔心的便是清風雖然當面不說什麼，但背地裡在李清面前只要稍稍露出一些委屈的模樣，只怕清兒這個認死理的傢伙便脖子一梗，到時讓所有人面臨一個尷尬的局面。

「那就太好了，只要你出面，清兒就再沒有理由拒絕了。」溫氏拍手道。想了想，又不好意思地道：「只是這樣太委屈你了。」伸手從手腕上擼下一支晶瑩剔透的鐲子，抓起清風的手，套在她的手腕上，「你來這麼久了，我也沒送你什麼好東西，這鐲子送給你，權當是我的一點心意。」

看著溫氏滿意而去的背影，清風苦澀之餘，也不禁感到一陣甜蜜，從溫氏那裡證明了自己在李清心目中的地位。

「原來未來的大婦是一位公主啊！」她喃喃地道，用力握緊了拳頭。

李清完全沒有想到這樣的事，居然是清風來跟他說。

看著清風平靜的表情，彷彿在說一件與她不相關的事，他的心情一下子變壞了，早上本來還挺柔和的陽光照在身上，也似乎火燒火燎起來。

他盯著清風，想要探出她真實的心情，清風仰起臉，臉龐在陽光的映射下，柔和的線條顯露無遺，她坦然地看著李清，迎著李清逼人的目光，長長的睫毛下，水一般的眼波不含一絲雜質。

李清狠狠地將手裡的魚食丟進廊下的池塘，引來一大群覓食的魚兒爭搶，他轉身雙手緊緊地抓著迴廊欄杆，看著池面上層層波紋蕩開，將光線撕扯成一段一段。

「為什麼是你來跟我說？」

「將軍，自從林府一夜之後，清風便認命了，這是無可避免之事，對將軍而言，這也是必然之事。將軍的夫人絕不會是我這樣無名無分，來歷不明的女子。」清風幽幽的聲音傳來。

「命？從我來到這個世上的第一天起，我就從來沒有信過命。」李清冷笑：「如果信命，今天我們還會站在這裡嗎？我命由我不由天。」

清風不知道李清此言另有所指，以為他是有感而發，繼續勸道：

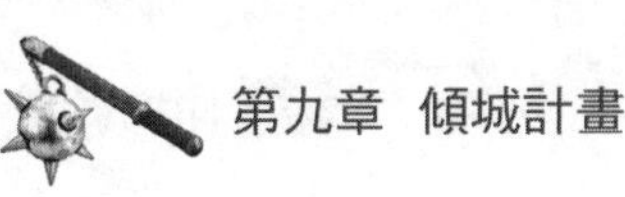

「將軍，命運雖然不可琢磨，但的確存在。或許你反抗過，或許你自認為改變過，但實際上，只不過是讓你在它的一條分支上繞行一段，最終還是要回到它的軌跡，所以，將軍，你現在又是侯府裡的小侯爺，而我，曾經努力地想變回林雲汐，終究只能是清風。這就是宿命。」

李清喘著粗氣，握著欄杆的手微微發抖，他不得不承認清風說得有道理，自己想要改變，竟然首先便要做到融入，清風不能做回雲汐，他就能做回李清麼？不，不行，當自己擁有了這副身體，卻有著另外一個思想的時候，便註定自己做不回原來的那個李清。

「既然不能改變，那只能笑著去接受。去努力地尋找自己的那一份快樂。」清風轉身回走，「將軍，不用擔心我，我曾經擁有過，曾經快樂過，即使這份擁有在以後將有人分去一些，但**曾經的快樂永遠不能被人奪去，那是完完整整屬於我的。**」

清風飄然離去，話語卻猶在耳邊響起。**這就是清風真正所想的麼？**李清看著她逐漸遠去的削瘦背影，胸口似有一團火在燃燒。

「大帥！」楊一刀躡手躡腳地走了過來，輕輕地道。

「什麼事？」李清儘量使自己的聲音顯得平緩，雖然沒有什麼事要瞞楊一刀的，但他也不願意自己的一切心事都袒露在這名心腹手下的面前。

「宮裡來人了，要大帥進宮。」

「這麼快？」李清道，旋即反應過來，肯定不是賜婚，如果是賜婚的話，那排場一定小不，「知道什麼事麼？」

楊一刀搖頭，「還是那個黃公公來，不過銀子塞了不少，這個老龜公就是只笑不說，只道大帥進了宮就知道了。」

「知道了，去告訴他，我更衣後就出來。」

皇城，乾清宮。

天啟皇帝看著面前一身勁裝的少女，無奈又有些溺愛地道：「傾傾，你是皇室公主，天天這麼身打扮，成何體統！」

傾城偏頭看著天啟，嬌笑道：「皇帝哥哥，為何不可？我大楚以武立國，自開國始祖以來，哪一位皇族不是上馬就是戰士？再說了，我可是為皇帝哥哥管著三千宮衛軍，整天與這些軍漢打交道，肯定成不了皇后和路貴妃那樣嬌滴滴的模樣。我現在這個樣子啊，倒有一大半得怪在皇帝哥哥你的身上。」

天啟不由苦笑，這個妹妹與他差了二十歲，打小自己便寵慣了她，想幹什麼

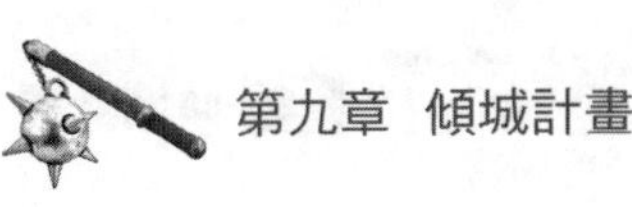

都隨她的意，竟然養成了這麼一個天不怕地不怕的個性，不愛紅妝愛武裝，整日操刀弄槍。待得長大後，居然練就了一身的好功夫，執掌宮衛軍，也將其打理得井井有條。別看李清的定州軍將御林軍打得落花流水，如果碰上了小妹的宮衛軍，多半討不了好。

宮衛軍是皇宮最後一道屏障，每一位宮衛軍的選拔不僅比御林軍更加嚴格，而且要經過職方司的全方位調查，每一個都在職方司有著詳細的檔案，確認沒有問題後才能入選。

上一任宮衛軍統領，自己的皇叔離世前，親手將宮衛軍統領大印交給了傾城，天啟只能無奈地承認這樣一個事實，這個妹妹的確是個天生兵頭。

傾城公主雖然名為傾城，但其實長得並非傾國傾城，卻另有一股這個時代女子所極缺的那種英氣，長年的習武練兵生涯讓她的皮膚有些黑，雖然皇室有許多外邊無法比擬的保養秘方，仍不能完全掩蓋痕跡。

也因為整天與大兵打交道，她的性格也顯得很是豪爽跳脫，說話毫不拖泥帶水，極為乾脆俐落，且語速極快，猶如珠落玉盤，倒是頗為好聽。

看著妹妹，天啟略略有些傷感，「傾傾，你多大了？」

傾城歪著頭，有些疑惑地看著天啟：「皇帝哥哥，你今天是怎麼啦，有些怪怪的。我多大你能不知道麼？快要二十啦！」

「是呀，快要二十啦！傾傾，別家女兒在你這個年紀早就出嫁為人婦了，你卻還是這麼不著調。」

傾城警惕地看了眼天啟：「皇帝哥哥，你說這話是什麼意思？難不成要趕我出門了？」

天啟一笑：「女孩家總是要嫁人的，我給你找了一個好男人。」

「好男人！」傾城誇張地作了個手勢，「皇帝哥哥，京城裡哪家少年郎我不知道，有什麼出色的？一個個都以為自己貌比潘安，才如宋玉，其實都是一堆渣。」

天啟不悅地道：「你怎麼這麼說話！京城之中俊才頗多，哪裡有你說得那麼不堪，比方如蕭天賜就不錯嘛，長得挺不錯，一身武藝也是難尋對手。」

傾城哧的一笑：「皇帝哥哥，你說的是那個被定州野人一口咬去了腮幫子一塊肉的那個蕭天賜麼？原來可能長得不錯，現在嘛，只怕就有些猙獰了。」

天啟不由得也好笑起來，依稀記得前些天見著蕭天賜，臉上果然留下了一塊疤痕。

「嗯，傾城，你知道這一次我給你找的是誰嗎？」他賣了個關子。

傾城變色道：「皇帝哥哥，你真的要將我嫁出去嗎？」

「男大當婚，女大當嫁，你都快二十了，哥哥怎麼能老將你圈在宮中，實話跟你說吧，我這次賜婚的是定州李清，剛剛二十一歲，與你年齡相仿，更重要的是才能非凡，功勳卓著，年紀輕輕便已掌控定州，手握重兵，而且手下盡皆強兵悍將。」

傾城一下子沉默了。她性子豪爽，不代表她的心思不細膩，相反，她立即從哥哥這短短的幾句話中嗅出了**濃濃的政治氣息，年紀輕不是重點，有才能不是重點，重要的是李清掌控定州，又是世家子弟，且手握重兵，舉手投足之間，都能對大楚形成影響**。

這便是皇族女子的命運，任你才能再高，都逃脫不了一樁給你安排好的婚姻，一切都得為了皇室的利益，雖然傾城一直都有心理準備，但真到了這一刻，她還是有些彷徨。

「皇帝哥哥，我……」

她剛想說什麼，天啟立刻打斷了她的話，「傾傾，這件事我已經決定了，而且已知會了李家，很快便要賜婚了。」

傾城微微一笑：「皇帝哥哥，我知道，但我想在賜婚之前見見那個李清，行嗎？」

「這於禮不合，傾傾，你不是尋常人家女兒，這成何體統啊，李氏是大家族，不能輕慢。」天啟不滿地道。

「皇帝哥哥，我答應這樁婚事，但請你答應我這個請求，好嗎？」傾城固執地道。

天啟頭痛地看著傾城，他太瞭解這個妹妹，如果不答應她，她一定會自己想辦法，那說不定會搞出更大的麻煩。

「好吧，我召他進宮，你悄悄地見他。」

「為什麼要悄悄地？」傾城忽地調皮地一笑，「皇帝哥哥，你讓他到皇城校場上去，我在那裡見他。放心吧，我不會讓他知道我是誰的。」

天啟警覺地看了一眼傾城，「你想幹什麼？」

傾城眉毛一揚，「想做我傾城的夫婿，總得要有幾分真本事才行。」

天啟哭笑不得，「傾傾，這李清是屍山血海中廝殺出來的，他從一介小兵當到一州將軍，沒有本事怎麼可能，你……」

「耳聽為虛，眼見為實！」傾城轉著眼珠道。

因著乾清宮兄妹二人的這段對話，才有了李清莫名被召進宮的事。

傾城已在皇城校場上等著她未來的丈夫，不過她的打扮卻著實有些嚇人，全身披掛的她完全掩藏在厚實的鐵甲裡，手裡提著一柄鐵槍，高大的汗血寶馬也是全身披甲，馬頭上還挑著一個尖角。

在黃公公的帶領下，李清進了皇城，卻發現不是向皇帝日常起居的乾清宮方向，也不是奔太和殿中和殿而去，反而是朝著皇城校場走，不由奇怪地問道：「黃公公，怎麼今天皇上在校場召見我麼？」

黃公公露出一個似笑非笑的神情，「李將軍不要為難咱家了，到了就知道了。」

死太監！李清心裡狠狠罵了一句。

轉眼到了校場入口，黃公公一指轅門，道：「李將軍，您請，咱家就不能相陪了。」

李清眉毛一挑，隱約覺得有什麼不好的事要發生，卻又摸不著頭緒，難不成是天啟想要幹掉自己吧？不過這個笑話太無厘頭了。

懶得再與黃公公說話，李清打馬便向校場內走去，天啟皇帝葫蘆裡賣的什麼藥，一會兒倒出來便知道了。

走進轅門，李清便呆住了，偌大的皇城校場上，孤零零地站著一架人形坦克，這是李清的第一印象，比他的座騎高上整整一頭的高大戰馬全身披甲，馱著一個連腦袋都被罩住的騎士，手裡提著一把黑沉沉的長槍，看見李清進來，那在陽光下閃著寒光的槍尖緩緩提起，指向自己。

胯下的坐騎開始興奮起來，這匹跟隨著李清久經戰場的駿馬絲毫不畏懼對面這個個頭比牠大得多的黑沉沉的傢伙，前蹄不斷地刨著地面，打著響鼻，久違的衝刺在牠的身體裡發酵醞釀。

要不是感覺到李清挽著馬韁的手沒有絲毫的鬆動，腹上也沒有感受到那命令自己衝鋒的輕叩，牠便要箭一般的直奔過去，把對面那個怪模怪樣的傢伙狠狠掀翻在地，再踢上幾蹄。

李清感覺到了危險，作為一名久經沙場的戰士，能清晰地感受到對面騎士那若有似無的殺意，但此時的自己手無寸鐵，隨身的鋼刀在進入皇城時就交給了城門守衛，赤手空拳的他眼珠亂轉，尋思著對策。

單挑？對面這傢伙的裝備是標準的宮衛軍制式裝備，也只有人數不過三千且直屬皇室的宮衛軍，才能這麼不惜本錢的為他們裝備這麼變態的東西。重裝鐵騎，李清夢寐以求卻只能望而興嘆的好東西。

自己先前挑翻了御林軍，這些宮衛軍不服氣？李清想道，但能讓皇帝將自己誘進宮來，以便實施報復的宮衛軍將領只可能有一個人，就是那個即將成為自己未來老婆的傾城。

李清瞬間想明白了事情的前因後果。奶奶的，便是要單挑，也要事前講明，讓自己做好相應的準備，光明正大地來一場較量，現在這樣算什麼？準備痛毆自己？

李清扁扁嘴，菜鳥與老鳥的差距，便是在戰場上對危險的敏銳嗅覺，如果這是一場生死搏殺，自己現在就該轉身便跑，雖然掉面子，但總比沒命要好，但既然不過是一場較技而已，對方不會殺自己，那又做另外一講了，他只是有些好奇對方的身分，看著包裹在鐵甲之下的身軀並不高大，想來是個小個子。

李清輕輕叩擊馬腹，戰馬開始向前小跑，筆直地迎向對面的鐵甲騎士，對面的人顯然有些遲疑，因為現在的李清赤手空拳，但旋即便為李清的不屑所激怒，一夾馬腹，那鐵甲馬四蹄蹬地，瞬間加速，向李清衝來。

好馬！李清暗讚一聲，如此快的加速，即便是自己這匹精選出來的戰馬也不及。

不需提醒，胯下的戰馬也開始加速，兩馬沿著一條直線，瘋狂突進。

傾城很是憤怒，她將李清引到這裡來，一是想與這位聲名鵲起的後起名將較量較量，最好是打敗他，免得他日後小覷了自己，二來也是想見他一面，看一看李清的相貌，雖然皇室女子無法計較自己未來夫婿的容貌，即便李清醜陋至極，皇帝一旦下決心，她也不得不嫁。

這種政治聯姻根本不可能討價還價，但女兒家總是希望自己的郎君才貌雙全，初見李清，傾城倒是非常滿意，雖然談不上英俊，卻也相貌端正，英氣逼人，騎在馬上，雖沒有說一句話，也沒有做出任何一個動作，但一股久經沙場的名將氣勢卻是掩飾不住，這種氣質是那些沒有一些特殊經歷的人無法擁有的。

但李清臉上那種狂妄不羈的笑容卻讓她不得不怒，拋開自己的身分不談，當然對面的他也可能不知道是自己，但宮衛軍的特殊身分他不會不清楚，這種不屑不僅是對宮衛軍的不屑，也是對皇室的不屑。

傾城的怒火瞬間發作，決定要好好給李清一個教訓，催動馬匹便開始進攻，至於李清是不是赤手空拳，這不在她的考慮範圍之內，公主要教訓你，沒有讓你下馬趴在地上，老老實實地挨揍，已是很給你面子了，但她卻沒有想過，她這樣的全副武裝，真要將李清打倒，也不知道李清還有沒有命在。

兩馬迅速接近，單手持槍的傾城伏下身子，整個人與戰馬合為一體，滾滾而來，當然，僅存的一絲理智讓她的長槍瞄準的是李清的馬頭，她要將她的馬刺翻，讓李清狼狽不堪地摔下來。

李清死死地盯著對方的槍尖，心裡默默地數著數，一，二，三，就是現在！他左手輕輕一牽，與他心意相通的戰馬在兩馬相撞的瞬間忽地轉向，繞了一個小弧圈，旋即又兜了回來。

便是這輕輕一閃，兩人由對面相向變成了傾城在前，李清在後，場上的局面居然變成了李清在銜尾急追了。

不要小看李清剛剛看似一個很簡單的小弧圈，高速奔馳的戰馬進行這樣的突然轉向是非常危險的，若非馬上騎士與戰馬的心意相通、長期配合，沒有戰馬的強悍和騎士高超的控馬技巧，根本不可能完成。

傾城眼前一花，已沒了李清的蹤影，不由大駭，旋即耳中聽到急驟的馬蹄聲在身後響起，回頭後看，大驚失色，李清居然緊跟在自己身後，馬頭幾乎要趕上自己的馬尾了。

其實這場單挑，至此已是勝負分明，如果李清手中有一把長槍，早就將傾城挑翻馬下，哪裡還輪得到她在前面好整以暇，李清也等著對方開口認輸便停馬不追，既然對方來單挑自己，想必身分也不會低，總不會耍賴吧？

但李清沒有想到的是，在他的前面正惶惶策馬奔逃的卻是皇室驕女，傾城公主，滿腔信心而來，一招便即落敗，霎時間公主脾氣發作，就是不投降，看你能怎樣？你的馬有我的馬好？你的馬有我的馬有耐力，只要你趕不上我，你赤手空拳能奈我何？

兩人一前一後，一逃一追，眨眼間便繞著校場奔了三四個圈子，此時，校場邊上的看臺上已多了一群人，是一群太監簇擁著天啟皇帝與皇后娘娘，以及最受寵的路貴妃，她們是聽說傾城前來單挑李清，特意抓著皇帝來看熱鬧的。

但他們錯過了最精彩的兩人對決，等他們來的時候，已變成了一追一逃的局面，天啟皇帝、向皇后、路貴妃和一眾太監宮女都看得目瞪口呆，路貴妃掩口而笑，「陛下，你確定是傾傾來挑戰李清麼？怎麼看起來不像啊？」

兩匹馬跑得校場上煙霧騰騰，李清的火氣也漸漸地升了起來，見過耍賴的，沒見過這麼耍賴的，仗著自己馬好，我拿你沒辦法是吧？嘿嘿，當真是戰場菜鳥，你這馬再好，披上了鐵甲，再馱著你這麼個鐵疙瘩，要是能跑得過我的馬，那我李清將名字倒過來寫！老子這馬看著沒你的馬雄偉，可也是從草原上那麼多馬中挑出來的，便算差，又能差到哪裡去。

兩人咬著牙，都拼命催馬奔跑，傾城想仗著馬速躲過對方的追擊，只要能轉過身來，便可以給這討厭的傢伙狠狠的一擊，奈何李清不但馬術極精，胯下戰馬更是少見的良駒，不論傾城如何想法，總是緊緊地跟在身後。

又跑了幾圈，傾城已是覺得有些不妙了，自己的戰馬已發出了喘息聲，回頭看時，對方先前被稍微拉開的一點距離正在漸漸縮小。

其實兩匹馬繞著校場奔了數十圈後，都已有些疲累，這可是一直在加速狂奔啊，換作一般的馬，早趴下了，此時速度也開始在漸漸降低。

就是現在！李清一拍馬頭，胯下的戰馬興奮地猛一探頭，張嘴便咬住了前面那個鐵傢伙的尾巴，用力一甩。

傾城的戰馬吃痛，長嘶一聲，人立而起，傾城大驚，雙手猛的抓住馬脖子，免得被摔下來，身後的李清哈哈大笑，催馬向前，兩馬交錯的一瞬間，他飛身躍起，落在傾城的馬上，從身後兩臂一環，牢牢地將她抱住，發一聲喊，便將她從馬上扭了下來，砰的一聲摔到地上。

李清跟著躍下，毫不客氣地跨坐在這個鐵甲傢伙身上，喀的一聲將她的兩隻手扭了過來，按住笑道：「服了沒？」

臺上看著這詭異的一幕，向皇后與路貴妃情不自禁地驚呼一聲，而後趕緊用手捂住自己的嘴巴。

傾城又羞又惱，雖然隔著厚厚的鐵甲，但被一個男子這麼騎坐在身上，那滋味可就有些不好受了。

「放手！」她怒喝。

「女人？」李清一怔，隔著鐵面具，聲音聽起來悶聲悶氣，有些變調。

「是太監吧？奇怪，宮衛軍裡也有太監？」騰出一隻手，將傾城被按在地上的頭轉過來，伸手一拉護臉甲具，一張紅得如同熟透的蘋果一般的臉龐立時便呈現在李清的面前，再加上一對噴火的眼睛。

「真是女人？」李清當場石化。

「快放手，大膽，那是傾城公主！」看臺下好幾名太監宮女向這邊跑邊放聲大叫。

李清恍神道：「傾城公主？」

傾城不作聲，只是恨恨地盯著他，李清這才意識到自己還騎坐在對方身上，騰地一下跳了起來，尷尬地轉過頭，卻看到看臺上天啟等人嘴巴張得可以塞進一個鴨蛋。

「傾城？我即將被賜婚的妻子？」李清打了個寒噤，貌似是個母老虎啊！

八月的天氣是酷熱的，但比天氣更熱的，是桔香街上的威遠侯府。

皇帝賜婚的聖旨今天終於到了威遠侯府，作為天啟皇帝最小，也是最為寵愛的一個妹妹，傳旨的規格也是最高的，不是由某個太監捧著聖旨，而是由當今皇帝的皇叔，至今仍掌控著宗府大權的韓王帶著龐大的儀仗隊，一路招搖而來。

李氏頭面人齊聚威遠侯府，恭迎著這位頭髮鬍子皆已蒼白，卻仍是精神矍鑠的韓老王爺，跪在地上聽著那不知什麼時候才能念完的駢四儷六，華麗異常又讓一般人無法聽懂的賜婚詔書，李清的心裡卻殊無半分歡喜和榮耀。

這是一樁赤裸裸的政治聯姻，皇室需要李氏宗族的支持，更需要李清手裡掌握著的邊關重兵，而李家卻需要皇室宗親的身分，以便能更快地積蓄力量，雙方一拍即合，恐怕那位看起來很凶很有個性的傾城公主也快樂不起來吧，李清心裡暗想。

想到傾城，李清心底不由又浮起另一個女人的身影，在聖旨到來之前，楊一刀告訴自己，清風帶著鍾靜出門了，說是要去安排一些事，但李清知道，她只是單純的想躲出去，在這個時候，她一定覺得自己在這裡是多餘甚至是不合時宜的。

想到清風出門時那寂寥的背影，黯淡的神情，李清的心裡不由有些心痛。

待得韓王終於念到「欽此」二字時，跪了一院子的人已是滿身大汗，如蒙大赦，待韓王扶起最前排的安國公李懷遠時，眾人便紛紛爬了起來，一時間，李清的耳邊充斥著恭喜的道賀聲。

韓王笑吟吟地走到李清面前，欣賞地上上下下地打量了他一番，讚道：「陛下慧眼識珠，也只有李將軍這樣的青年才俊，方才配得上我那傾城侄女，這可真是郎才女貌，天作之合啊！哈哈哈！」

李清一陣暴汗，貌似那傾城一身功夫倒是上上之選，但這貌嘛！倒是有愧她這傾城的名字，只能算得上英慧二字。但願她的脾氣還溫柔，不過想到她竟然在賜婚前誘未來的夫君前去校場單挑，李清便不抱太大的希望。

「傾城有一句話讓我帶給李將軍！」韓王笑嘻嘻地道。

李清愕然，這算什麼？好像於禮不合啊，特別是像皇室這種將禮數講究得極致的家族，怎麼會突兀地來上這麼一句。

韓王卻像是沒有看到李清的詫異之色，接著道：「我那傾城侄女道，李將軍的勇武她算是見識了，但要想真正娶到她，需要將軍拿出一件聘禮。」

安國公在一邊笑道：「聘禮我們早就準備好了，只是不知傾城公主想要的是什麼？」

給皇室的聘禮當然不能隨便，李氏早在得知賜婚的確切消息後，便開始忙活，整整一百二十八樣的聘禮，已是創下大楚聘禮之最了。

「你們李家的聘禮那是給皇室的，傾城想要的卻是李將軍送給她的。」韓王一笑。

「那是什麼？」安國公納悶地道。

「李將軍，你曾在皇上面前說過，三年內平定草原，傾城要的便是這個，她要你將這個承諾作為給她的聘禮，三年後，草原平定，報捷之時，便是傾城下嫁於你之日，如何？」

聽到這出人意料的要求，周圍的人都有些傻眼，李清卻反而輕鬆下來，這麼說來，至少在三年內，自己也不用迎娶這位傾城公主了。真要他馬上迎娶一個素不相識的女子，他的心裡也很彆扭，如此倒是正合他意了。

他抱拳道：「還請王爺轉告傾城公主，三年後，我將拿著草原的人丁冊和地域圖來迎娶她。」

韓王大笑，「好氣魄，本王自愧不如。安國公，你有一個好孫子啊，哈哈！」看著安國公，韓王促狹地一笑，眼下京城誰人不知威遠侯府裡的那點事，只不過顧著顏面，沒人當面說穿罷了。

安國公不滿地掃了眼李清，「小子不知天高地厚。」心裡卻道李清這下將話說滿，將來萬一做不到，可就失信於天下人了，今天來府裡賀喜的人都是宗族世家，當朝權貴，李清這話用不了幾天便會傳遍天下，到時只怕徒留笑柄，不好下臺。

「王爺，府裡已備下酒宴，今天一定要不醉不歸！」安國公將韓王向大廳裡讓。

「酒自然是要叨擾幾杯，不過今兒不能喝多，本王還得回宮覆命呢，改日我去國公府，咱們好好地喝上幾杯。」

威遠侯府中沸反盈天，熱鬧異常，在與桔香街隔著幾條街的一間僻靜小院裡，清風端坐於葡萄架下，石桌上擺放著幾碟小菜，兩壺酒，她的對面，胡東局促地坐著，不安地看著臉色有些蒼白的清風。

院子不大，但很幽靜，葡萄架綠葉蔥蔥，雖然陽光正烈，也只有幾線陽光透過枝葉灑射下來，徐徐的微風吹過，十分舒服。與外面的酷熱相比，這裡倒像是一處世外桃園。

「鍾靜，你也過來，陪我一起喝幾杯吧！」清風招呼道，將三個酒杯倒滿酒。鍾靜走過來，坐下看著清風。

「司長，還是換上冰鎮的果子酒吧，這酒太烈了！」胡東小心地道。這個小院是統計調查司在京城裡設的一個秘密聯絡點，今天他突然被召來，還以為有什麼重要的事，想不到居然是陪清風喝酒。

「不！」清風斷然拒絕，「今天是高興的日子，將軍成了皇室駙馬，定州必將實力大漲，以後做起事情來也會更順風順水，只有此等烈酒，方能以賀。」

胡東將求救的目光看向鍾靜，但鍾靜卻毫無表示，端起酒杯，一飲而盡。

清風噗哧一笑，對胡東道：「胡東，看你平日倒豪爽大氣，想不到今天比個娘們也不如，來，乾了！」端起酒杯，舉到胡東面前。

兩人一碰，清風舉杯便向嘴裡倒，喝了不到一口，便嗆得大咳起來。

「小姐，你想哭就大哭一場吧！這樣興許心裡會好受一些！」鍾靜緩緩地道。

「我為什麼要哭？」清風咳嗽稍平，反問道，將剩餘的酒全倒進嘴裡，仰頭吞了下去。

這一瞬間，胡東卻看見兩顆晶瑩的淚珠滾落下來，趕緊轉過頭去，看向一邊。

鍾靜搖搖頭，既然如此，反倒不如讓清風就此醉了，將幾人杯子添滿，清風卻不肯再飲，將酒杯推到一邊，神色也似乎在這一瞬間平靜下來，恍若無事般地問胡東道：「你的事情怎麼樣了？」

胡東啊了一聲，一時沒有反應過來，呆呆地看著清風。

清風惱怒道：「交代給你的事辦得怎麼樣了，這麼多天，不會沒有一點進展吧？」

胡東這才省悟，忙道：「司長交代的事，胡東哪裡會不用心去做，您就放心吧，進展很順利，我已將從定州來的弟兄順利地安插進來，用不了多久，我就能掌管飛鷹幫的大權，進而開始司長您的計畫。」

「嗯！」清風點點頭，「頭一年裡，司裡會給你財力上的支持，但從第二年開始，你便要自力更生，而且還要有餘力支持謝科那邊，我想他那裡會是一個無底洞，需要大量的銀錢支援，不管他要多少，只要是公事，你都要大力支持。」

胡東點頭：「我明白，司長，我準備站穩腳跟後，先從賭場等地方下手，這些地方來錢快，接著便開始滲透青樓，在這個過程中，逐漸掌控地下勢力的發言權。最後，開始向低層官吏滲透。我發現，洛陽的底層官吏們生活也很清苦，只要肯使銀子，這些人說不定會給我們帶來大幫助。」

「你能想到這一點，我很高興！」清風緩緩道：「三年內，我們的工作重心將在草原上，但你這裡將是三年後的重點，在這三年裡，你一定要做到完全掌握洛陽的地下勢力，讓他們為我所用。」

「司長放心，胡東得蒙司長看重委以重任，定然竭盡全力，死而後已。」

「死而後已？」清風冷笑道：「我將這副重擔壓在你的肩上，可不僅僅是死而後已便能了結的，即便你死了，也要將事情給我做好。」

胡東悚然道：「司長，胡東明白了。」

「洛陽的水很深，地下勢力縱橫交錯，大楚各大實力派肯定都會有滲透之人，你做事一定要小心，不要輕易露出底牌，即便是對暗影，也要留個心眼。有什麼事難以決斷，又不能聯繫上我的話，不妨去找謝科商量，他是讀書人，有心機，有城府。不過你們二人要儘量少聯繫。」

「三年後，如你做得好，我就調你回統計調查司，一個副司長的位子少不了你的。」清風向後仰靠在椅背上，允諾道。

「多謝司長栽培！」胡東又驚又喜，統計調查司位雖不高，但權力極大，能做到副司長的位子話，已可位列定州系統的核心層了。

「好了，你去吧，用心做事，將軍不會虧了你，我也不會虧了你的。」

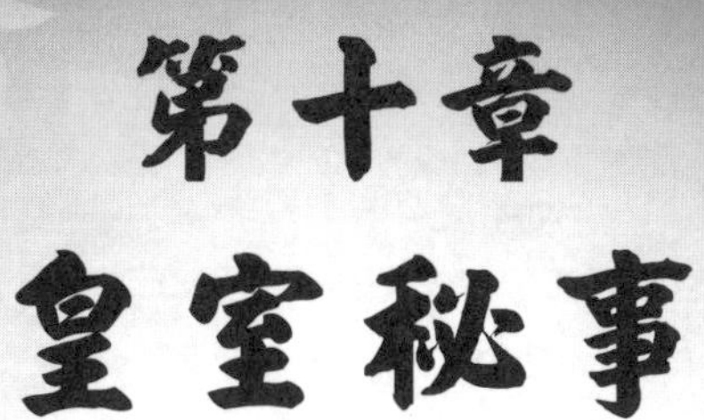

第十章
皇室秘事

「紀師爺，京裡來信說李清與傾城打了一架，哈哈哈，笑死人了，那個丫頭這一次吃了一個悶虧，卻說不出口，哈哈哈！」

紀師爺又擦了一把汗，這些皇室秘事還是少知道為妙，不過大帥自稱是李清的叔，倒不知李清認不認。

定州上林里。

這座原先草原蠻族的前進基地已是模樣大變，簡易的木柵城牆被摒棄，取而代之的是夯土為牆，外包石條和青磚，高達十數米的雄城，雖然比不上定州城的高大雄偉，但獨特的稜堡設計，使它完完全全的是一座強悍的軍事堡壘。

上林里便像是一根尖刺，深深地扎進草原的咽喉裡，令巴雅爾骨哽在喉，寢食難安。

上林里主城已基本完工，一些輔助設施正在緊張地安裝，城外，衛堡已正式動工，忙碌的民夫螞蟻般地搬運著各種物資。

上林里衛堡的設計比之撫遠有了很大的改進，由於是新建，李清當時在設計時便為衛堡與主城之間設計了地下通道，在衛堡內，有一條暗道直通主城，這樣，戰事一旦爆發，主城與衛堡之間就可以進行有效地互相支援，必要的兵力調動，而不像撫遠城，仗一打起來，衛堡便成了孤島。

更周邊，一些圍屋已有了一個基本的雛形，這些初期的圍屋，定州官府免費提供材料，卻需要前來屯墾的百姓自己建設，官府只提供技師進行建設指導，雖然初期投入較大，但較之以後的收益，還是有不少的定州百姓、外來流民踴躍前來，呼朋喚友，幹得熱火朝天。

特別是外州湧入定州的流民，對土地的渴望讓他們毫不在乎可能面臨的危險，而且現在的屯墾點就在上林里的眼皮底下，數萬上林里駐軍讓他們獲得了極大的安全感，更何況剛剛的定州大捷也讓他們吃了一顆定心丸，對這些人來說，草原蠻族的凶狠對他們而言尚沒有切膚之痛，不比定州本地百姓，一朝被蛇咬，十年怕井繩。

主城上，尚海波撫摸著牆上的稜垛，這些垛碟前伸突出，探出了城牆主體，懸空伸在城外，感嘆地道：「大帥真是不知道從哪裡學來這些建城本領，你瞧瞧，便是這樣一個簡單的改變，便給攻城者造成了極大的麻煩，登城作戰將會有更大的損耗。」

呂大臨深有同感，作為主持建這座城池的人，更作為一名沙場老將自己的心得體會，感觸地道：「尚先生說得不錯，這座城如果物資充足，將會成為敵人的噩夢，至少在草原上，蠻子沒有任何辦法可以撼動上林里。有了它，我們退可保定州無虞，進可攻入草原腹地，戰略主動，盡操我手。每每想到這一點，我不得不佩服當初大帥定下謀奪上林里時的深謀遠慮。現在想想，有了上林里，大帥三年平定草原的計畫，當真有幾分實現的可能。」

尚海波哈哈一笑：「不是有可能，而是一定會，大臨，昨日洛陽傳來訊息，

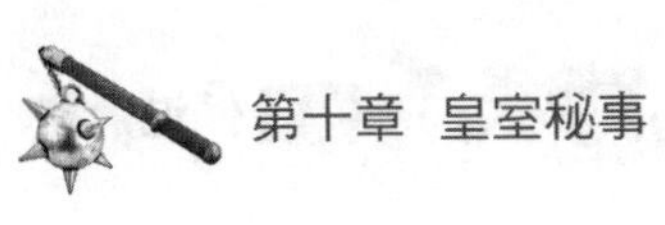

大帥已被招為駙馬了，你道許給將軍的公主是誰？」

呂大臨又驚又喜，「當真？大帥被招為駙馬，這對定州可大有益處啊！卻不知是那位公主？」

尚海波嘴唇抿緊，微微下拉，道：「大楚風雨飄搖，雖然搖搖欲墜，但數百年的皇朝底蘊仍然積聚著不可小視的實力，眼下，的確對我們有極大的助力，馬上，定州將會迎來萬餘名工匠移民，這可是皇帝陛下給我們定州的第一批福利，我想以後還能要到更多的東西。但再往後……」尚海波搖搖頭，「可就說不定了。」

呂大臨不由被尚海波語中未盡之意嚇了一跳，尚海波的意思很明顯了。

「皇帝陛下這一次將傾城公主許給大帥為妻，也算是下足了本錢。」尚海波道。

「傾城公主？宮衛軍統領？」呂大臨詫異地道。作為一名老將，對於宮衛軍他自是早有耳聞，清一色的勁裝鐵騎是所有部隊的噩夢，而作為宮衛軍統領，傾城自然不會是一個花瓶擺設。

「如果宮衛軍在這裡，只怕連巴雅爾的龍嘯也要退避三舍，那支部隊簡直就是一群惡魔。」呂大臨嘆道。

尚海波哈哈一笑，「呂將軍，不要高看了這些宮衛軍，這麼一支部隊或許在小範圍內能不斷地取得勝利，但於大戰略方面，又能有多少幫助?!」

呂大臨一笑：「尚先生說得極是，不過作為一名騎兵將領，統領這樣的一支部隊，那可是作夢都要笑醒的事啊！」

兩人調侃幾句，又將話題轉了回來。

「我的哨探已放出近百里，巴雅爾終於有動作了。」呂大臨道：「蠻族青紅兩部已出現在百里開外，開始紮下營寨，對上林里形成了犄角之勢，以迫使上林里不能向草原腹地滲入。看來在以後很長的日子裡，這方圓百里便將成為兩族的戰場了。」

「青紅兩部？」尚海波反問。

「不錯，青部首領哈寧其，紅部首領阿巴斯，已將大帳移至百里外的落鳳坡，兩部雖未傾巢而至，但來的都是精銳啊，合計共有五萬帳近十五萬部民，除去後勤婦孺，至少可能集結七八萬精銳部隊，對我們而言，壓力很大啊。」

尚海小嘆道：「巴雅爾開始動手了。他籌謀已久的一統草原的計畫已正式進入實施階段了。」

「這話怎麼講？」呂大臨不解地道：「青紅兩部正面對壘我們，不是說明巴雅爾已讓出了東寇的主導權，而讓青部頂上了麼？我想巴雅爾在歷經上一次的失敗後，在蠻族中的威望已大受打擊，一定會受到各部的非議，這一次也是不得已而為之吧。」

尚海波搖頭：「白族在撫遠雖然失敗，但根本沒有動搖其根本，巴雅爾的龍嘯，虎赫的狼奔，絲毫沒有受到損失，而這兩軍才是巴雅爾威震草原的力量所在。借助這一次的失敗，巴雅爾讓青部出頭，是在借我們的手打擊青部啊。」

「大臨你想想，草原上，除了白部，最有可能得到大單于寶座的便是青部哈寧其，但青部雖然人口眾多，但論起士卒精銳，又哪裡比得上龍嘯和狼奔？兩戰之後，巴雅爾想必對我們定州軍已有了足夠的認識，那麼讓野心勃勃的哈寧其頂上來，與我們打上幾仗，青部實力大損之後，還能阻撓巴雅爾的大計麼？恐怕現在的哈寧其還蒙在鼓中，正做著擊敗我們，挾獲勝之威，逼迫巴雅爾讓出大單于之位呢！」

呂大臨悚然動容，「有理，虎赫的狼奔已從蔥嶺關外開始集結返回，很快便可回到白族王庭，難道那時便是巴雅爾動手之時？」

「巴雅爾肯定會在今年逼著濟格對我們動手，促使兩家打起來，但他收拾草原恐怕要等到明年夏秋，虎赫的狼奔在蔥嶺關外對壘室韋人，壓力很大，損失不小，這一次回來後，恐怕需要一定的時間修整補充。」

「那尚先生，我們對青部是打還是不打？」呂大臨道。

「打，當然要打！」尚海波詭譎一笑，「即便我們不打，哈寧其也是要打的，但我們既要打敗他，又不能將他打得太痛。要讓他仍有足夠的實力應對巴雅爾的威脅，到時他必然首鼠兩端，這個時候，我們再在中間摻點料，以期收穫最大的利益。」

尚海波眼中閃著光芒，「大臨，我們最為凌厲的攻勢不會從上林里發起，而**是來自遙遠的西方**，到那個時候，便是我們一舉解決草原問題的時候。」

「所以，這一兩年內，我們定州的策略便是軍事上穩守反擊，外交上縱橫離間，民生上富民強州，蓄積力量，三年內，我們將組建一支超過十萬人的軍隊，對草原實施最後一擊。」

「西方？」呂大臨倒吸一口涼氣，「您是說室韋人？」

尚海波點頭，「已經開始實施了，這是最為完美的計畫，當然，實施起來有很大的難度，如果此策失敗，大臨，那便要靠我們自己了。」

呂大臨用力點頭。十萬部隊橫掃草原，他不由得開始憧憬起那壯觀的景象。

八月底，已是驕陽似火，火辣辣的日頭狂暴地傾瀉著熱量，似乎想把一切都蒸化，鋪著碎石子的道路發出一股焦味，行走的路人汗滴傾下，發出微不可聞的哧哧聲，傾刻間便不見了蹤影。

這種酷暑，不要說人，便是狗也都吐著舌頭，蔫頭搭腦地伏在樹蔭下，看見有人過來，抬頭有氣無力地叫上幾聲，便又懶懶地趴下。

就在這樣的天氣裡，定州信陽縣的縣令駱道明卻穿著全套的官袍，率領著縣裡的一眾官員和士紳，恭敬地在立在路邊樹蔭下翹首以盼。

天氣是如此的熱，以致每一個人都是汗濕袍服，一個個都像剛從水裡打撈出來，但饒是如此，沒有一個人袒衣露腹，以圖涼快。

今天對他們而言是一個很重要的日子，定州大帥，當朝駙馬李清從洛陽回轉定州，決定在回程中要巡查信陽縣。

這讓駱道明很是緊張，信陽縣雖是定州下屬一個縣，但由於距邊境較遠，還沒有受過蠻族侵襲，更因為它與復州交連，是定州交通復州的要道，富庶繁華便是連定州首府定州城也瞠乎其後，接到李清要來巡視的公文後，駱道明立即召集官員，反覆確認本縣沒有什麼可以讓李清查出問題的地方，又將一些士紳召集起來，一番嚴厲的訓話，將有可能的苗頭都掐滅之後，方才放下心來。

駱道明自認為自己在信陽做得還挺不錯的，不但吏治清明，百姓安居樂業，而且每年上繳給州裡的稅銀，信陽也是高居全州之冠，雖然如此，但他仍很擔心，因為自己不是李大帥的嫡系，而是前任蕭大帥提拔起來的，雖然李大帥上任後，在上一次的人事調整中並沒有涉及到自己，但駱道明相信，這樣的一個好地方，如果讓李清發現了什麼問題，他一定會非常樂意地將自己扒到一邊，換上他自己的心腹。

這一次李清從京城返回，沒有直接回定州，而是繞了一個圈到信陽，這更加劇了他的擔心，李清來這裡做什麼呢？駱道明便在這樣七上八下，患得患失的心情中等待著李清的到來。

遠處有人打馬飛奔而來，駱道明振奮心情，那是前去打探的衙差回來了，看來李清的車駕離這裡不遠了。

果然，那衙差一躍下馬，一路小跑著來到他面前後，拱手道：「大人，大帥的隊伍馬上就到了。」

眾人聽到這話，紛紛從樹蔭下走了出來，整頓衣冠，束手而立，隨即，眼中便出現了大批的馬隊，濺起團團煙塵，直向這邊而來。

天氣太熱，李清只穿了件便衣，踏馬而行，他身後，楊一刀和隨行的親衛們卻都穿戴嚴整，頂盔著甲。

雖然這時節穿著鐵甲在日頭下行軍，著實是件受大罪的事情，但楊一刀卻不允許親衛們有解盔納晾的動作，即便是李清發了話，也讓他給頂了回來。自從吃了尚海波的板子後，楊一刀不允許自己出現一絲一毫的錯誤。

清風坐在馬車裡，不過馬車四周的簾子卻揭了去，與李清一樣，一張臉上也是淌滿了汗水，臉龐通紅。眾人看到前面迎接的人群，都是鬆了一口氣，終於要到了。

「信陽縣令駱道明率盍縣官吏士紳，恭迎大帥。」駱道明深深地彎腰行禮，身後各人也都隨之行禮。

李清哈哈大笑著躍下馬來，隨手拉起駱道明，「駱縣令和大夥都別多禮，這鬼天氣，熱得令人發慌，虧得你們還在太陽底下等著我，這不是找罪受麼！」

駱道明道：「大帥來到敝縣，是敝縣的榮幸，別說現在只是一點太陽，便是下刀子，大傢夥也得來迎接大帥啊！」

李清笑道：「駱縣令，這一路行來，信陽百縣安居樂業，富庶有加，可見你的確是一個能吏，想不到你拍馬屁的功夫也不錯啊，看你的樣子，像是剛剛從水裡撈出來的一般。」

駱道明微笑道：「能拍大帥的馬屁，也是一件很榮幸的事啊，有人想拍卻找不到門路呢！」

這句話讓眾人都笑了起來，便連不苟言笑的楊一刀也噗的一聲笑出來。

李清詫異地看了眼駱道明，這人不簡單，不但能做事，做人也是一等一的精明，三兩句話下來，不但讓自己對他產生好感，更是讓在場所有人都輕鬆不少。

「下官已在縣城備好酒菜，給將軍洗塵。」駱道明道。

「好，走吧，這天氣太熱，站在路邊，大夥兒都受罪，還是趕緊進城，找一個蔭涼所在，喝著冰鎮茶水，打著扇子納涼爽快。」

李清跳上馬，駱道明等人也趕緊上轎的上轎，上馬車的上馬車，在前面引路，一行人等向著信陽城奔去。

李清這一次來信陽，的確是一個幌子，他真正的目的地，是與信陽交界的復州，來信陽巡視只是掩眾人耳目罷了，茗煙早已在信陽等候著他，他籌謀已久的西聯室韋人的謀劃，茗煙已拿出了完整的行動計畫，這一次他來，便是要正式實施。

李清並沒有住進駱道明已打掃乾淨的縣衙，而是住進了信陽一個富豪崔義城的家中，這讓信陽的士紳們對崔義城分外眼熱，看這架勢，崔義城老早就和李清有聯繫，否則在今天的接風宴上，李清不會對他萬分客氣，竟然還敬了他一杯酒，看來以後得和崔義城多多交好，有了李清這座大靠山，他以後在定州還不横著走啊。

駱道明卻是心生疑惑，這崔義城是李清在定州當政後，才在信陽置辦下這偌大的產業的，而且據他所知，這崔義城是復州的一個大鹽商，在復州也是手眼通天的人物，與李清聯繫上並沒有什麼稀奇，但作為一個商人，為什麼在定州有了這麼大的靠山，這幾個月來卻從沒有和自己知會一聲呢？只要他吱一聲，自己於情於理也會給他幾分面子的。

李清卻沒有理會駱道明的不解，在吃過接風宴，草草聽完了駱道明的彙報之後，便匆匆地住進崔義城的府邸，這更讓駱道明懷疑李清此次來信陽是另有目的。至於是為了什麼，既然李清沒有跟他講，他也不會蠢得去問個明白。只要李清不是來找他事的，不管做什麼，與他就沒有什麼關係了，只要做好自己的本分就行。

到了崔義城的府邸，一番洗梳之後，已是神清氣爽的李清坐在房中，在他的對面，赫然坐著茗煙，李清則正在翻看茗煙交給他的一疊文案。

仔細地看了一遍之後，李清將文案遞給清風，道：「自復州西渡，好是好，但海上風波浪急，更兼海盜橫行，危險極大，茗煙，你下定決心了麼？」

茗煙笑道：「大帥，我自然是下定決心了，否則也不會請大帥到信陽來，不過這船的問題還要大帥解決啊！」

李清點頭道：「我明白，要盡最大可能地保證你的安全且不受海盜滋擾的話，最好的方案便是弄一條復州水師的戰船出海。我這一次來，就是想解決這個問題，順便也認識一下復州的主人啊！」

茗煙笑道：「看到大帥在崔義城府裡接見我，我就知道大帥已是胸有成竹了。」

「嗯，崔義城是復州大鹽商，這你是知道的，我定州不許私人販鹽，但將所有的進鹽買賣都交給了他，由他將鹽自復州運來，交於定州府衙，這是一獨門生意，他自然是要著力巴結的。」

「自古以來，鹽便是暴利，復州這許多鹽商，大帥卻將供給一州的食鹽都給了他一人，他能不著力討好麼？恐怕這宅子也在您的名下吧？」

李清一笑，「這你可猜錯了，這宅子是他送給清風的。」

茗煙看了眼一邊的清風，對方笑意晏晏地正看著她，茗煙心裡一怔，清風看似人畜無害，但心思厲害得很，只看她籌建統計調查司時的手段便可知一斑，利用原定州暗影系統將架子搭起來後，不動聲色地在短短的時間裡，便讓定州暗影所有人全都靠邊站了，完全被排除出定州情報系統，不然自己也不會被逼無奈，只能西渡而去，另闢蹊徑。

說話間，李清派人召了崔義城來，看著屋裡三人，崔義城一臉的謙卑，自己雖然富可敵國，但在這些權貴達人眼中，根本算不了什麼，一句話可以讓自己上天，一句話便也可以讓自己下地獄。

定州易主，自己見機得快，很快便找上了統計調查司的路子，回報自然是驚人的，所有原來往定州販鹽的人統統被禁絕，只有自己一人得到了獨家專賣，所付出的只是要為定州按時提供一些有關復州的情報而已。不過清風讓他在統計調查司裡上了名冊，給了他一個名義上的鷹揚校尉的名頭，卻讓他有些忐忑。

雖然能做官是他們這些商人一直以來的夢想，但統計調查司是個什麼部門，他也是一清二楚的，這裡頭的水有多深，他根本就探不到底，但商人逐利的思想仍是占了上風，心想便是成了統計調查司的人，也沒有什麼大不了的，說不定以後還真能披著這張虎皮，做成更大的事業呢。

所以他進來後，對李清和清風行的是下屬之禮。這讓茗煙很是驚訝，這才明白原來崔義城已上了清風的船。

「說說復州的事吧！」李清讓他坐下，道。

「是！」崔義城欠欠身子，道：「復州大帥向顯鶴是外戚出身，他是當今向皇后的本家，正是因為這層關係，才成為復州大帥，本身倒沒什麼能耐，而且極為貪財，我們復州這些商人可是吃盡了他的苦頭。」

李清笑笑，道：「說重點！」

「復州產鹽，鹽本身利潤極高，但由於是朝廷控制的物資，所以向大帥除了售出官鹽外，更是私下裡發賣私鹽，說起來，我們賣出去的鹽大半都是這些私鹽。這些私鹽發賣出來的價只有官鹽的一半。」

清風微笑道：「崔校尉，看來你在我們定州賺得可不少啊，你給我們的可是官價啊！」

崔義城打了一個哆嗦，李清卻道：「嗯，你得到這些私鹽肯定也付出不少的代價，無可厚非，向大帥如此發賣私鹽，朝廷就沒有察覺嗎？」

「那怎麼會？朝廷的職方司厲害著啦，不過向大帥發賣私鹽絕大部分都流向了向皇后家，更有一少部分進了皇宮，進了陛下的口袋裡，當然不會有什麼事了。」

李清搖搖頭，竟然是這樣，真是不知天啟是怎麼想的，別人偷了他的東西，然後塞一點點好處給他，他居然也就不聞不問了。

「不但如此，向大帥還利用復州水師，向海外販鹽，利潤更高，這一次大帥想利用復州水師，我便想到了這一點，水師經常有船出海販鹽，我們大可以利用。」

「水師已經糜亂到了這種地步？難怪海盜猖獗，屢禁不止。」

「那倒也未必！」崔義城搖搖頭，「水師統領鄧鵬倒是不錯，但這些年來，已逐漸給向大帥架空了，手裡只有一營水師可用，其他三營水師都是大帥的心腹，他能有什麼辦法，只能是約束自己的親軍不摻合這些事情。」

李清點點頭，「這倒有點意思，出淤泥而不染，這個鄧鵬很了不起呢，這樣吧，你能不能替我在淮安府安排一次機會，我想見見這個向大帥。」

崔義城驚訝地看著李清：「大帥，你要去淮安？」

「嗯，悄悄地去，悄悄地回，既然向大帥愛錢，我倒是有法子讓他派人護送茗煙西渡。」

淮安府，復州首府。

復州雖然是與定州毗鄰而居，卻看不到絲毫的戰爭氣息，與定州人驃悍的武人習氣不同，街人大都長袍緩帶，步履從容，安步當車，逗鳥溜狗，街上店鋪林立，各色商品琳琅滿目，商鋪夥計們笑容滿面，不停地向街上的行人兜售本店的產品。更有許多佳麗，衣著單薄，露出大片雪白的肌膚，手執團扇，或立於樓上窗前，或斜靠門楣，媚眼橫生，秋波亂送。

李清搖搖頭，自嘆道：「商女不知亡國恨，隔江猶唱後庭花！」陪同而行的崔義城沒有聽清李清在說什麼，而茗煙卻雙眼發亮，低聲道：

「大帥，這是你的新詞麼？」

李清低低一笑，道：「不是，有感而發罷了。看到這裡的景象，不由想起我們定州，兩州相鄰，反差卻如此之大，不得不讓人心生感慨。」

這一次崔義城聽清了，笑道：「大帥這是在淮安府，如果走下去看一看，那景象又大是不同。淮安府裡聚集了復州絕大部分的富商和士紳，而下邊的縣卻大大不如，特別是那些鹽丁，生活還是相當淒慘的，用食不果腹，衣不蔽體來形容也不為過。」

「哦？」李清感興趣地道：「那向大帥不怕這些人造反麼？南方三州現在已是遍地蜂煙，歸根結底，還不是因為肚子吃不飽。」

崔義城笑道：「向大帥在這上面還是挺高明的，讓人雖然吃不飽，卻也不至於餓死，老百姓只要還有一些盼頭，那肯鋌而走險，幹這些殺頭的勾當。如果有些地方的鹽吏太過分，向大帥也是會殺一儆百的。」

「這麼說向大帥還是挺聰明的，知道底限在哪裡嘛！」李清嘲笑道。

「當然聰明，如果不聰明，安能穩坐復州這麼多年，要知道，便是皇后家族中，覬覦這個位子的人也是不少啊！」崔義城笑道。

「嗯，我喜歡聰明人，與聰明人打交道更容易。」李清道：「你都安排好了麼？」

「大帥放心，我都已安排好了，今晚在淮安府最大的酒樓『一品居』，我已包了場子，只招待二位大帥。」

淮安大帥府，胖得如同一個球的向顯鶴艱難地挺著肚子在房間裡踱步。

來回走了幾圈後，終於氣喘吁吁地停了下來，揚著手裡的一張帖子，冷笑道：「這個崔義城想幹什麼？請我赴宴，奶奶的，難不成我是他想請就能請的，我還沒找他算帳呢？自以為靠上了李清，獨霸了定州的食鹽市場，卻仍是按著老規矩給老子那一份，當我是什麼呢！」

一位幕僚笑道：「大帥，崔義城不懂規矩，您才更要去啊，好好教教他規矩，讓他把份子補上來，豈能白白地放過他！」

向顯鶴冷笑：「教他規矩，還需要我親自去?!大帥府裡任出去一個人，也能把他的骨頭渣子給榨出來。跟我犯渾，我便讓他知道馬王爺有幾隻眼！」

幕僚擦了一把汗，規勸道：「大帥，這崔義城不是跟定州李清李大帥有關係嘛，咱不能把事做絕了，以後與李大帥不好見面啊？再說了，李大帥已是皇室駙馬，說起來與大帥還是親戚呢！」

聽了這話，向顯鶴摸了摸肚子，「似乎你說得也有道理，李清嘛，倒是不能與他做得太絕，不過真要論起輩分來，他還得叫我一聲叔呢！」

說到這裡，不由一陣得意，咯的一聲笑，道：「紀師爺，你是不知道啊，京城裡來信說李清與傾城打了一架，哈哈哈，真是個笑死人了，那個丫頭這一次吃了一個悶虧，卻說不出口，哈哈哈！」

紀師爺又擦了一把汗，這些皇室秘事還是少知道為妙，不過大帥自稱是李清的叔，倒不知李清認不認，這李大帥年紀輕輕，便重挫蠻族，扳倒蕭遠山，手段端地了得，豈是好惹的人？

「是啊是啊，向大帥即是李大帥的長輩，更要去替李大帥教教崔義城做人的道理了，豈有過河拆橋之理？否則大帥斷了他的鹽路，讓他一邊哭去，到時只怕

李大帥也不肯饒他。」

向顯鶴一拍大肚，「說得有理，這一次不讓他大大吐血，絕不放過。紀師爺，你去安排，晚上我們去赴宴。」

紀師爺答應一聲，出得門來，又大大地擦了一把汗，在心裡道：「崔義城啊崔義城，你要我幫你一定請到大帥，我可是給你辦到了，這一千兩銀子也沒有白拿你的，但大帥到了讓你難看，可就不能怪我了。」

聽到房間裡傳來大帥的怪笑和伺候的丫頭的驚叫，紀師爺趕緊跑得遠遠的。

黃昏時分，「一品樓」所在的街道便被封道清街了，大帥府的親衛沿著街道遠遠地站了出去，繁華的街道頓時清淨了下來。

除了「一品樓」，其餘的商家都是叫苦不迭，大家都知道向大帥要去「一品樓」，但這一封街，其餘的商家可就沒得生意做了，愁眉苦臉的老闆們黑著臉，都早早地打烊關門，他們都知道大帥的德性，這一來不到深更半夜，斷然是不會走的，今天算是可以早早休息了。

看著這一排場，「一品樓」上的李清搖頭笑道：「向大帥真是好大的排場，這已好比皇帝出巡了，居然淨街清道。」

房間裡沒有外人，崔義城的膽子便也大了起來，「向大帥可不就是這復州的土皇帝麼，說一不二的，別說是封街了，更離譜的事也是能做出來的。」

楊一刀聞言，不禁道：「他這麼做，難不成其他的官員都瞎了眼不管麼？也沒有人參他一本？」

李清哈哈一笑，「一刀，在復州，只要向大帥一手遮天，誰敢動他一根毫毛，再說了，向大帥的後臺可不是一般的硬，是硬得很啊！再說向大帥又有錢得很，銀子使得足了，只要他不舉旗謀反，誰去管他。」

正說著，房門輕響，一隊鶯鶯燕燕手持樂器魚貫而入，向眾人鞠了一躬，為首的一人笑道：「哎喲，崔爺，這可是有日子沒請我們一笑樓來捧場了，今兒個難得你終於又想起我們來了？」

崔義城哈哈一笑，「崔某有段日子沒回淮安了，這不一回來，就趕緊請來丁小姐了麼？今日請的可是向大帥，丁小姐可得拿出真本事哦！」

轉身向李清道：「這位是『千金一笑樓』的丁鈴小姐，淮安府的頭牌，歌舞雙絕！」

李清點點頭，掃了他一眼，便又回頭去看樓下，清風也不甚感興趣，只有茗煙看見了同行，不由好奇地打量了她一下，「千金一笑樓」的丁鈴與她一樣，也是一州之首，今日終於得見，倒真是名不虛傳，先不說是不是歌舞雙絕，單這長相，可比自己要強得多。

丁鈴看到崔義城與李清說話，倒像是一個小廝在與自家主子說話一般的神態，心裡不由一驚，暗道**這是哪路神仙，能讓淮安富豪崔爺如此謙卑？**眼光掃過一邊戒備地看著自己的楊一刀與另一名親衛，心中又是一跳，這兩人好重的殺氣，肯定是見過血的主。歡場上的人眼光的確是毒，一眼便發現了其中的不對。

李清倒不在乎丁鈴有什麼發現，左右今日來此是與向顯鶴談生意，即便這丁鈴如茗煙一般，也有什麼特殊的身分，他也不在意。

樓下傳來急驟的馬蹄聲，看來向顯鶴到了，李清探頭一看時，不由瞪圓了眼睛，他不是沒見過胖子，但沒有見過這麼胖的，大隊的親兵馬隊簇擁著一輛馬車到了樓下，從馬車上下來的哪裡像是一個人，簡直就是一個肉球，看到周圍人謙卑的態度，那人肯定是向顯鶴。

請續看《馬踏天下》4 英雄無名

馬踏天下 卷3 傾城計畫

作者：槍手一號
發行人：陳曉林
出版所：風雲時代出版股份有限公司
地址：10576台北市民生東路五段178號7樓之3
電話：(02) 2756-0949
傳真：(02) 2765-3799
執行主編：朱墨菲
美術設計：吳宗潔
行銷企劃：林安莉
業務總監：張瑋鳳

初版日期：2020年9月
版權授權：閱文集團
ISBN：978-986-352-854-8

風雲書網：http://www.eastbooks.com.tw
官方部落格：http://eastbooks.pixnet.net/blog
Facebook：http://www.facebook.com/h7560949
E-mail：h7560949@ms15.hinet.net
劃撥帳號：12043291
戶名：風雲時代出版股份有限公司

風雲發行所：33373桃園市龜山區公西村2鄰復興街304巷96號
電話：(03) 318-1378
傳真：(03) 318-1378
法律顧問：永然法律事務所 李永然律師
北辰著作權事務所 蕭雄淋律師

行政院新聞局局版台業字第3595號 營利事業統一編號22759935

定價：270元

國家圖書館出版品預行編目資料

馬踏天下 / 槍手一號著. -- 初版. -- 臺北市：
風雲時代, 2020.07-2020.08 冊； 公分

ISBN 978-986-352-854-8（第3冊：平裝）--

857.7 109007434